風月傳說

卷·7

皇者對決

無極——著

風月傳說 卷7 皇者對決（原名：風月帝國）

作者：無極
發行人：陳曉林
出版所：風雲時代出版股份有限公司
地址：105台北市民生東路五段178號7樓之3
風雲書網：http://www.eastbooks.com.tw
官方部落格：http://eastbooks.pixnet.net/blog
Facebook：http://www.facebook.com/h7560949
信箱：h7560949@ms15.hinet.net
郵撥帳號：12043291
服務專線：(02)27560949
傳真專線：(02)27653799
執行主編：朱墨菲
美術編輯：許惠芳

法律顧問：永然法律事務所 李永然律師
北辰著作權事務所 蕭雄淋律師

版權授權：蔡雷平
初版日期：2014年3月
初版二刷：2014年3月20日
ISBN：978-986-5803-56-8

總 經 銷：成信文化事業股份有限公司
地　　址：新北市新店區中正路四維巷二弄2號4樓
電　　話：(02)2219-2080

行政院新聞局局版台業字第3595號 營利事業統一編號22759935

定價：280元　特價：199元

國家圖書館出版品預行編目資料

風月傳說 ／ 無極著. -- 初版-- 臺北市：風雲時代，
2013.07 -- 冊；公分

ISBN 978-986-5803-56-8（第7冊；平裝）

857.7　　102020708

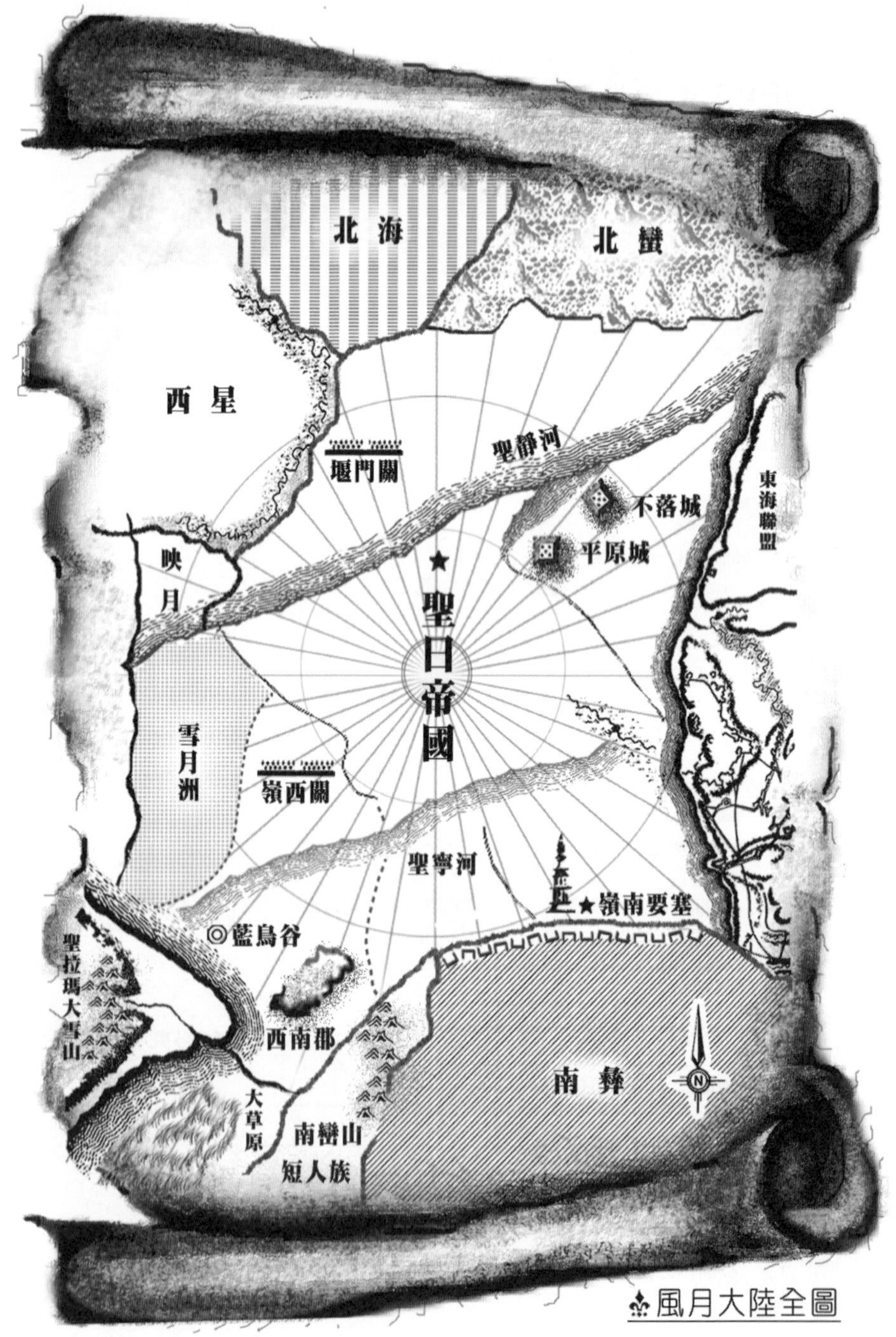

北海
北蠻
西星
聖靜河
堰門關
東海聯盟
不落城
平原城
映月
聖日帝國
雪月洲
嶺西關
聖寧河
嶺南要塞
藍鳥谷
聖拉瑪大雪山
西南郡
南彝
大草原
南巒山
短人族
N

風月大陸全圖

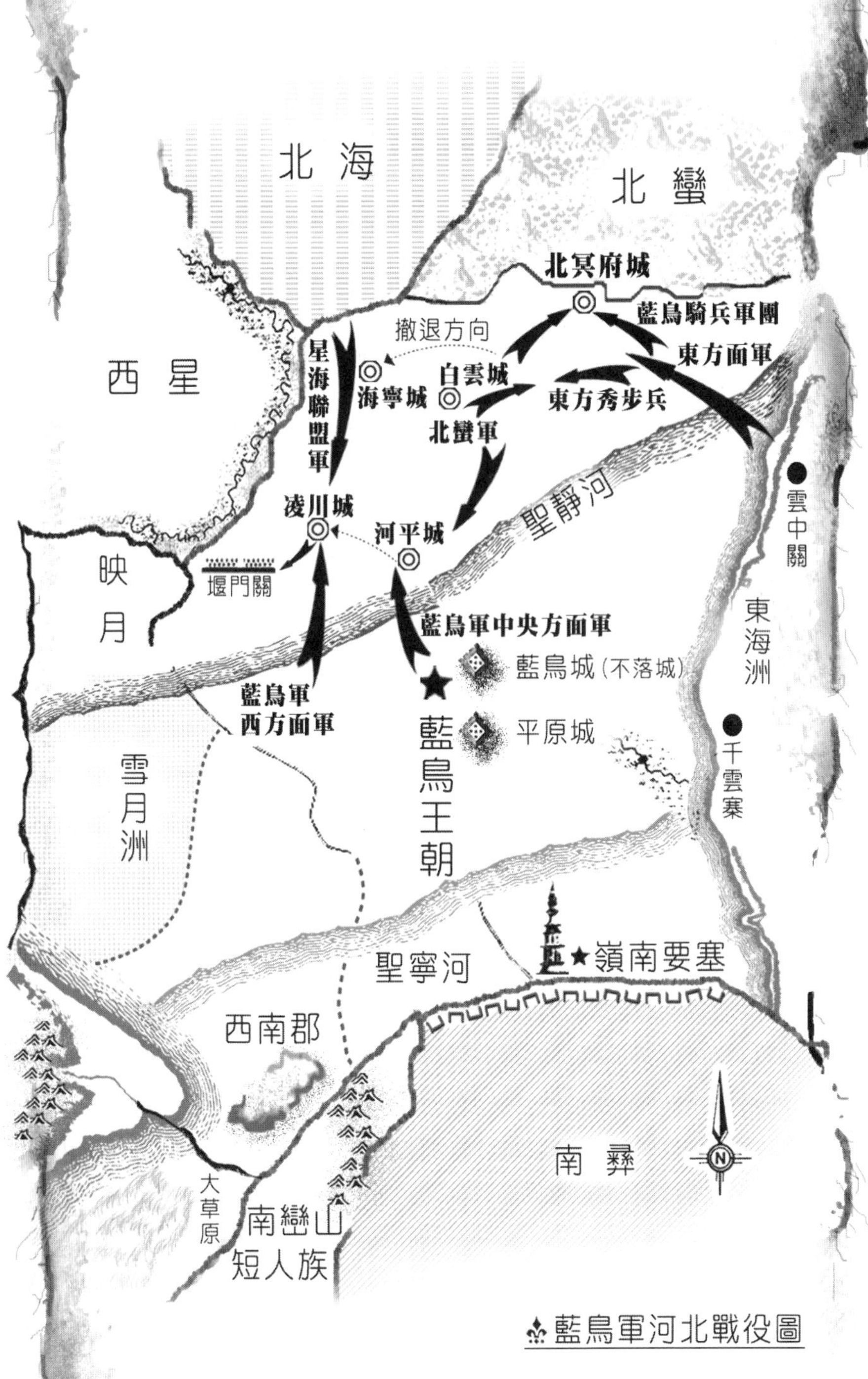
北海
北蠻
北冥府城
藍鳥騎兵軍團
東方面軍
撤退方向
星海聯盟軍
海寧城
白雲城
東方秀步兵
西星
北蠻軍
雲中關
聖靜河
淩川城
河平城
映月
堰門關
藍鳥軍中央方面軍
東海洲
藍鳥城(不落城)
藍鳥軍西方面軍
平原城
藍鳥王朝
千雲寨
雪月洲
嶺南要塞
聖寧河
西南郡
南彝
大草原
南巒山
短人族

藍鳥軍河北戰役圖

第一章　雪原悍卒

「哎！」明月公主再次長歎一聲道：「就是因為我知道藍鳥軍的強大才如此擔心，雅靈姐姐，如今藍鳥軍已經佔據北平原大部，相信一兩年時間內就可以平定北方平原，然後，藍鳥軍必將揮軍消滅北海，隔斷北蠻人與西方聯繫，控制北蠻人出北極地，大軍向西迂迴西星，再出兵堰門關，南部從銀月洲出兵映月，十年的時間內必會滅掉西星與映月，到時候我何去何從？」

「這個……姐姐，或許妳在天雷身邊會好一些，可能他會對妳的父母親手下留情呢！」

「好吧，就聽天由命吧，好在我還有夢雷這個兒子，到時候，天雷也許會看在他的份上手下留情，否則我真不知道如何是好！」

雅靈點頭道：「明月姐姐說得對，到時候夢雷也許就在軍中，也不會對外祖父怎麼樣吧？也許這就是出路，天雷把夢雷放在軍中，或許早就安下此意也說不定！」

「但願如此！」

「這麼說，姐姐是同意跟我回去了？」

明月公主無奈地說道：「妳說得對，如想保全映月一族，我就必須在藍鳥城內，爲他們做點事情，我已經對不起他們了，希望我能夠在最後爲他們盡點心力，不過，我也不想公開露面，爲天雷留點餘地爲好！」

「明月姐姐深明大義，小妹佩服，哎，我們女兒家只能爲家裏做這麼多了，姐姐放心，到時候，我一定幫助姐姐就是！」

明月公主聽雅靈如此說，立即跪倒說道：「明月代父母親和兄弟姐妹謝謝雅靈姐姐了！」

「明月姐姐這是幹什麼，雅靈欽佩姐姐的作爲，願意幫助姐姐，況且，這也是我們自家裏的事，應該的！」

明月公主說道：「雅靈姐姐的深情厚意，明月永世不敢忘記，它日還望姐姐幫忙啊！」

「一定，一定，明月姐姐放心就是！」

兩個人把話說開，雅靈王妃對明月公主的胸懷氣度大感欽佩，同時也感到作爲女兒家的不容易，感情進一步加深。

從第二天開始，明月公主逐漸把藍鳥谷的事情移交給萊恩與列奇，並把自己想跟隨雅靈進入藍鳥城的想法與兩個人一說，兩個人舉雙手贊同，在他們的心裏，明月公主的位置比雅靈還重要，他們能看見明月與天雷團圓高興還來不及呢，那能阻攔。

雅靈和中原、雪蓮第一次踏上大草原，被草原的廣闊所吸引，她們都想到大草原上體會一下天雷馳騁草原的感受，於是由明月公主陪同，一行踏上了品味大草原的旅程。

幾天相處，盛翔和中原、雪蓮的感情日益加深，夢雷與盛翔從小生活在一起，兄弟倆的感情自然不用說，夢雷如今已經明白了許多事情，處處表現出兄長的風範，萊恩、列奇和明月、雅靈看見都很欣慰，明月公主心中感歎的同時，更對兒子的懂事感到驕傲。

相對於藍鳥谷的熱鬧，藍鳥城就平靜了許多。自從雅靈走後，幾乎大陸上所有人的眼光都集中在他們的身上，聖王天雷在苦笑同時，也少了許多麻煩，常常偷閒躲避到京城的街面上去，聽聽老百姓的心裏話，在一片歌功頌德聲中帶著幾分陶醉。

聖王天雷常常私自化裝上街，對於貴族子弟違規的事情也能時常看見，小事也就算了，他雖然對這些貴族沒什麼好感，但也知道不能一下子全部把他們改造過來，全部斬殺也不是辦法，常常自尋煩惱。

這天，聖王天雷帶著楠天偷偷溜出宮廷，上街散心。雅靈和夢雷、中原、雪蓮去藍鳥谷後，他忽然感到少了許多熱鬧，心情顯得有些寂寞，香妃彝凝香雖然是個可人，但也不能整天待在一起，所以上街就成爲唯一解悶的事情。

出宮來到藍鳥勝利廣場，人還是真不少，由於聖拉瑪大平原已經進入了十一月初冬，聖靜河北戰局已經進入了相對穩定的階段，大戰事沒有，平時只有少數騎兵和敵人的偵察斥候交手，雙方互相各有勝負，老百姓也不感到什麼興趣，所以閒下來的人都到廣場上蹓躂，散心，重新調節一下生活的節奏。

突然，廣場的西方人群一陣混亂，老人和婦女、姑娘紛紛向兩側跑，年輕人臉色也不大好看，閃在一旁。聖王天雷向前看去，就見十幾個穿著講究的年輕人一臉輕浮之氣，大大咧咧地走來，嘴裏和手都不閒著，口裏嘟囔，手東摸西摸，幾乎沒有人敢靠近，天雷皺皺眉頭，臉色沉了下來。

藍鳥勝利廣場在藍鳥王宮的前面，是爲了紀念聖瑪族解放勝利而修建，平時一方面也是爲百姓提供休閒的地方，也有教育百姓愛國的場所，像眼前的事情明顯地侮辱了犧牲的藍鳥將士，聖王天雷的憤怒可想而知。

聖王天雷臉現怒意，臉色當然就不好看，雙眼裏帶著蔑視的感覺，正巧被這群青年中的一人看見，他對身邊的人低聲說了幾句，一行人向天雷的方向走來，在天雷的身前不遠處停住了腳步。

天雷雙眼怒視著他們，等待著他們下一步的行動。

「看什麼看，他媽的，你小子不服氣嗎？」一個青年罵道。

楠天見天雷被罵，大手一揮，剛想上前教訓他們，天雷急忙拉住了他，聖王天雷笑著對楠天說道：「楠天，你不要管，交給我了！」

然後，天雷笑著對他們說道：「藍鳥勝利廣場是爲了紀念爲聖瑪族解放而犧牲的藍鳥軍將士所建，況且廣場在王宮的前方不遠，你們幾個私自擾民，侮辱烈士，違反道德標準，雖沒有違反藍鳥王朝法紀，但其行爲已經讓人深惡痛絕，還有何面目活在世上？」

「小子，你說什麼，老子自小就是這樣，倒是你像個人樣還知道藍鳥法紀，我呸！」

「大哥，這小子在我們哥幾個面前充老大，讓我教訓教訓他們！」其中的一個大個子青年擄起了衣袖，邁步向前走來。

「嘿嘿！」天雷氣極反笑，楠天在一旁臉色鐵青，知道這幾個小子活不長了。

大個子青年右拳向前一伸，直奔天雷的面門，天雷向旁一閃，單腿向前一勾，腳上用力，腳尖點在他的膝蓋外側。

「哎呀！」大個子青年一聲叫喊，左圈又向天雷的胸前擊來，右腳直甩。

天雷一腳把他踹在地上，憤怒的臉憋成了紫紅色，他閃身退後，向楠天一揮手，然後低身說道：「把他們交給巡查院，調查他們的身世，我要詳細的資料！」

楠天低聲應是，轉身雙眼煞光暴射，身形向前一竄，雙手一動，十幾個人立即就倒在地上，不久，京城巡查院的士兵接到消息，忙趕了過來，把楠天和眾人帶了回去。

聖王天雷被幾個人攪了興致，悶頭回到宮內，侍女獻茶，他悶頭品味，心下卻在琢磨，藍鳥王朝成立已經四年有餘了，新法不懲無罪之人，各地的貴族子弟數不勝數，大事不犯，小事不斷，這群害群之馬存在一天，對藍鳥王朝就是一天的禍害，不僅僅擾亂社會治安，更影響王朝在百姓中的形象，如不徹底解決，總不是個辦法。

一陣腳步聲響，香妃彝凝香走了進來，一進門就看見天雷臉色不好，心想必有什麼事情發生，為了給天雷調節心情，忙笑道：

「在想什麼？又是那個不長眼睛的惹你生氣了？」

聖王天雷瞥了她一眼，嘴裏說道：「妳來了，坐，也沒什麼，就是在想些事情！」

「什麼事情，說來聽聽，也許我能幫你想個辦法！」

聖王天雷一聽，忽然雙眼一亮，他知道百花公主彝凝香詭計多端，整人的辦法多得是，在這件事情上也許有好辦法，忙笑道：「這可是妳說的，妳幫我想個辦法，這關係到王朝的大計啊！」然後，天雷把今天在藍鳥勝利廣場發生的事情，向百花公主彝凝香說了一遍。

百花公主聽後，略微沉思一下說道：「這類人有之不多，無之不少，留，影響王朝安定及形象；殺，總得有個理由，況且這些貴族子弟人員眾多，處理不當影響極大，我看不如把各地貴族子弟徹底調查一遍，然後想個辦法把他們送到河北就是了！」

聖王天雷一聽大喜道：「好辦法，哈哈，好辦法，這些貴族老爺們總說我重用藍鳥谷的人，不給他們機會，哈哈，這次我就給他們個機會，把所有十八歲以上的貴族子弟都聚攏在一起，成立個軍團，對！就是軍團，就叫榮譽軍團好了，然後把他們送到北冥府城，交給雷格，嘿嘿，我看以後誰還有話說！」

「確實是個好辦法，榮譽軍團，專收貴族子弟，給他們一次機會，好的生存，壞的淘汰，這也是自然的規律！」

「說得是！」聖王天雷心中大樂，然後向外喊道：「風揚！」

「風揚在，聖王！」

「通知王朝內各地的民政處，暗中徹底調查十八歲以上的貴族青年，並暗中傳出消息，就說聖王準備成立榮譽軍團，專收貴族子弟，給他們一次機會，並放出口風，說不參軍者以後將不得在王朝內任高級職務！」

「是，聖王！」

「通知額部，在明年開春時正式成立榮譽軍團，編制不限制，越多越好，但有一條，把平民暗暗編入別的部隊，只留下貴族子弟，明白嗎？」

「風揚明白，聖王！」

「好，你去吧，告訴卡奧把這件事情放在心上！」

「是，我馬上去辦！」

風揚走後不久，楠天回到了王宮內。

聖拉瑪大陸這一年冬天過得特別的不平靜，由於藍鳥軍春季發動了「聖戰」，凌川城戰役和長白城會戰使藍鳥王朝、星海聯盟、北蠻三國元氣大傷，軍隊損失嚴重，而河北平原幾乎盡落藍鳥王朝之手，三國的關係進一步緊張起來，都在積極地擴充軍隊，準備下一次的交戰，為爭奪北平原準備實力。

藍鳥王朝四年的冬天，天氣特別的寒冷，從西北極地區吹來的寒冷空氣幾乎占滿整個冬季，風雪特別的大，聖拉瑪大平原的整個冬天也比往年寒冷許多，往年不是很多的雪，在這一年裏特別多，聖靜河結凍的冰也比往年厚。

凌川城和長白城地區要比北冥府城地區溫暖一些，藍鳥軍西方面軍和中央方面軍的士兵要比東方面軍士兵少遭受點罪。在北冥府城，冬天裏的雪特別大，幾乎蔓延整個冬季，藍鳥軍藍羽騎兵兵團受困於大雪，只好向南運動，在靠近長白城地區駐紮，以度過漫長的冬季，而東海兵團就沒有這麼幸運了，整個兵團經過一個冬季的補充，軍團達到十二萬人，這些東海子弟只好受風雪之苦。

星海聯盟主帥帕爾沙特果然是個軍事天才，就連天氣的變化也一點都不放過，他知道中原人沒有經過像這樣寒冷的冬季，但北蠻人不同，他們不怕寒冷，只要給予他們足夠的糧食、武器，他們更願意在這樣溫暖的季節裏與中原人作戰，從而遠離北方極地的酷寒。

北蠻人為了躲避北極地的嚴寒，舉族向南遷移，但由於中原北部地方的北冥府城被藍鳥軍佔領，他們只能佔據北冥府城北部狹小地區，但這也足夠他們生活了。星海聯盟為了鼓勵北蠻人向北冥府城進攻，把糧食和武器源源不斷地支援給北蠻人，使蠻龍的北蠻軍隊條件有了大大地改善。

北蠻主蠻龍如今對星海聯盟主帥帕爾沙特言聽計從，前段時間，北蠻人從海寧城進入北海帝國，從而躲避開了藍鳥軍的前後夾擊，舉族回到了北方，帕爾沙特為了掌握、拉攏蠻龍，不惜血本，把北海許多糧食、衣物、武器裝備贈送給了蠻龍，使北蠻各部解決了度過冬季的困難，有了迴旋餘地，利用更多的時間集結部隊，為星海聯盟的戰車服務。

經過十一年的中原戰爭，北蠻人口從一百五十萬人減少到了六十餘萬人，強壯年人死亡人數更大，舉族只剩下老弱、婦女，有作戰能力的男人都集中起來，也只能勉強湊足二十萬人，十餘年來，北蠻人忘記不了在中原生活的這十年時間，中原的富足，使他們再也不願意生活在北方寒冷的極地，為了重新踏上北平原，他們孤注一擲，與帕爾沙特合作，在北平原地區作最後的垂死掙扎。

東海士兵站在瑟瑟的北風中，堅守在北冥府城冰冷的城牆之上，夜裏，被寒冷的雪夜凍死的士兵不在少數，但作爲軍人，他們沒有忘記自己的使命，他們裹著厚厚的棉衣，抱著冰冷的兵器，與北蠻人展開了一次又一次的血戰，鮮血把北冥府城的城前染成了血紅色，遠遠地望去，就好似一座血城。

東海兵團主帥東方秀爲了抵抗北蠻人和星海聯軍對北冥府城的進攻，把城牆用水潑上，一層一層地加厚，夜晚的寒冷把雪水凍在城牆上，然後再潑水，使北冥府城的城牆變成了冰牆，不容易攀爬，城牆下，雪水凍成了冰，非常的滑，人不容易站住，攻城的雲梯也不穩，爲北蠻人的進攻製造了麻煩。

經過幾十天的進攻，北蠻人在犧牲了無數族人下，也慢慢地找到了竅門，既然冰牆不容攀爬，那麼他們也就不爬了，像東方秀一樣，他們運來了泥土、雪水，慢慢地積累，一個晚上，泥土雪水就凍在一起，比石頭還堅硬，況且，守軍在阻擋北蠻人進攻的時候，冬季裏的厚實衣物，減少了弓箭機弩的威力，如照這樣下去，在春天來臨前，北蠻人一定會攻擊北冥府城，東方秀在萬不得已之下，緊急向京城聖王求救。

聖王天雷接到了東方秀的緊急書信，眉頭也皺了起來，東方秀說得沒錯，他理解東海兵團的困難，況且，藍鳥軍沒有置士兵生命於不顧的歷史，聖王天雷儘管要削弱東海六大世家的實力，但也絕對不會使用這樣的方法，這樣會傷害士兵們的心，使藍鳥軍士氣受挫折，更何況北冥府城戰略意義十分重大，絕對不能有失，絕對不能讓北蠻人在北平原北部站穩腳跟，與星海聯盟連成一片。

但是，藍鳥軍增援北冥府城的軍隊卻非常不好派，弱旅不頂什麼事情，精銳部隊在冬季裏也不是北蠻人的對手，況且，這樣損失精銳部隊非常不值得，他猶豫了半天，無法下定決心。

增援北冥府城已經刻不容緩，第二天，聖王天雷和軍師雅星一商量，最後決定派出神武營的人馬。神武營目前有人馬近三萬人，其中全部都是武林高手，況且，他們人雖少，但是可以以一當十，在寒冷的冬天裏，武林高手可以運用自身的條件抵抗寒冷，出擊殺傷北蠻人，只防禦終不是最好的辦法。

另外，爲了給北冥府城軍隊補充武器裝備，也必須運送大量的軍用物資，考慮到神武營的人手畢竟太少，藍羽有必要出動一次，對北冥府城地區進行一次大規模的軍事行動，減少東方兵團的壓力。

軍事裝備處接到命令後，立即對支援東方兵團的武器裝備、物資、衣物等進行調配，打包裝車，神武營的人接到聖王的命令後，立即行動起來，準備出發。

十二月六日，藍鳥王朝王牌軍隊神武營從京城藍鳥城出發，渡過聖靜河，在長白城地區與藍羽騎兵兵團會合。

中央兵團主帥越劍、藍羽主帥雷格早就接到聖王轉來的消息，知道越和與海東先生將率領神武營增援北冥府城的東海兵團，對於自己的老父親，越劍多時不見，當然會前去迎接，另外，雷格作爲東方面軍的主帥也有必要出迎，畢竟東海兵團也算是雷格的事情，這次藍羽又將與神武營合作，所以雷格與越劍自然一起出來。

兀沙爾和彝雲松自然也要給越劍的面子，兩位老將軍與他們也是熟人，雖沒有很深的交情，但他們與越劍的關係卻非同一般，如今他們兩位老帥都在越劍帳下聽令，主帥出迎，他們自然也要跟隨了。

眾人熱熱鬧鬧地把神武營的人接進大帳，越劍早就在城內爲他們安排好了地方，物資車輛則直接交給了藍羽的大營，越劍長時間沒有見到父親和妻子的伯父，也十分親熱，在長白城內舉行了盛大的宴會，爲神武營的人馬接風洗塵。

休息一日，第二天，次帥雷格與老將軍越和、海東先生率軍出發，踏著風雪向北前進。

藍羽騎兵兵團早已經接到了聖王的命令，做好了出發的準備，北冥府城情況危急，他們不敢耽擱。一路上，由藍羽派出了先頭部隊，大軍隨後跟進，神武營保持在中間，保護物資裝備，二十三萬騎兵部隊浩浩蕩蕩，速度極快。

大草原騎兵並不十分懼怕寒冷，聖拉瑪大雪山下的冬天有時不比中原的北方溫暖，但是，冬天對於戰馬來說，消耗是巨大的，所以騎兵不是在萬不得已的情況下，冬天是不會出擊的，這次去卻不同，為了鞏固北平原北端的重城市，藍羽不得不出發。

先頭部隊騎兵第二十軍團在軍團長里騰的率領下，冒著風雪前進，騎兵斥候擴大搜索面積，一旦發現情況立即發起攻擊，騎兵鐵蹄在寒冬裏踏起一陣風雪煙塵，戰刀下，鮮血染紅白雪，格外豔麗，藍鳥軍藍羽兇悍是有名的，北蠻狼騎兵就倒在了藍羽之下，四王蠻豹被雷格斬於雪狼之下，北蠻人儘管與雷格有著血海深仇，但也不敢硬抗藍羽和神武營組成的精銳部隊。

北蠻這次出兵北冥府城，國主蠻龍、二王蠻虎、三王蠻彪都親自前往，蠻龍主持大局，蠻虎率軍從西面攻擊，蠻彪負責北面，配合星海聯軍在風雪夜攻擊守軍，他們並不強攻，採取襲擾的政策，使東海兵團士兵無法休息，在寒冷的北風中，日夜不停地堅守在冰冷的城牆上，被大自然的寒冷侵襲、凍死、凍傷。

東海兵團損失極大，凍傷士兵無數，但為了生存，他們咬牙堅守，並向京城求救，聖王沒有忘記他們，派出了神武營和藍羽支援，北冥府城得到消息，官兵們激動得熱淚盈眶。

東海六公子中的四人堅守在北冥府城，長空旋作為副將、參謀長協助東方秀，司空禮、夏寧謀各率一個軍團，四人分守四門，互相配合，但冬天刺骨寒風的無情使他們無可奈何，眼睜睜地看著士兵倒下，無聲哽噎，如今聖王大軍已經不遠，四人這才鬆了口氣。

藍羽速度極快，不到十日已經接近北冥府城地區，在南方六十里處安下大營，主帥雷格忙派出斥候，向西、向北探聽消息，聯繫城內守軍，等待天亮後向城內開進。

第二章　榮譽之光

夜晚風非常的大，呼嘯的北風夾雜著雪粒，吹打在人的臉上格外的痛，北風中帶著刺骨的冰冷，忽明忽暗的風燈照亮大營內，士兵們四處巡邏，監視著周圍的動靜。

半夜時分，雪地上冒起一條條白色人影，人數並不是很多，只有兩三萬人，他們手提沉重的兵器，身披白色風衣，在夜色掩護下摸向大營。

藍羽站崗巡邏的人並不是很多，暗哨被敵人摸掉，白色的幽靈衝向大營內，高大的身軀這時候才可以看出是北蠻人的偷襲部隊。

雷格怒火中燒，藍羽從沒有被敵人偷襲過大營，今天要不是有神武營在，後果簡直是不堪設想，他提著天罡刀殺出大帳篷，一路上聚集在身邊的藍羽衛越來越多，雷格運起秋水神罡，刀光連閃，在星光、火光下飛起一趟血雨，從北蠻人的中間貫穿，再向回殺，往來縱橫，無一合之將。

聚集在雷格身邊的衛士配合著他，一路狠殺，沖天的煞氣籠罩整個大營，雷格暴怒地吼道：「不許放走一人。」

天罡刀幻起三尺精芒，碰上雷格的人無論是人還是兵器，一律被斬成兩段，罡氣幻起的刀芒閃著彩光，閃爍在天空，像一條豔麗的彩虹，上下飛舞，彩虹過處，所向披靡。

越和與海東先生披衣站在大營門口，雙眼注視著瘋狂的雷格和藍羽衛，他們倆沒有動手，兩三萬人在藍羽和神武營內根本就不算什麼，他們關心的是雷格的武藝。越和與海東先生還是第一次見識到雷格的武藝，他們常常聽說聖王天雷身懷天王印絕技，兩個兄弟維戈、雷格也是獲得老神仙聖僧的秋水神技，霸王槍技和天罡刀法，武功舉世無雙，但從沒有親自見識過，今天有幸敵人前來偷營，雷格在暴走的情況下全力以赴，秋水神罡和天罡刀絕技一覽無餘。

兩個人都是一代宗師，眼力自然與別人不同，秋水神罡幻起的刀芒使他們神色凝重，漫天飛舞的天罡刀幻起彩虹，讓他們知道雷格武藝已經達到了鼎盛，在大成的罡氣刀芒下無堅不摧，兩個宗師也不得不承認他們已經不是雷格的對手了，同時更讓他們想到了聖王天雷運起天王神功時，會是一個什麼樣子。

折騰了半夜，天空漸漸泛白，一個時辰的殺戮使大營內血流成河，地上一片血紅，幾萬具屍體倒在營內，殘缺的大帳篷在風雪中閃著星光，黑煙四起，一派肅殺。

雷格臉色鐵青，大步來到越和與海東先生的面前，勉強擠出一絲笑意，真是比哭還難看，雷格說道：「兩位兩將軍可好，沒有受到什麼傷害吧？」

越和忙回答道：「羽帥放心，我們沒事，你可好？」

「很好，我沒事，他娘的，真是背，該死的北蠻人，不知道從那竄出來的，這次我們的損失大了！」

「傷亡怎麼樣？」

「有近兩萬兄弟傷亡，大帳篷被燒了無數，不過，嘿嘿，北蠻人一個也沒跑出去，這次多虧了神武營的兄弟，雷格多謝了！」

海東先生忙道：「羽帥說遠了，都是自家兄弟，互相幫助是應該的，談不上謝，對了羽帥，你剛才用的可是天罡刀技？」

「正是，嘿嘿，這是聖王大哥傳授給我的天王印訣中刀技，練得不好，讓兩位老宗師見笑了！」

「那裏，那裏，羽帥，說句不好聽的話，我們倆已經不是你的對手了，羽帥年輕有爲，刀技大成，天下超過你的絕對不會超過十人！」

「謝謝兩位老將軍的誇獎了！」

「那裏，羽帥，我看我們整理大營後立即開拔吧，把受傷的士兵安排在城內會好些，相信這段路上不會再出現什麼風險！」越河趕緊勸雷格拔營。

「好，來人，傳令各部迅速整頓大營，一個小時後開拔，他娘的，幸好物資裝備沒事，否則損失大了！」

半個時辰後，藍羽和神武營全體拔營起寨，向北冥府城進發，一路上再也沒出現什麼事情，不到中午，大軍來到北冥府南門外，東方秀和長空旋、司空禮、夏寧謀等將領，見雷格等狼狽相嚇了一跳。

下午，斥候回報說北蠻人已經全部撤走，幾乎看不到他們的影子，雷格恨恨地大罵，但也無可奈何，派出斥候探馬繼續偵察，安心休息。

從第二天開始，藍羽派出了大隊人馬搜索周圍地區，清剿北蠻人，但是，北蠻人卻是像憑空消失了一樣，無影無蹤，東方秀借此機會忙派人把城周圍的泥土冰雪清除，加強戒備，神武營人手接過城防，讓東海士兵先休息幾天。

藍羽在北冥府城地區清剿了半個多月，一無所獲，然後雷格率軍返回長白城地區，這次藍羽出兵北冥府城，損失人馬近兩萬人，消滅敵人也就兩三萬人，沒有什麼收穫，無功而返。

藍羽離開後，北蠻人和星海聯軍相繼出兵攻擊北冥府城，這次與前次不同的是，北冥府城多了三萬神武營，他們隱蔽在冰雪裏，四處擊殺前來的北蠻士兵，防不勝防，他們武藝高強，作戰手法與眾不同，採取偷襲等手段，日夜不停，他們絕對不與敵人正規交戰，大量地殺傷北蠻士兵，使北蠻人在整個冬季裏再也沒有組織起像樣的進攻，使北冥府城慢慢地熬過了漫長的冬季，迎接來一個嶄新的春天。

藍鳥王朝五年的春天來得比較晚，四月裏天氣還很陰涼，但是，對於藍鳥王朝和星海聯盟、北蠻人來說，從春天開始，他們又將面臨著嚴峻的戰爭考驗。

藍鳥軍經過一個冬季的補充，整個大軍幾乎已經恢復了原有的人數和戰鬥力，從東、南、西三個方向運送來的大量物資，足夠藍鳥軍一年的征戰。王朝內，各地貴族子弟紛紛向京城藍鳥城趕來，參加額部新整編的「榮譽軍團」，聖王天雷下了旨意，對「榮譽軍團」的武器裝備要達到全軍最好的水準，要保持榮譽的名聲，絕對不能滅了「榮譽軍團」的威名。額部從訓練處挑出最好的教官對他們進行訓練，要求之嚴格、待遇之好，一時傳為美談，榮譽軍團一個冬季竟然擴編到二十萬人馬，使聖王的初意受到了再次挑戰。

「榮譽軍團」集中了全國各地的貴族子弟，當然免不了有許多地方和京城的官員子弟參加，好壞都有，把這樣一群人送上戰場，一旦失敗後果是嚴重的，聖王天雷也是猶豫再三，軍師雅星已經勸了他多次，使他再一次動搖了。

四月末，雅靈、明月、夢雷、中原、雪蓮從藍鳥谷回到京城，聖王天雷率領文武官員出城迎接，雅靈和孩子們下車叩見了聖王天雷，但明月公主卻沒有現身，回到王宮內，聖王天雷這才見到了明月公主，兩個人一時愣住，相對無語，明月公主淚水流了下來，十幾年的委屈一下子都發洩了出來。

晚間的柔情自不必細說，從這天起，明月公主就生活在王宮內，聖王天雷本想給明月一個名分，但明月說暫時不用，等以後再說，聖王只好照辦。

既然少主夢雷回到了京城，榮譽軍團的事情又有了轉機，聖王天雷心下一轉：想到既然大家都是貴族子弟，那麼，就把自己的兒子送到榮譽軍團，和他們一起作戰，如勝利了，是他們的榮譽，犧牲了也沒有話說，畢竟聖王的長公子親自參加作戰，能夠堵住貴族們的口舌了。

但明月公主的進宮，使聖王心裏發生了微妙的變化，不管怎麼說，一旦明月公主知道了夢雷進入榮譽軍團的意思，就會傷心欲絕，聖王竟然把自己的兒子送到死亡軍團中去，無論是那一個母親都不會原諒自己，更何況明月公主十幾年清苦，教育孩子長大成人，這樣做也實在是傷她的心。

最後，聖王天雷只好改變主意，把榮譽軍團徹底地訓練成爲真正的榮譽軍團，假戲真作，把他們送過聖靜河，在凌川城一帶嚴格訓練，這樣一來，這些貴族子弟所受的罪就成倍增加了，地獄魔鬼般的訓練使他們叫苦連天，但沒有人敢不服從軍令，聖王曾經親自下過旨意，凡不能完成訓練者立即送到北冥府城，接受更加殘酷的訓練，誰都明白送往北冥府城更嚴酷的訓練是什麼意思。

經過三個月魔鬼般的訓練，使這些貴族子弟氣質發生了根本的轉變，每一個人身上都多了些軍人的氣質，他們默默無語，默默地承受著訓練的折磨，這時候，他們都明白了聖王是什麼意思，他們這些人在廢物利用，有用則生，無用則死，沒有第二條路走，從踏過聖靜河那一刻起，他們的命運就已經被決定了。

但這些貴族子弟也有一個大大的好處，就是他們每一個人都多少會一點武藝，有些人甚至還有一身不錯的本領，他們雖有許多缺點，但他們也有自己的優點，那就是他們每個人都讀書識字，懂得貴族禮數，明白騎士規則，對榮譽看得較重，家族感強烈，這樣的一群人經過訓練，還真是成為一堆寶貝。

在藍鳥王朝積極訓練榮譽軍團的時候，星海聯盟也在積極地進行著春節的攻勢準備，聯盟主席星晨親自出馬主持北平原的鏖戰為期不遠了。

自從去年八月，帕爾沙特、北海明敗走淩川城，星海聯盟內部就展開了爭奪聯軍主帥的拉鋸戰，最後，野心勃勃的聯盟主席星晨一錘定音，由他親自掛帥，出征北平原，星海聯盟內就開始了積極的準備，往日備受壓制的太子殿下派更是積極備戰，一展身手。

十一月下旬，北蠻人敗至海寧城，軍事指揮權再一次落到星海聯盟的手中，聯盟主席星晨又幻想起了北方四國聯盟的主意，積極派人到映月遊說，陳明利害關係，暢談偉大的聯盟前景，準備再次與藍鳥王朝一角中原。

映月帝國聖皇月影也是一個野心勃勃的人，十幾年來被藍鳥軍多次打敗，元氣大傷，近三年來，由於映月和藍鳥軍在銀月洲對峙，隔河相望，相安無事。三年時間內，映月帝國國力大漲，軍隊已經訓練完畢，整個帝國雖不能恢復以前的實力，但相比起如今的星海聯盟也不遜色多少，整個帝國正規軍已經達到了八十萬人，民團無數。

近四年來，藍鳥軍與南彝聯姻，東平定東海，北跨聖靜河，多次擊敗星海聯盟和北蠻，佔領了北平原的大片土地，藍鳥軍實力大漲，節節勝利，威名之盛一時無二，大有一統中原的架勢，如果真讓雪無痕實現統一中原的目標，那麼，下面的事情就一定是征服北方四國了，聖拉瑪大陸大勢所趨，聖皇月影不會不明白，照此下去，不用十年的時間，藍鳥軍就會打到月落城。

目前，藍鳥軍在銀月洲駐紮軍隊爲一個整編兵團，即凌原兵團，主帥秦泰，總兵力二十萬人，其次，銀月洲還有已故大將軍、落月侯驚雲的殘部幾萬人，加上民團等兵力到達四十餘萬人，次帥秦泰爲人老成持重，絕不是冒然行事的人，尤其擅長防禦作戰，藍鳥軍成立至今，秦泰就是以防禦而著稱，號稱「不倒的藍鳥」，可見秦泰的穩重。

另外，嶺西郡藍鳥軍水軍與銀月洲時常往來，巡邏聖靜河上，幫助銀月洲防禦。

自從秦泰來到銀月洲後，大力興修防禦工事，沿河築起了寬大的戰壕、哨樓等，武器裝備得到嶺西郡短人族工廠的加強，實力雄厚，防禦已經是綽綽有餘，映月想出兵攻佔銀月洲也只能是說說而已。

針對藍鳥軍日益強大，聖皇月影考慮到有必要與星海聯盟再一次進行合作，否則等待被藍鳥軍各個擊破時候就爲時已晚了，所以，星城一派使者前來說服月影，聖皇月影也是順水推舟，同意了星晨的建議，雙方經過討價還價，最後秘密簽訂了《月落城協定》。

《月落城協定》的主題內容是：第一，映月帝國與星海聯盟、北蠻帝國達成軍事聯盟，三方共同出兵角逐中原，先期出兵以星海聯盟爲主，映月帝國與北蠻帝國爲輔；第二，在中原取得的利益星海聯盟占一半，映月帝國和北蠻帝國占一半，即映月帝國占中原利益的四分之一，北蠻帝國占中原利益的四分之一；第三，映月帝國和北蠻帝國各自出兵二十萬人，歸星海聯盟聯軍軍事指揮部指揮，由聯盟主席星晨統一掌握；第四，本協議僅限於北平原之用，一旦北平原被三國聯軍平定，本協議自動無效。

《月落城協定》使映月帝國、北蠻帝國非常的滿意，利用星海聯盟爲主抗擊藍鳥王朝的目的均已達到，而星海聯盟也非常的滿意，終於把映月帝國和北蠻帝國重新拴在了爭霸中原的戰車上了，況且是以星海聯盟爲主，號令三國，霸主的地位已經可見，另外，在取得中原的利益上，星海聯盟也佔有一半的利益，無論從什麼方面上講，星晨及大臣、國民都是滿意的。

既然《月落城協定》已經秘密簽訂，映月帝國就必須兌現諾言，首先是映月出兵二十萬人馬，主帥人選自然就又落到了親王月旺元帥的身上。

自從月旺率軍擊敗銀月洲的驚月後，聲望、地位在國內一時無雙，幾年來，映月軍隊在藍鳥軍手中屢次吃敗仗，是月旺重新鼓舞了軍隊的士氣，讓映月人民看到了希望，所以聖皇月影也沒有讓月旺失望，親封他爲親王，帝國最年輕的元帥，統帥帝國軍隊。

月旺元帥畢竟只經過聖靜河北映月本土與驚雲的一次大戰，作戰經驗還談不上豐富，爲了鍛鍊月旺，聖皇月影也是煞費苦心，把帝國僅剩餘的三位老帥都交給了月旺，輔助他訓練軍隊，增長見識，三年來，月旺元帥也確實學到了不少，如今，中原大戰又擺在了映月人民的面前，聖皇月影爲了增加月旺的閱歷、經驗，派他率軍出征，老帥沙巴爾從旁協助，即日起秘密率軍進入西星領地，出兵至北海，參加北平原鏖戰。

聖皇月影採取聯盟，這步棋走得非常的玄妙，既可利用星海聯盟削弱藍鳥軍的實力，又可以鍛鍊部隊，探查中原局勢、各國的動向，同時又可以取得部分中原利益。如今，由於丟失了銀月洲，映月與中原聯繫中斷，出兵路線幾乎被切斷，如不經過星海聯盟也確實有困難，強攻銀月洲映月還沒有這樣的實力，但如果三國軍事同盟在河北擊敗藍鳥軍，藍鳥王朝實力大減，銀月洲也就不攻自破了。

新年剛過，月旺元帥和沙巴爾元帥率領月照兵團二十萬人馬向西星運動，在邊界得到聯盟主席星晨派出的接引使，大軍一路向北，不日到達星落城，西星軍隊熱情地接待了月旺一行，休息了三日，大軍秘密向北出發，趕赴北海國內，與星海聯盟軍會合。

西星之主星晨親自出兵中原，國內派出的軍隊達四十萬人馬，全部是目前國內的精銳部隊，爲了安全起見，星晨把由射星派弟子組成的射星團也派了出去，親自率領他們出征中原。如今，射星派年長的高手不多見了，年輕好手勉強組成了五萬人，星晨統稱他們爲「射星戰團」，是西星射星派僅存的實力。

十餘年的中原爭霸戰爭，使西星射星派弟子損失無數，好手不斷陣亡，實力大減，培養出一批優秀的弟子不是容易的事，它不僅僅需要時間，更需要有好的苗子，這幾年來，星晨不斷地擴充本派子弟，但收效甚微，能上得手的不多，還需要時間，但如今時間已經不等人了，星晨現在就需要一批弟子出征了。

二月六日，星海聯盟主席星晨從星落城出發，前往北海都城海月城聯盟軍指揮部，隨行的有射星團五萬子弟，第一批二十萬人馬已經在映月月旺元帥走後緊接著出發，其餘二十萬人馬也要立即起程。

同時，跟隨星晨出發的還有一大批西星貴族子弟，他們平時不被帕爾沙特王子殿下看上，但是這次不同，爲了滿足聯盟主席星晨的虛榮心，西星貴族在歌功頌德的同時，也是前呼後擁，旗幟鮮明地跟隨國主出發，更不留餘力地有錢出錢，有人出人，爭取在國主率領聯盟軍取得中原後，分得更多的利益，人心的貪欲非常可怕。

星海聯盟內，西星帝國再一次掀起了全國性的參戰高潮，一時間，內戰意願高漲，彷彿中原就踩在西星人腳下，藍鳥軍對於他們來說不值得一提，有國主星晨親自出馬，射星派高手隨行，攻佔中原指日可待，青少年人積極從軍，參加對中原的最後一戰等等。

映月帝國、星海聯盟、北蠻帝國三國秘密聯盟，共同出兵北平原，消息被藍鳥黑爪探查後火速傳回藍鳥城，聖王天雷得到消息後，立即召開部分腦部人員會議，商議對策，這時候已經是五月中旬。

藍鳥軍經過一個漫長冬季的休整，作戰實力漸漸恢復，在北冥府城一帶，戰事基本上趨於穩定，北蠻人全部退回北方和海寧城方向，藍鳥軍藍羽部已經向北移動，而長白城一帶，中央方面軍越劍部按兵不動，等待時機。

西方面軍維戈部一個冬季裏，雖然沒有發生什麼特別大的戰事，但小規模的作戰也沒有間斷過，騎兵在副帥商秀和將軍忽突的率領下，分別向海寧城一帶侵襲，雙方騎兵小規模廝殺不斷，互有傷亡，帕爾沙特牢牢地控制住星海聯盟僅有的騎兵，一見藍鳥軍騎兵勢大立即閉門不出，一旦發現小規模活動就出兵追殺，大將軍商秀和將軍忽突多次設伏都沒有成功，事情一直拖到了開春後。

目前，藍鳥軍西方面軍在淩川城一帶佈置有重兵，獨立第一、二、三、四軍團在淩川城以西南地區經過補充後，正在加緊訓練，所損失的兵力早已經補充到位，另外，聖王特別照顧獨立軍團，把幼字營的人補充給獨立軍團不少，實力有所回升。

藍翎兵團五、六、七、八、九、十共六個軍團都駐紮在凌川城，騎兵第十五、十七軍團也駐紮在此，還有短人族戰斧團五萬人馬。

藍鳥騎士團駐紮在凌川城與長白城之間，配合騎士團的是十萬新兵幼字營和二十萬「榮譽軍團」，在藍鳥騎士團和藍衣眾訓練處人員地獄式訓練下，幼字營和榮譽軍團經受著魔鬼般的折磨，戰鬥力明顯上升，整個漫長的冬季裏，藍鳥騎士團的大本營成爲魔域。

春天的腳步漸漸地近了，大地發出了嫩綠，枝頭吐出新芽，濃濃的春意使大平原披上了青紗，到處都是春的氣息。

聖王天雷密切注視著北方三國的動向，派出大量的藍爪、黑爪偵察，盡一切力量探聽消息，監視敵人的一舉一動，同時嚴令左、中、右三個方面軍穩住，命令不許輕舉妄動，等待時機。

但是，儘管藍鳥軍不主動出擊，可凌川城距離海寧城六百里的距離，中間隔著幾個城市，許許多多村鎮，不派兵駐守就將失去這些戰略地區，爲將來作戰帶來不便，所以在開春後，整個西方面軍的騎兵部隊前移，嚴密監視海寧城方向敵人的動靜，藍爪斥候大量湧出，敵我雙方斥候爭奪戰十分激烈。

藍鳥王朝和北方聯盟都憋足了勁頭，積極備戰，大戰形勢一觸即發，而作爲北方聯盟軍的主帥帕爾沙特，這幾天的心情就更加的暴躁，因爲從北海海月城已經秘密傳來消息，聯盟主席星晨已經抵達海月城，不久將到達海寧城接替帕爾沙特的指揮權，正式展開與藍鳥軍的中原爭霸戰。

如今，映月帝國支援的二十萬大軍在月旺元帥和沙巴爾元帥的率領下已經上路，正在通往海寧城的路上，而北海也徵集了十萬軍隊參加了南征的行列，聯盟主席星晨所率領的西星四十萬軍隊也陸續出發，射星團部分人員也秘密趕赴在前往海寧城的路上，爲聯盟主席星晨順利接收兵權鋪平道路。

西方最亮的一顆星帕爾沙特儘管非常惱火被聯盟中人暗中算計，但是苦酒也可以說是自己釀成的，況且，接替他出任聯盟軍總指揮的是自己的父親，他也沒有什麼話說，以他的名望和地位，想完全號令映月帝國和北蠻帝國派出的軍隊也沒有這個威望和實力，而星晨則不同，他畢竟也是一國之主，目前聯盟的名譽主席，各國軍隊在星晨的統一指揮下，也沒有什麼好抱怨的，就連北蠻主蠻龍也心甘情願。

這次映月帝國、星海聯盟、北蠻帝國三國聯盟的促成雖說是大陸形勢所趨，但星晨的威望、地位也是功不可沒，北蠻人儘管在目前的形勢下屈服於星海聯盟之下，但作爲北蠻之主的蠻龍也確實不願意受帕爾沙特所指揮，相反，如果是星晨統一指揮，則情況又有所不同，畢竟星晨的指揮北蠻人在顏面上可以接受，而映月帝國的將士們根本也沒有把帕爾沙特放在眼裏，明月公主在的時候，那有他帕爾沙特說話的權力，況且映月人與藍鳥軍沒少打大仗，只大陸上的幾次重大的戰役，幾乎都與映月人有關，星海聯盟軍與藍鳥軍的大戰次數有限，帕爾沙特儘管風光一時，但雪無痕騰出手來的時候，他幾乎沒有在雪無痕的手上討得絲毫的便宜，連吃敗仗，以至於丟失藍鳥城和北平原大部地區，如今退守海寧城，偏居一隅。

映月軍主帥月旺元帥年輕氣盛，年齡幾乎與帕爾沙特相當，三年前擊敗藍鳥軍驚雲兵團，滅驚雲大將軍於落月坡，名揚四海，被稱呼爲真正擊敗過藍鳥軍的唯一將領，在他的眼裏，帕爾沙特也確實不怎麼樣，被雪無痕連連擊敗，喪師辱地，有失軍人本色，如果讓帕爾沙特指揮聯軍，他也真不服氣，但星晨卻不同。

帕爾沙特也明白他自己在聯軍中尷尬的處境，所以儘管不滿意但也沒有話說，只把氣出在對面的藍鳥軍身上，幾天來，藍鳥軍成建制的活動頻繁，大規模的軍隊侵襲不斷，星海聯盟軍死傷無數，在他困難的時期就好似在他受傷害的傷口上灑了把鹽，既痛且恨，所以帕爾沙特在痛恨之餘，暗中集結騎兵部隊，準備給藍鳥軍以重大的打擊，以雪前恥，就是自己離開海寧城前線也要有個面子才能離開。

藍鳥軍將士們那裏知道帕爾沙特的心情，所以一如既往地對海寧城聯盟軍防線發起小規模的衝擊，各部將領輪換出戰，保持鬥志的同時磨練自己的士兵，保持臨陣狀態，為不久的將來大戰做準備，而這次領軍出擊的是藍翎大將軍忽突。

大將軍忽突出身藍鳥谷，曾跟隨聖王天雷進入聖日帝國軍事學院學習，後一起進入嶺西郡，轉戰中原各處，屢立戰功，是藍鳥軍中有名的一員大將，他作戰經驗豐富，可以說是沙場中的一員老將，率領所部騎兵多次給予敵人重大的打擊，一直追隨在藍翎主帥維戈的身邊。

忽突知道對面海寧城中駐守的聯盟軍主帥是帕爾沙特，所以行事也是非常的小心，但是藍鳥軍在一個冬季裏多次對海寧城一帶進行侵襲，從沒有發生過重大的傷亡，所以多少帶有輕視之心，況且，忽突率領所部騎兵第六軍團出擊實力也不小，即使不勝，情況不好撤退也沒什麼。

但是，這次與往常不同，帕爾沙特本就帶著一腔的憤怒，加上以雪恥之心出戰，並早已有所準備，整個星輝騎兵軍團出動了五萬人，一個整編軍團，僅好手就十幾員，誓要給藍鳥軍一個教訓，所以當忽突第六軍出現在海寧城防線西南不遠處的時候，帕爾沙特就已經給他準備好了。

第三章　壯志未酬

「報告殿下，藍鳥軍第六軍團忽突部已經出現了，目前正在西南防線的十餘里處，奔襲我軍各處，我騎兵已經準備就緒，請殿下定奪！」

帕爾沙特白淨的臉上掛滿了殺氣，聽後大聲吩咐道：「命令騎兵出擊，分左右兩路出發，迂迴包圍，一定不讓敵人退回去，中間有我親自出馬，你們不要管了！」

「是，殿下！」

帕爾沙特伸手提起了槍架上的凝碧槍，大踏步走出大營，門外，五千精銳騎兵已經準備就緒，靜靜地等待著帕爾王子殿下，帕爾沙特也不說話，飛身上馬，大槍一揮，帶馬向西南方向奔去。

忽突將軍見星海聯盟軍突然出現一支五千人的隊伍，心下大喜，忙命令騎兵準備，各部收縮陣形準備迎戰，帕爾沙特率領騎兵漸漸馳近，在一千米的地方停住戰馬，帕爾沙特並不答話，由一名萬騎長奔出百十米，大聲喝罵道：

「藍鳥軍的死囚，還不過來受死！」

藍鳥軍第六騎兵軍團的一名統領大怒，見敵人一個萬騎長出來挑戰，忙喝道：「死蠻子口出狂言，待我會會你，休走！」

然後，他向忽突投以詢問的眼神。

忽突將軍見敵人並不多，只一個五千人的大隊，雖然騎兵個個精悍，稍有些與眾不同，但也沒有放在心上，見統領詢問，輕輕點頭。

大統領見忽突將軍同意，一催座下戰馬，搖手中大槍殺出，敵我雙方兩員將領並不多說廢話，立即殺成一團。

有十幾個照面，時間已經過了半個多小時，忽突感到不對勁，敵人只有五千人，爲什麼會主動出擊，而且出人挑戰，如不是另有目的就是在拖延時間，等待後軍，想到此，忽突忙命令道：「不可戀戰，全隊立即出擊，然後立即撤退，動作要快！」

第六軍團的將士們一聲應諾，然後雙腳一扣馬鞍，騎兵全部催馬而出，向敵人殺來。

帕爾沙特見忽突識破拖延之計，全軍出擊，一聲長笑道：「忽突，休走，帕爾沙特等你多時了，哈哈！」

在帕爾沙特長笑聲中，五千星輝精銳騎兵拍馬迎上，帕爾沙特搖凝碧槍直指忽突殺來，巨大的氣旋緊緊地鎖住了忽突，讓他動彈困難，在帕爾沙特搖槍的過程中，十幾匹軍騎兵已經倒在了帕爾沙特的槍下，殺開了一條血路。

跟隨帕爾沙特出擊的騎兵都是他身邊的精銳衛隊，可以說個個都是軍中好手，馬上的身手絕不弱於藍翎衛隊，個人的素質比藍鳥第六騎兵軍團的士兵要強上幾分，如今帕爾沙特親自率軍出擊，士氣正旺。

忽突將軍在帕爾沙特長笑聲中就感到事情不好，但整個軍團騎兵已經發起了衝擊，並且方向正相反，立即撤退已經不可能了，只有衝破帕爾沙特的防線後迂迴撤退，但帕爾沙特緊緊地咬住了他，馬快槍急，他想避開困難重重。

這時候，從東、西兩側同時響起了戰馬的轟鳴聲，左右兩翼同時出現了敵人的騎兵部隊，後路幾乎被截斷，忽突感到一陣絕望，但他早有死的覺悟，當機立斷道：「各部立即突圍，能走多少是多少，不可戀戰，快！」

近衛叫道：「將軍！」

忽突雙眼一瞪道：「不可多說，立即行動，這是命令！」

再想說話，帕爾沙特的戰馬已經距離忽突只有百十米的距離了，忽突看著帕爾沙特，一聲冷笑，然後催馬迎上，手中大槍幻起一陣槍花，直指帕爾沙特殺去。

又有三軍騎被帕爾沙特挑落馬下，雙方的距離只有二十幾米，兩個人的雙眼幾乎同時凝在了一起，忽突奮起神力，搖槍直指帕爾沙特咽喉。

帕爾沙特一聲冷喝，手中凝碧大槍幻起槍芒，把忽突的槍花抵住，然後，雙肩叫力，凝碧槍如一彎碧水一般順勢而下，槍尖指向忽突的胸前，速度之快，如閃電一般。

忽突也是雙眼精光暴漲，雙肩用力，手中霸槍展開生平之絕技，寸步不讓地與帕爾沙特對上。

「好！」帕爾沙特突然一聲喝好，凝碧槍方向不變，速度更加的快了幾分。

雙方兩條大槍交叉而過，帕爾沙特微微一側身，忽突的霸王槍從他肩頭急閃而過，但凝碧槍卻在忽突的胸前閃了又閃，兩匹戰馬各向前方奔去。

帕爾沙特提槍圈馬而回，戰馬發出嘶嘶的鳴叫聲，雙蹄抬起，落地踏踏作響。

忽突將軍在馬上晃了兩晃，胸前兩處巨大的傷口上噴出了鮮紅的血水，染紅整個戰袍，他伏在馬上，一直向北奔去。

幾名僅存的親衛急忙向忽突靠去，嘴裏大聲叫道：「將軍，將軍！」

但忽突一點聲音也沒有回答，伏在馬上繼續飛奔，戰馬的靈性知道跟隨自己的馬群走，他們繞了個半圓弧形，向南奔去。

第六騎兵軍團與星輝精銳騎兵軍團並沒有纏鬥，在忽突大聲命令撤退的時候，各大隊長就已執行命令爲主，他們成隊形地衝向了帕爾沙特的五千騎兵，以優勢兵力擊弱，利用人馬多的特點一擁而上，奮力斬殺一陣，立即撤退，但其中的一個萬人隊卻正撞上敵人的大隊，展開了廝殺。

帕爾沙特的五千軍騎想一陣攔住藍鳥第六軍團三萬人馬是不可能的，只有截住一個萬人隊，其餘兩萬軍騎從旁而過，各大統領立即圈馬向南撤，迎面撞上左翼迂迴而來的敵人兩萬五千精騎兵，展開了混戰，其中一部脫離而走，大部被右翼和從後趕上的敵人包圍在中央，展開了封殺。

忽突的衛隊沒有剩餘幾人，掩護著重傷的忽突撤退，他們拼命搏殺，希望突出重圍，但是，星輝騎兵們也發現了忽突這個重傷的將領，派出大股騎兵圍殺，最後，親衛全部戰死，忽突被斬首，其餘大部騎兵被殲滅，藍鳥軍第六騎兵軍團幾乎被全殲。

突圍而出的騎兵快速向藍鳥軍的騎兵大營而來，騎兵大營距離海寧城防線大約有四十里左右，大將軍商秀正在營中，接到消息後，立即傳令騎兵準備起程接應，二十二萬騎兵傾巢出動，浩浩蕩蕩地向北而來，一個時辰後，商秀率領騎兵來到了戰場，只見整個戰場上一個人都沒有，到處都是藍鳥第六軍團士兵和戰馬的屍體，大小戰旗扔在地上，隨處可見，方圓十里內一片狼藉，商秀心痛地落下淚來，忙傳令士兵檢查屍體，看看有沒有生還者，並尋找忽突的蹤跡。

在商秀的心中，多麼希望忽突沒事，但是，很不幸的是，士兵在屍體中找到了忽突被斬首的屍體，從盔甲上可以認出是忽突，商秀立即命令士兵收殮屍體，整個二十二萬騎兵被悲憤所籠罩，他們把戰死的兄弟放在戰馬上，馱回了大營，啇秀立即命令人把消息傳回凌川城，並報告給京城腦部。

隨後，藍鳥軍騎兵在啇秀的嚴令下全線駐守，等待次帥維戈的命令。

凌川城中，次帥維戈正在休息，幾個月來，西方面軍經過休整補充，實力漸漸恢復，事情雖然很多，但大事情由維戈決定，小事情則有參謀們去做，維戈本人倒沒什麼事情。自從長白城會戰後，藍鳥軍河北的主將沒有受到腦部的褒獎，維戈、越劍、兀沙爾、凱武、彝雲松都知道自己犯了貽誤戰機的錯誤，雖然長白城會戰最終取得了勝利，但是沒有徹底地消滅北蠻軍隊，致使蠻龍率領族人遠走海寧城，與星海聯盟達成了同盟，使河北的敵人一下子就形成了一股，實力增加，藍鳥軍再想各個擊破恐怕就很難了。

維戈自然知道聖王天雷和軍師對河北會戰不滿意，雖沒有批評他們，但也沒有褒獎，而中下級將領、軍官、士兵在額部的表彰已經結束，使他們幾個主副將臉上十分難堪，但仗是他們打的，聖王沒有責怪他們已是他們的運氣，所以這一段時間以來，都老老實實地待在河北，訓練部隊憋足了勁頭，準備再戰。

忽然接到騎兵大營趕來的快馬，維戈心中奇怪，往常騎兵大營有什麼事情，多半是用信鴿傳訊，但這次啇秀卻派出了專人的快馬報訊，維戈感到一絲的不祥，看著傳訊兵走了進來，維戈站起了身。

「騎兵通訊中隊長墨蹟拜見翎帥，祝翎帥大安！」

維戈點了下頭道：「起來吧，說，什麼事？」

「翎帥，昨日上午，忽突將軍率領第六騎兵軍團巡視海寧城敵人防線時，中了帕爾沙特埋伏，忽突將軍戰死，第六軍團幾乎被全殲，大將軍啇秀命令小人傳訊給翎帥，望翎帥決斷！」

「什麼？」維戈雙眼寒光暴漲，語氣急促地追問道。

「翎帥，忽突將軍戰死了，是帕爾沙特親自出手，啇秀大將軍趕到的時候，忽突將軍已經被斬首，頭顱已被星海聯軍割去，翎帥……」

「住口，說重點，是帕爾沙特親自出手的嗎？」

「是，翎帥！」

「第六軍團還剩餘多少人馬？」

「四千三百八十一人，其中三千人帶傷。」

「這麼說來，第六軍團完了？」

「這……是，翎帥！」

「啇秀大將軍如今採取什麼措施？」

「啇秀大將軍告訴小人，在沒有得到翎帥的命令前全軍戒備，不會出戰。」

「很好，嘿嘿，好，很好，帕爾沙特，沒有想到你親自出手了，好，你下去吧！」

「是，翎帥！」

「來人！」維戈火氣上衝，大聲喝道。

「在，翎帥！」

「立即派人通知溫嘉大將軍過來，同時告訴藍翎衛集合，兩個時辰後出發！」

「是，翎帥！」

中軍官下去後，維戈在屋內轉了兩圈，然後坐下寫了一封信，立即交給了通訊兵，讓他快馬返回京城藍鳥城，把信交給聖王，然後自己開始和參謀收拾東西，準備起程。

藍鳥軍第六騎兵軍團是藍翎的部隊，其官兵大部是西南郡的子弟，可以說是藍翎中的嫡系部隊，將軍忽突從小和維戈一起長大，一直以來都跟隨在維戈的身邊，轉戰南北，是維戈的得力助手，兩個人的私人感情也是相當的深厚，如今忽突戰死，維戈那能不傷心，尤其令維戈難過的是：藍鳥軍從成立至今，除驚雲兵團被全殲滅外，還沒有一個整編軍團被殲滅，這回可好，維戈倒開了先例。

一個多時辰後，大將軍溫嘉快馬衝進凌川城，急步來到維戈的室內，見維戈穿戴整齊，忙問道：「翎帥，你這是……對了，翎帥叫我？」

維戈沉著臉走到溫嘉的身邊，伸手重重地拍了一下溫嘉的肩膀道：「好兄弟，忽突戰死了，是帕爾沙特出的手，我馬上就要過去，凌川城就交給你了！」

溫嘉雙眼圓睜，眼角欲裂地吼道：「什麼，忽突戰死了？好啊，帕爾沙特，我決不饒你，翎帥，我和你一起過去，藍鳥騎士團會立即起程，我先回去收拾軍馬。」

溫嘉說完，大步就往外走，維戈忙叫住了他道：「溫嘉，等等。」

「什麼事，翎帥？」溫嘉大如牛眼的眼球裏充滿了血絲。

「溫嘉，你的心情我理解，正如我也一樣，可是，凌川城不能沒有主將，你我都過去，誰來主持大局，不久後，聖王就會轉來命令，你先在城裏住幾天，等待聖王的旨意，我先過去穩定戰線，帕爾沙特跑不了，我們有的是機會對付他！」

「翎帥！」溫嘉的眼淚流了下來。

溫嘉和忽突的私人感情不錯，兩個人都是孤兒出身，一起長大，且同時跟隨聖王天雷，與維戈的關係幾乎就是主僕，如今聽忽突戰死，心如刀割，溫嘉手中掌握有藍鳥軍最強大的騎兵軍團藍鳥騎士團，在這種情況之下，也只有維戈和聖王的話他才肯聽從。

「好吧，翎帥，一旦我接到聖王的消息立即趕過去，翎帥，帕爾沙特這狗東西，你可要留給我啊！」

「好兄弟，我會的，你安心就是！」

「翎帥，我聽你的安排就是，你小心，保重啊！」

「好兄弟，你也保重，我們很快就會見面的！」

維戈說完，大踏步地走出屋內，溫嘉緊隨相送。

凌川城北門外，一萬五千藍翎衛已經整裝待發，維戈來到近前，也不說話，飛身上馬，看了溫嘉一眼道：「兄弟，保重！」

「翎帥保重！」

然後，維戈一抖韁繩，快馬向北奔馳而去。

天已經近黃昏，晚霞把西方半邊天映得火紅，格外的豔麗，而北平原上，一萬五千匹戰馬上的士兵沐浴在晚霞裏，悶頭趕路，他們沒有一人說話，沉默的氣氛裏帶著悲傷，只有踏踏的馬蹄聲敲響著大地，顯得沒有一絲的活力。

在藍翎主帥維戈奔赴海寧城的時候，遠在京城藍鳥城內的聖王天雷已經接到了大將軍商秀的飛鴿傳書，一看是忽突戰死的消息，也是一陣的傷感，他穩了穩心神，想到一旦維戈西方面軍將領們接到消息，就會立即趕赴海寧城方向，展開血戰，可如今星海聯盟與映月帝國、北蠻帝國暗中勾結，共同出兵北平原，一個搞不好，藍鳥軍西方面軍就會吃虧的，想到此處，他立即叫道：

「風揚、卡奧！」

「在，聖王！」

「立即傳書給凌川城和長白城、北冥府城方向，告訴他們，就說是我親自下的命令，大軍穩而不動，全線防禦，沒有我的命令不許私自出軍，不得違抗！」

「卡奧，立即收集星海聯盟和北蠻、映月軍隊的動向，每一個時辰彙報給我，我需要最詳細的資料！你們下去辦吧！」

「是，聖王！」

不久，軍師雅星快步來到室內，這時，聖王天雷正停留在巨大的軍事地圖前，雙眼凝視，默默無語。

「雅星大哥，你來了，坐吧！」聖王天雷並沒有回身。

「無痕，忽突的事情我知道了，請你節哀，不要亂了陣腳，藍鳥谷的將領恐怕要你下道旨意，否則會出亂子。」

「雅星大哥，這事我已經辦妥當了，你放心就是，我沒什麼，忽突戰死是死得其所，作爲將領，他早就有爲藍鳥王朝獻身的覺悟，這一點我深信不疑，忽突，我爲他驕傲！」

「是，無痕！」

聖王天雷忽然嘿嘿地笑了兩聲，然後用筆在堰門關方向重重地畫一圈，這才轉過身來。

軍師雅星看著聖王天雷的動作，忽然雙目一凝，仔細想了一想，然後張了張嘴，沒有說出話來。

聖王天雷再次看了雅星一眼，微微一笑道：「我要確定星晨是否到達了北海海月城，雅星大哥，我起身的日期看來不遠了，你準備一下，另外，你要秘密爲我在堰門關方向集結四十萬民團留用！」

「無痕，你要有大動作？」

「是，雅星大哥，既然他們能在中原作戰，我們爲什麼不能在他們本土作戰，我倒要看看帕爾沙特有什麼回天之術，我要拿下星落城，滅了西星！」

雅星倒吸了口冷氣，然後遲疑了一下道：「無痕，太早了點吧？」

聖王天雷輕輕地點頭道：「你說得是，雅星大哥，所以我說要確定星晨是否到了海月城！」

雅星想了一下，然後說道：「如果星晨離開西星前往北海，必然會出兵北平原，國內必然空虛，再無大將，如果我們突出一支奇兵攻擊西星本土，直指星落城，必然會使西星亂了陣腳，既可減輕北平原的壓力，同時也可以分散敵人兵力，使其首尾不能相顧，即使我們不勝，也可以大挫敵人的銳氣，大不了就返回堰門關而已，好，實在太好了。」

聖王天雷笑道：「一旦星晨北出北海，進入北平原，我們則在淩川城、長白城、北冥府城三線採取全線防禦的措施，兵鋒則西出堰門關，全力攻擊西星，拿下星落城，我倒要看看星海聯盟還能否團結一致，只要被我們尋找出一絲破綻，立即各個擊破！」

「好，給我三個月的時間，好嗎？」

「好吧，不過我不敢保證按兵不動！」

「這我明白，我會在最短的時間內完成的！」

「謝謝你，雅星大哥！」

「沒什麼，都是自家兄弟嘛。」

次帥維戈快馬加鞭，三日後趕到了海寧城藍鳥軍大營內，大將軍裔秀接到消息，率領一眾將領出迎，把維戈接進大帳篷內，維戈並不休息，忙問忽突的屍體在何處，裔秀領著維戈拜祭了忽突，看著忽突斷頭的屍體，維戈的眼淚流了下來。

休息一日，維戈接到了聖王天雷從京城傳來的緊急命令，維戈雖心有不甘，但也不敢違抗聖王的命令，加上幾日來行軍勞累，整軍休息。

帕爾沙特擊殺忽突後，回到了海寧城內，全軍慶祝，殺牛宰羊，犒賞大軍，同時把各項事情安排就緒，兩日後，映月帝國先頭部隊趕到了海寧城外，帕爾沙特預先安排好了大營，爲映月軍隊安排了駐地，黃昏時分，主帥月旺元帥和沙巴爾率領主力到達，帕爾沙特親自出迎，不必細說。

隨後幾天，西星、北海的軍隊陸續達到，把海寧城北擠得滿滿的，七十萬軍隊的大營連成一片，旗幟招展，刀槍遮天蔽日，映月、西星、北海、北蠻的軍隊旗幟鮮明，氣勢逼人，四國在經過十一年中原戰爭後，又一次走到了一起來。

北方三國聯盟軍在海寧城一帶休整，十餘日後，星海聯盟主席星晨和北海國主北海無疆率領射星團和海戰團趕到了海寧城，北蠻國主蠻龍和西星王子殿下帕爾沙特、映月帝國元帥月旺、沙巴爾等一眾將領出迎，盛大的場面感人肺腑，士兵們士氣大振，歡呼的聲浪響徹雲霄，久久不散。

星晨和北海無疆、蠻龍等人進入海寧城，在帕爾沙特事先安排好的府宅內稍微休息，接著召開了盛大的歡迎宴會，帕爾沙特以王子殿下的身分主持了歡迎宴會。

帕爾沙特一身的白衣儒服，金黃色玉帶，上懸掛香囊，白淨的臉上掛著勉強的笑意，他邁著幽雅的步子，快步走上了主持台，用軍人特有的磁音說道：「各位國主、元帥、將軍和官兵們，歡迎你們來到了海寧城，爲我們共同的事業一起努力！」

「十一年前，我們北方四國走到了一起，共同出兵剿滅聖日帝國，百萬雄獅縱橫中原，所向無敵，開創了北方四國空前的盛事大業。歲月的滄桑使我們受到了血的教訓，追憶往昔，感慨萬千！今天，我們雖然從四個帝國變成了三大帝國聯盟，可是仍然是我們，沒有任何的變化，我們又重新走到了一起，共同對抗藍鳥王朝，歷史的光輝正在向我們招手，輝煌的偉業等待著我們去開創，我相信在我們三大帝國將士們精誠團結的感召下，一定會重新改寫聖拉瑪大陸的歷史，共同開創聖拉瑪大陸最輝煌、燦爛的明天！」

「各位，讓我們高舉起酒杯，爲了勝利乾杯！」

帕爾沙特富有感召力的講話爲他贏得了陣陣的掌聲，全體將領一齊起身，熱血沸騰，他們高舉著酒杯，熱烈地回應著帕爾沙特的講話，撞杯的聲音不斷地響起來，「爲了勝利」成爲了一句座右銘，帕爾沙特的聲譽再一次達到了頂點。

帕爾沙特看著下面熱烈的場面，感到非常的滿意，他頓時滿面春風地接著說道：

「各位，藍鳥軍並不十分強大，就在前幾天，我們還消滅了敵人整編第六騎兵軍團，其軍團長忽突將軍的人頭還掛在城門上，各位，只要我們團結一心，共同努力，整個中原就將是我們的，整個聖拉瑪大陸也將是我們的，各位，爲了我們更美好的明天，讓我們再滿飲此杯，爲勝利而乾杯！」

他的話再一次贏得全場熱烈的掌聲，將領們再次滿飲了一杯酒，豪情壯志展露無疑。

「各位，下面有請星海聯盟的主席星晨講話！」

伴隨著帕爾沙特的聲音，一陣更加熱烈的掌聲響了起來，星晨春風得意地站起，大踏步地走向了台前。他一身淡黃色的錦衣，金黃色腰帶，得意的臉上掛滿了笑意。

「各位，本人代表星海聯盟歡迎映月帝國、北蠻帝國的將士們來到海寧城！更感謝奮戰在前線的所有將領和士兵們！我的話不多，只有幾個字，那就是：歷史是屬於我們的，聖拉瑪大陸將任我們遨遊，努力吧，所有的將士們，謝謝！」

宴會達到了高潮，更加熱烈的掌聲響了起來，將士們備受鼓舞，個個摩拳擦掌，準備在中原一展身手。

隨後，北海國主北海無疆、北蠻帝國國主蠻龍、映月帝國親王月旺分別講話，把整個宴會推向了一個又一個高潮。

整個海寧城內被歡樂的海洋所淹沒，士兵、百姓們個個有酒有肉，歡慶海寧城軍事結盟，好似整個中原已經踩在了三國聯軍的腳下。

與此同時，海寧城南方四十里外的藍鳥軍大營是全軍戒備，隨時準備戰鬥，探馬斥候把一個又一個最新的消息傳回京城藍鳥城，黑爪也是緊急行動，兩條線的消息不斷地湧入王宮內，聖王天雷和軍師雅星把一個又一個消息彙聚在一起，標示在地圖上，詳細地計算著敵人的兵力及將領人數。

軍師雅星掐著手指計算著春播的時間。

聖拉瑪大陸的春天已經進入了五月，大地上一片碧綠，野花吐芳香，嫩綠的青草已經能夠使戰馬食用，而藍鳥軍的騎兵也漸漸地恢復了因爲冬天而損失的膘壯。

五月十一日，海寧城防線三國聯軍經過幾天的休息，漸漸地恢復了疲勞，映月、西星官兵們求戰心切，聯盟軍主帥星晨也就順水推舟，同意了出兵。

映月帝國、星海聯盟、北蠻帝國三國聯軍爲了統一軍隊作戰，成立了統一的指揮部，由星海聯盟主席星晨擔任聯盟軍主帥，蠻龍、北海無疆、月旺爲副，由於藍鳥軍距離海寧城方向有四十里的距離，所以整個軍隊的指揮部前兩天也就相應地移出了城外，方便指揮軍隊作戰，如今聯盟軍官兵請求戰鬥，星晨等人也想先見識一下藍鳥軍的作戰能力，所以本次作戰的目的是以觀戰爲主，探查藍鳥軍的虛實。

兩軍的距離有二十里，聯盟軍先派出一隊人馬請求約戰。

藍鳥軍主帥維戈幾天來心情格外地憤悶，忽突的死對他有一定的打擊，而聖王天雷要求他不許主動請戰，使維戈更加難受，今天，聯盟軍主動約戰，維戈心頭大喜，聖王說不許主動求戰，但並沒有說敵人請戰了還不應戰，況且維戈也有自己的想法，三國聯盟軍到底都來了些什麼人也要探查虛實清楚，這就使他抓住了理由，所以立即命令軍隊準備，出兵應戰。

維戈知道三國聯盟軍勢大人多，自己手中只有二十幾萬騎兵，決戰是不行，但局部作戰還是沒有問題的，打不過騎兵可以撤退，跑總可以了，聯盟軍騎兵沒有藍鳥軍的多，對跑這一點，維戈還是有把握的。

維戈把手中僅有的部隊都帶了出來，二十三萬騎兵列開了陣形，把十里寬的距離占成一大條，嘶鳴的戰馬列成隊，旗幟招展，維戈提馬用目光向前方打量。

聯盟軍明顯地可以看出是由四個部分組成，中央部分騎兵約有十餘萬人，左右步兵也有十五萬，最東側翼的是北蠻人的高大步兵，最西側翼是北海的五萬精銳步兵，緊靠近中央騎兵右翼的是映月的五萬方陣，左翼是西星的五萬步兵方陣，步騎共約三十萬人馬，維戈明白敵人並不指望決戰。

一員年輕的將領催馬出來，手中提著一條長槍，神氣活現地向藍鳥軍的陣形中喝道：

「西星塔爾斯請戰，藍鳥軍主將可是維戈嗎？」

維戈立在帥旗之下，聽見對面小將口出狂言，臉立即就沉了下來，他剛想催馬，不遠處，第十五軍團的軍團長海天立即大怒道：「翎帥，待我前去取他的性命，如何？」

維戈喝了聲：「好！」

海天立即催馬迎了上去。

「藍鳥軍騎兵將軍海天，小子拿命來！」

海天並不多話，擺刀斜劈而出，大刀帶起的風聲很遠就可以聽見，塔爾斯舉槍相迎，兩個人戰在一處，有十幾個照面，海天大刀力劈華山，直奔塔爾斯頂門，塔爾斯大槍抖出四朵槍花，截住海天大刀的去路，兩個人二馬一錯，海天大刀順勢一閃，快如閃電，把塔爾斯攔腰斬成兩段。

海天提馬回歸本隊。

第四章　戰陣雄風

「海天休走，我來會你！」聯盟軍中飛騎出一員大將，正是星海。

海天認識星海，兩個人在十幾年前三大帝國軍事學院比武賽中見過面，他剛想提馬而出，旁邊一人喝道：「海天兄且慢，交給商秀了，翎帥！」

「商秀，小心了！」

「謝翎帥！」

「好，商秀，今日星海再會會你，看你有多大的能耐，看槍！」

星海大槍灌滿風聲，直劈商秀頂門。

商秀也不多話，右手中重劍向外一磕，左手重劍用力而出，雙劍一前一後，向星海殺去，重劍帶起的風聲不亞於大槍帶去的風響。

「轟！」

一聲震響，槍劍相交，重劍被磕起一尺有餘，商秀順勢收劍，左手劍並不停留，向前而去，直劈星海的右肩膀。

「好！」

星海暴喝一聲，大槍順勢外撥，槍劍交鳴，一聲大響，兩個人戰馬踏踏向後退出幾步，嘶嘶暴叫，兩人同時大喝一聲，槍劍並舉，殺在一起。

聯盟軍中西星的大將星照見星海與商秀一時間不能分出勝負，提馬而出，手搖雙槍向維戈喝道：「維戈，看今日我取你性命，爲星神和星洲報仇！」

維戈立即大怒，提起報仇一事，勾起了維戈心中的痛，他催馬來到星照的面前怒道：「星照，你不是我的對手，快叫帕爾沙特出來，忽突的事我正要找他算帳呢！」

「嘿嘿，維戈，贏了我再說，想爲忽突報仇，想都別想，休走看槍！」

星照雙槍並舉，一槍直奔維戈咽喉，一槍在後保護，星照知道維戈可不比他人，槍馬純熟，武藝高強，與帕爾沙特也不相上下，他想贏維戈還是有一定的困難。

「星照，找死，好，今日我就先取點利息，然後再找帕爾沙特算帳！」

維戈說完話，手中霸王槍連點，六朵槍花圈住星照的槍花，槍尖點在星照的槍桿上，輕微的三聲響，星照急忙撤槍，後手槍急出，直取維戈的胸前大穴。

維戈一聲冷笑，手中霸王槍連閃，兩個人雙馬一錯，維戈反手一槍，一尺五寸長的槍尖從星照的左肋而入，維戈雙手一叫力，把星照挑於馬下，死屍摔出十餘米遠，維戈臉現殺氣，圈馬而立，向對面喝道：

「帕爾沙特，出來受死！」

對面聯盟軍中一陣騷亂，維戈的神勇可不是一般，星晨眉頭一皺，旁邊的一人看在眼裏，忙輕聲說道：「國主，殿下不在，我出去會會他？」

星晨微一點頭說道：「小心了！」

「謝國主！」

維戈正在等待，見對面軍中並沒有出現帕爾沙特的聲音，這才明白帕爾沙特真的不在此，以帕爾沙特的驕傲，維戈陣前叫戰，他絕對不會不應戰，如今不答話，只能說明他不在陣前。

這時候，一員大將催馬來到維戈的身前，微一躬身道：

「維戈將軍，殿下不在此，小人星落忝掌射星團副將之位，前來領教將軍的神技！」

維戈雙手一抱拳道：「原來是星落將軍，維戈有禮了，既然帕爾沙特不在，維戈只好領教將軍的神技，久聞射星團大名，今日正好討教，將軍請！」

維戈觀看星落的氣度就知道這個人是個高手，況且星落頗懂禮數，沒有一點的狂妄之態，修養之深如此可見。兩個人重新撥馬，相距二十米距離，星落抬手摘下馬鞍旁的大槍，雙目一閃，氣勢立即飛漲，漸漸加大，雙眼緊緊鎖住維戈，片刻不離。

維戈受星落氣機之引，氣勢飛漲，手中霸王槍漸漸地泛起精芒，他雙眼一睜，盯住星落的一舉一動，兩個人幾乎同時一聲大喝，戰馬飛快地向前奔起，雙槍並舉，殺在一起。

這時候，商秀與星海的戰鬥正進入白熱化，兩個人都很疲倦了，剛才雙方交鋒六十餘個回合，全部是以力相抗，寸步不讓，如今兩人正小心翼翼地尋找機會，準備一擊必殺。

維戈和星落兩條槍如蛟龍一般上下翻飛，都是以快打快，雙方槍馬都快，一錯後，立即回身攻殺，不留一點餘地，三十個照面維戈心中大定，星落雖然功力深厚，但也並不比維戈強，但槍法卻不如霸王槍技，維戈抖擻精神，手中大槍漸漸加快，三尺的槍芒暴漲，不離星落的身上死穴，星落臉上漸漸地出現了細微的汗珠。

又經過十幾個照面，維戈大槍突然幻起九隊槍花，在槍花中，一點寒星直點星落的咽喉，星落用力抖動大槍，微微側身，被維戈大槍在肩膀上紮了一個大洞，星落撥馬而走。

「好槍法，真是好槍法！」

星晨大聲叫好，臉上神光暴射，他是射星派的掌門人，又是一國之主，槍技舉世無雙，今日見獵心喜，連連叫好。

「多謝誇獎，請問是那位高人，維戈請教了！」

「哈哈，好豪氣，果然不凡，今日老夫就活動活動身手，可別說我以大欺小，維戈，我乃西星國主星晨，你可記住了！」

星晨一邊說話，一邊邁腳步向中央走來。

維戈一聽是西星之主星晨，心中也是吃了一驚，他用目光仔細打量，就見星晨年紀在六十左右，白淨的臉，微微的黑鬍鬚，淡黃色衣裝，腳蹬戰靴。他身材高大，氣勢不怒自威，咄咄逼人，步履緩慢，但如行雲流水，不帶一點的聲響，瀟灑的步伐一寸不多，一寸不少，整齊如一，緩緩而來。

商秀與星海在星晨長笑聲中停止了交戰，雙方各回本隊，用目光向戰場的中央打量。

維戈一見緩步而出的星晨，忙跳下戰馬，像星晨這樣的高手，維戈騎戰馬反而費事，更不方便，況且星晨畢竟是西星的國主，親自出戰維戈也應該尊重他，所以在地上躬身道：

「藍鳥王朝一等侯爵、西方面軍主帥維戈拜見西星之主！」

星晨一捻鬚髮哈哈笑道：「好，不愧是藍鳥王朝的年輕侯爺，星晨今日一會維戈，也可以說是一段佳話，維戈，我問你，使出的可是霸王槍技？」

「正是，還請國主指教！」

「指教不敢，領教卻是當然。久聞霸王槍技蓋世無雙，爲千百年來曠古絕學，今日領教當一償夙願，維戈，小心了，請！」

星晨自然一站，氣勢磅礴，他微笑著看著維戈，用了個請字。

「多謝國主指教，維戈當盡全力一戰，不過，我的槍技是從聖王那裏得到的傳授，當然比不上聖王，如有機會，維戈當讓聖王親自領教國主的蓋世槍法，國主小心了！」

維戈說完話，微退一步，長槍斜指藍天，然後舉槍向前刺去，速度比平時慢了許多，槍尖不停地顫抖，如一條靈蛇般向前游去。

「好，霸槍游龍，禮字當先，多謝了！」

星晨單手一豎，在胸前幻起一排掌影，根根手指微微顫抖，如一支支小小的槍一般閃動，把維戈顫抖的槍尖封死在外，同時還了維戈的起手禮。

維戈不敢答話，全身運起秋水神功，手中大槍連閃，槍頭幻起九朵槍花，分上中下三組刺向星晨的面門、咽喉、胸前要穴。

星晨擺雙掌布起三道掌影，封住維戈的槍芒，手中十指顫動，十絡指風向維戈射去，維戈擺槍招架，兩個人你來我往，戰有十合，星晨長笑一聲，雙掌加力，指風大作，把維戈圈在掌指內。

維戈漸漸地感到壓力沉重，手中霸王槍越來越沉，知道自己的功力與星晨還是有一段距離，不敢怠慢，擺開霸槍絕技，拼命抵抗。

星晨待維戈把三十六路槍法使完，再次長笑一聲，右掌向前一送，幻起一片掌影，五指顫動間迷惑維戈的視線，左掌突然快如閃電般向前擊去，身形配合前閃。

維戈只感到一股大力向胸前湧來，胸口憋悶，十分難過，隨後就感到胸前一震，立即感到不好，他擺大槍一晃，拼盡全身力氣射出一槍，然後快速向本隊奔去。

伴隨著維戈的腳步，一口鮮血狂噴而出，維戈不敢停留，憋住一口氣，繼續向本隊奔去。

啇秀站在大隊的最前面，見維戈口吐鮮血而回，知道他負了重傷，忙喝一聲：「弩箭準備，保持隊形！」然後，他快步向維戈迎上來。

兩個人一碰面，維戈只覺得腳一軟，倒在啇秀的懷中，嘴裏低聲說道：「啇秀，撤回凌川城，告訴聖王，星晨出現了，快！」然後昏了過去。

啇秀一刻也不敢停留，快速奔回本隊，向短人族少族長卡萊道：「戰斧團掩護，各部依此撤退，動作要快，不要纏鬥！」

然後他向藍翎衛一點頭，也不上馬，邁大步快速向南奔去，藍翎衛個個雙眼血紅，催動戰馬，把啇秀和維戈圈在中間，迅速向南撤退。

騎兵在卡萊的指揮下依次撤退，穩而不亂，短人族戰斧團士兵們人手一張硬弩弓，壓住陣腳，掩護各部後撤，騎兵撤退的速度非常快，不久就完成了撤離。

星海聯盟主席星晨沒有追殺維戈，他相信自己的功力，況且以他的身分地位，與維戈交手已經有失顏面了，如再前去追殺，則在北方三國將士們面前更無好感，大失身分，所以只眼睜睜地看著啇秀把維戈接回本隊，沒有想到的是，啇秀和維戈並不做絲毫的停留，立即傳令撤退，而且藍鳥軍騎兵訓練有素，穩而不亂，在主將重傷的條件下仍然能夠穩住陣腳，不得不使星晨十分欽佩。

藍鳥軍與聯盟軍相距有一七米的距離，聯盟軍大部為步兵部隊，僅有十萬騎兵並不足以抗拒藍鳥軍的二十幾萬騎兵，如步兵立即發起衝擊也不能趕上騎兵，只能增加自身損失，所以星晨也並沒有立即下令追擊，等藍鳥軍撤至一半的時候，星晨才感到有必要追殺至敵人的大營，衝亂敵人在海寧城南的駐軍大寨，所以立即傳令出擊。

藍鳥軍先頭部隊直奔大營而去，先鋒在衝進大營的時候，就已經命令僅有的人員立即上馬，物資裝備能帶的立即帶上，等待啇秀抱著維戈衝進大營的時候，已經忙亂成一團，啇秀知道這時候敵人如果前來衝擊，部隊就有被衝垮的危險，所以立即餵維戈吃下丹藥，命令藍翎衛迅速做成一副軟擔架，把維戈放在上面，命令藍翎衛立即起程前往凌川城，並飛鴿傳書給凌川城的溫嘉，立即率領藍鳥騎士團前來接應維戈，同時傳訊給京城內的聖王。

大將軍啇秀目送維戈離開後，這才轉過身來，這時，藍鳥軍騎兵陸續往回撤退，啇秀忙命令士兵利用時間收拾東西，盡可能把能帶的東西全部帶走，並要求先期進入大營的部隊立即撤離，每走一批人就帶走一部分物資，速度非常的快，騎兵平時是以戰馬馱運物質，所以組織起來也非常順利，這時也顧不上大帳篷了，把糧食、武器、軍馬帶走就是了，把油料等全部潑在帶不走的帳篷上，半個多時辰後，卡萊率領短人族戰斧團邊放箭邊撤退，慢慢地進入大營。

商秀率領騎兵第七軍團接應卡萊，見短人戰斧團全部進入大營向南撤離，而敵人的騎兵漸漸地靠進了，後面，鋪天蓋地的步兵快速而來，商秀冷笑一聲，命令士兵準備好弩弓，然後放箭，密集的箭雨把追兵阻擋了一陣，隨後，敵人騎兵漸漸靠了上來，商秀命令士兵邊打邊撤，保持距離，在撤至一半的時候，短人族戰斧團的人馬已經點起了火箭，在第七騎兵軍團交叉過後，卡萊立即命令放箭，大火在北風中迅速地燃起，潑滿油的帳篷沾火就著，迅速被大火淹沒，整個藍鳥軍騎兵大營籠罩在熊熊燃燒的大火中。

商秀、卡萊率領第七騎兵軍團和短人族戰斧團順利地離開了大營，向南方撤退，兩個人的心揪在了一起，都爲次帥維戈擔心，商秀臉色沉重，默默無語，近一段時間以來，藍鳥軍兩員大將一死一傷，被迫撤離海寧城一帶，商秀作爲北方騎兵的主將是有責任的，如果他不能安全地把維戈送回凌川城，恐怕他自己都不能原諒自己，聖王天雷是決不會手下留情的，藍鳥軍的軍法一定會放在他的身上。

「卡萊，你率軍在後，我先趕一步，一切要小心從事，不得有誤啊！」

「大將軍放心就是，卡萊明白，你一定要保護好翎帥啊！」

商秀默默地點了下頭，然後催馬如飛，向前趕去，他心裏記掛著維戈，心急如焚，恨不得立即趕到維戈的身邊。

維戈身受重創，內傷很重，一直昏迷不醒，商秀雖然緊急餵下了丹藥，但是，爲了安全起見，藍翎衛立即護送維戈離開，軟擔架由兩匹馬組成，中間搭上軟兜，鋪上棉被，馬上有兩名騎士守護，催馬趕路，顛簸是難免的，維戈在重傷之餘沒有得到很好的休息，傷上加重，昏死無知覺，被抬著一路趕往凌川城。

商秀快馬加鞭，半日趕上維戈，他心痛地看了眼維戈，眼淚偷偷地掉了下來，這個藍鳥谷出身的硬漢這時候也是心中茫然，默默流淚，次帥維戈的命運牽動著所有騎兵的心。

傍晚時分，商秀見距離海寧城已經有二百多里路，忙下令休息，派出了大量的藍爪斥候收集海寧城一帶的情報，另外，他還命令通訊官，把星晨、映月軍隊、北海軍隊出現在海寧城的消息傳給了長白城的越劍、北冥府城的雷格，只是隱瞞了維戈負傷的事情，並採取了一切措施對維戈進行急救。

凌川城內的大將軍溫嘉黃昏時接到了商秀轉來的消息，立即大驚失色，他沒有一刻停留，立即傳令道：「命令藍鳥騎士團立即準備出發，快！」

然後，溫嘉立即修書一封，把接到的消息傳回藍鳥城，然後命令威爾鎮守凌川城，連夜北上，藍鳥騎士團趁著夜色，一路快馬奔馳，溫嘉的心都提到了嗓子眼上了。

第二天中午，藍鳥騎士團和商秀騎兵先頭部隊相遇，溫嘉並不說話，繼續北行，在半個時辰後，商秀和藍翎衛護送著維戈來到跟前，溫嘉跳下戰馬，快步來到維戈的身前，就見維戈臉色蒼白，毫無血色，人仍然昏迷不醒，溫嘉用手一摸脈門，仔細聽了一會兒，才長出了口氣，起身對商秀說道：

「商秀，你帶著翎帥慢些走，前方路上一切要小心，不要過多地顛簸了翎帥，我在後面壓陣，相信敵人的十萬騎兵騎士團還能對付，你小心就是，走！」

商秀眼含熱淚，默默點頭，他沒有說話，他與溫嘉兩人的感情深厚無比，不用言語表達，如今見溫嘉率領騎士團趕了過來，懸掛的心這才放下，有溫嘉和騎士團在後掩護，一路上維戈不會發生什麼意外，只要小心保護維戈，以免傷勢加重。

見商秀帶人離開，溫嘉立即派出了斥候，會合前方的藍爪監視敵人的動靜，命令騎士團的兄弟們休息，他這才默默地站在了地上，雙眼噴出如烈火般的火焰，渾身充滿了殺氣。

北方三國聯軍騎兵僅有十萬人馬，不敢追趕商秀太近，只跟在後面緩慢前進，至第二天黃昏時才趕到藍鳥騎士團前的五里，步兵還遠遠地跟在後面呢。

溫嘉和士兵們已經休息了半日，藍爪斥候傳回了敵人只有五里的消息，溫嘉命令騎士團兄弟們準備，上馬提雙劍，只喝了一聲：「殺！」

星碧率領騎兵一路追趕商秀，他知道藍鳥軍的騎兵人馬多，雖然已經喪失了銳氣，但實力仍在，所以也沒有盡全力追趕，如今天色已晚，正準備休息，突然間，一陣轟鳴的馬蹄聲震顫整個大地，直奔他的大隊而來，星碧明白藍鳥軍的騎兵迎頭殺了上來，只是不知道是誰率隊而已，他立即傳令準備迎敵。

就見從南方滾滾而來一片黑騎，速度之快、氣勢之大令人心顫，高挑的飛鳥戰旗說明是藍鳥騎士團，整個騎兵全部是黑色戰甲，丈二騎槍，士兵個個雙眼精光暴射，殺氣沖天，星碧大吃一驚，藍鳥騎士團突然出現在此，看來藍鳥軍接應的部隊已經到了，他知道藍鳥騎士團，是藍鳥軍中最強大的騎兵部隊，憑藉他手中的十萬騎兵對付藍鳥騎士團還差了點。

「保持隊形，保持隊形，是藍鳥騎士團，不要亂，保持防禦隊形！」星碧大聲吼道。

星輝騎兵迅速整頓隊形，提刀準備衝鋒，在雙方距離有一千米的距離內，星碧一聲大喝，如狂風般衝了上去，身後騎兵保持著防禦的陣形跟隨，與藍鳥騎士團撞在了一起。

藍鳥騎士團是重裝騎兵，騎士個個有一身好武藝，槍馬純熟，在溫嘉展開攻擊的時候距離還遠，但如今戰馬速度已經發揮到了極點，重裝騎兵的巨大衝擊力立即在星輝騎兵中撕開一個巨大的口子，溫嘉一馬當先，擺重劍就把三騎劈於馬下，然後悶聲不響地斬殺。

藍鳥騎士團的實力非比尋常，並不是星輝這些騎兵可比，無論是戰技還是防護都比敵人高一籌，星碧儘管是一名優秀的將領，但手下騎兵與藍鳥騎士團相比，還差一個層次，立即就被騎士團斬殺兩萬餘人，雙方仍然在向縱深發展，人不斷地被挑落馬下。

「以萬人隊爲單位，包抄斬殺！」

溫嘉的聲音在戰場上響起，騎士團前鋒已經貫穿敵人的中部，首尾忽然一散，向左右展開，五個巨大的方陣立即出現在戰場上，左右包抄，把部分敵人騎兵圍在中間，大槍連閃，互相配合，當即又有許多人被挑落馬下。

星碧見騎兵無法抵抗兇狠的藍鳥騎士團，立即傳令分散，輕騎兵速度畢竟比重騎兵快，動作比較靈活，騎兵立即向四外散去，藍鳥騎士團在斬殺包圍圈內的敵人後，再想尋找敵人的軍騎已經慢了一步，被星碧等分散逃出。

藍鳥騎士團又趕殺一陣，敵人已經漸漸遠去，溫嘉散去身上的殺氣，手中雙劍一合，嘴裏傳令道：「打掃戰場，清點人數，然後立即撤離，動作快點！」

各部統領分頭行事，不一會兒已有結果，士兵陣亡四十九人，傷者數百，斬殺敵騎三萬六千餘人，戰果甚豐，溫嘉傳令收兵撤退。

星碧敗回海寧城，不敢再追趕維戈，藍鳥騎士團也慢慢地收兵撤回凌川城。

藍鳥城內，聖王天雷正在書房休息，這幾天，他與軍師雅星最後敲定了北方戰略的重點問題，才有時間休息一會兒，不過從北方傳來的情報，也不時地向他彙報。

腦部軍訊官急匆匆地走進來，臉色十分難看，聖王天雷一見就知道不是好消息，忙問道：「說吧，什麼事情！」

他遲疑了一下才說道：「聖王，海寧城方向啇秀大將軍傳來消息，星海聯盟的主席星晨已經到了海寧城，另外，映月軍隊也出現在海寧城一帶，維戈次帥與星晨一戰，受重傷，目前啇秀正向凌川城方向撤退。」

「什麼？」聖王天雷騰地戰起，額頭光芒一閃，轟地一聲大響，面前一張方桌立即粉碎，成爲了一堆焦炭。

「聖王！」通訊官遲疑地說道。

「維戈到底怎麼樣，啇秀在什麼位置？」

「聖王，次帥的傷勢很重，但目前沒有生命危險，不過一直昏迷不醒，啇秀大將軍正組織撤退，另外，他已經通知凌川城的溫嘉大將軍率領藍鳥騎士團接應了。」

「還有什麼消息？」

「聖王，目前就這麼多。」

「好，你下去吧，凡是河北的傳訊都要立即回報給我！」

「是，聖王！」通訊官立即退出。

聖王天雷大步來到作戰室內，身後風揚、楠天在第一聲響的時候就站在了門外，天雷臉色陰沉地對楠天道：「立即通知軍師到我這來，另外命令藍衣眾立即準備起程！」

「是，聖王！」楠天快步出去。

「風揚，通知雅靈王妃和香妃、明月公主到我這來，快去！」

「是，聖王！」

聖王天雷見兩個人離去，站在巨大的地圖前凝視不語，不久，一陣腳步聲響，雅靈王妃邁步走了進來，見天雷臉色陰沉，忙柔聲問道：「無痕哥哥，怎麼了？」

「維戈受重傷，目前生死不明，我要馬上起程，京城裏的事就交給妳和凝香、明月了，另外，雅星大哥也要起程，額部讓凱文負責，雅靈，這次要辛苦妳了！」

「無痕哥哥，你放心過去就是，京城就交給我們好了，不過，是什麼人傷了維戈次帥呢？」

聖王天雷咬了咬牙說道：「嘿嘿，是星晨這個王八蛋，這回我一定要給他好看，忽突的事情還沒完，維戈又傷在他們父子手上，我一定要先滅了西星不可！」

「無痕哥哥，你要小心啊！」

「靈妹，妳放心就是，我不會魯莽行事的，我和雅星大哥早就商量好了，只不過事情來的快點而已，沒什麼！」

這時候，彝凝香、明月也走了進來，雅靈忙把她們拉在一旁，低聲說話，三人商議一陣，一起來到聖王天雷的面前，彝凝香輕聲說道：「天雷哥哥，河北的事情慢慢來，千萬不要草率行事，維戈的事我們也很心痛，但不可義氣用事，這不僅關係到你一個人，而是關係到王朝千百萬百姓的大事情，你千萬要小心啊！」

「香妹，我明白，京城裏妳們費心了。」

「無痕，你準備怎麼辦？」明月公主雙眼凝視著他問道。

「明月姐姐，我想先拿下星落城，最好先滅了西星，割斷北方各國的聯繫，讓他們自顧不暇，不能一心對抗王朝，然後各個擊破，嘿嘿，妳放心就是，河北我會採取防禦的態勢，全力進攻西星，我倒要看看帕爾沙特父子有什麼通天的本事。」

「無痕，你下定決心了？」雅星大步而入，正好聽見聖王天雷這話，邊走邊問。

「雅星大哥，你來得正好，維戈受傷了，我要立即起程，先前我們計畫的事情看來要提前進行了，我本想讓維戈主持此事，看來得由你去辦了，我到凌川城先爲你準備一下，你隨後過去就是，六月十六日發起攻擊！」

雅星見聖王天雷說得斬釘截鐵，知道事不可挽回，忙說道：「無痕，既然如此，我晚走幾天，把京城的事情交代好就過去，如何？」

「好，雅星大哥，京城的事情由雅靈他們負責，額部就交給凱文好了，你再留下幾天，六月十日前要到達凌川城，什麼事情你和雅靈他們幾個商議，我要出發了。」

「無痕，你要保重，千萬不可草率行事啊！」

「雅星大哥放心，事情的輕重我還懂得，先穩定三線，然後才全力西進，另外，你幫我給雷格傳個信，讓他按兵不動，等待我的命令！」

「是！」

「無痕哥哥！」

「天雷哥哥！」

「無痕！」

雅靈、彝凝香、明月三人一齊叫道。

聖王天雷轉過身來，他勉強擠出一絲笑意道：「妳們放心，我沒事情的，家裏就交給妳們了，保重！」

聖王天雷說完，伸手握了握眾人的手，然後大步走出，在他轉身的剎那間，一股無形的殺氣已經傳遍了整個室內，雅星打了個寒顫，凝身不動，他知道聖王天雷這回可是真動了心火。

雅靈、彝凝香、明月三人呆呆地望著天雷的背影，第一次感到聖王天雷的可怕，他的無形殺氣扣人心弦，語氣冰冷如刀，話語斬釘截鐵，一派殺戮。

「雅靈，無痕這樣過去可不行，最好妳們過去一人，勸勸他少造殺孽，這次可是真的啊！」

「大哥，你看……」雅靈用眼睛看了一眼彝凝香和明月公主。

「我過去不合適！」明月公主忙道。

「雅靈姐姐要主持京城，我看還是我過去吧！」彝凝香說道。

「好吧，香姐姐就妳過去，無痕就交給妳了！」

「你們放心，我知道應該怎樣做！」彝凝香說完，快步離開。

雅星和雅靈、明月公主三人在室內商議一番，這才分別告辭。

聖王天雷大步走出宮外，城北的藍衣眾已經準備就緒，而站在最前面的卻是雅藍、雅雪姐妹，兩個人手提長槍，一身盔甲，靜靜地在等待著聖王天雷。

聖王天雷看了她們一眼，點了下頭，輕喝一聲道：

「出發！」

時值正午，巨大的馬蹄聲敲響了藍鳥城內，藍衣眾傾巢出動，一路向北馳去。

聖王天雷心中擔憂著兄弟維戈的傷勢，馬自然就快了許多，一路上早有藍衣眾先遣人員探路，並安排行程，藍衣眾是聖王的貼身近衛，京城以北地區的官員、百姓都認識藍衣眾的服裝、旗幟，如今見藍衣眾緊急出兵，都知道出了大事情，聖王天雷親自北上，急如流星一般，事情一定非同小可，百姓們自覺地讓開了道路，沿途的官兵幫助維護秩序，一路順利地向北趕去。

晚間的時候，聖王天雷在一個小村莊稍微休息一會兒，吃了口乾糧，餵飽馬匹，然後立即上馬出發，一路快馬加鞭，趁夜趕赴淩川城。

第五章　皇者對決

第二天天亮時分，眾人來到了聖靜河邊，六座巨大的舟橋橫跨在聖靜河的兩岸，河水潺潺，波瀾起伏，美麗壯觀，但是，聖王天雷沒有時間欣賞河上的風光，他已經趕了半天一夜的路，整整奔馳了六百里，人可以在馬上休息，但戰馬卻必須休息了。

聖王下令休息一個時辰，然後出發，眾人擦了把臉上的汗，都不言語，立即吃飯休息，靜靜地躺在聖靜河的南岸。

雅藍、雅雪姐妹已經是丟盔卸甲，狼狽的樣子讓人發笑，但藍衣眾沒有人敢嘲笑她們，只聖王天雷笑了笑，然後心痛地說道：「這麼遠的距離，妳們何必這麼著急，隨後趕上就是，瞧妳們的樣子，快坐下休息一會兒吧，哎！」

聖王天雷一聲長歎，憂心忡忡，他心中牽掛著從小一起長大的兄弟維戈，如今不知道維戈生死如何，那能安心。他楞楞地望著河北的方向，心中默默祈禱，願聖拉瑪大神保佑維戈平安無事，希望維戈能挺到自己的到來。

雅藍、雅雪姐妹與維戈的關係也不同，她們從小在藍鳥谷長大，與維戈親如兄妹，亦主亦僕，關心的程度不在聖王天雷之下，她們見聖王楞楞的樣子，心下一酸，忙依偎在天雷的身邊，用自己的溫情溫暖聖王天雷的心。

一個時辰後，聖王率領藍衣眾渡河。聖靜河寬兩百餘米，舟橋相距不是很遠，有官兵把守，兩岸的官兵、百姓知道是聖王過河，都聚集觀看，特別是從北方解放過來的聖瑪族奴隸們更是仆伏在地，用眼角偷看著身著淡黃色衣裝的聖王，但聖王天雷沒有時間理會他們，過河後立即上馬飛馳，向凌川城絕塵而去。

凌川城距離聖靜河只有三百餘里，臨河靠近的是河平城，聖王自從出兵河北以來，還沒有越過聖靜河，河平城也從沒有進去過，這次渡河本應該在河平城休息一日，但是，他心中焦急，沒有這個時間，越城而過，快馬趕赴凌川城。

晚間的時候，大隊人馬遠遠地望見了凌川城寬大的輪廓，聖王長出了口氣，心道總算到了，然後急催戰馬，飛一般地奔馳入城。

凌川城中已經得到了聖王前來的報告，城裏城外軍隊高度戒備，軍隊排滿了大道的兩側，士兵們全身盔甲，全神貫注地注視著兩側，一旦發現可疑人員立即逮捕，先關押再說，聖王的安全是第一位的。

商秀率領眾將已經等候在府外，他們也是剛剛進入凌川城內不久，大軍安排在城北，啇秀把維戈送入帥府，小心安排，維戈剛剛睡下，他這才走出房間，親衛告訴他聖王已經進城了，他這才出府。

聖王天雷遠遠地見到眾將跪倒在地，忙跳下戰馬，快步上前，啇秀磕頭道：

「罪臣啇秀拜見聖王！」

「罪臣等拜見聖王！」

聖王天雷大手一揮，腳步並不停留，嘴裏卻說道：「你們的事情以後再說，都起來吧，啇秀，維戈在那？」

「聖王，翎帥正在府內！」

「前頭帶路！」

「是！」

聖王快步走進維戈的房間內，就見維戈臉色蒼白，昏昏而睡，聖王天雷伸手抓住維戈的脈門，仔細地聽了一陣，然後說道：「啇秀，準備水！」然後伸手從懷中拿出了一隻藥瓶，倒出一粒丹藥。

聖王天雷接過啇秀遞過的水杯，伸手扶住維戈的頭，正要把藥放入他的口中，這時候，維戈已經稍微清醒了過來。

「大哥，是你嗎？」

「維戈，是我，別說話，先吃了藥，我再幫你疏通血脈，你會好的，大哥不會讓你有事情的，你儘管放心！」

「是……，大哥！」

剛剛甦醒的維戈見聖王天雷出現在自己的眼前，眼淚不由自主地流了出來，同時他也知道自己這條命算是保住了，聖王天雷既然說他沒事，他就一定沒事，他相信天雷甚至於超過他自己，更何況，聖王天雷手中的丹藥可是聖僧師祖親自煉製的「聖雪蓮丹」。

聖王天雷把藥放入維戈的口中，用水把丹藥送了下去，然後對啇秀說道：「扶他坐好，我要運功為他療傷！」

「是，聖王！」

啇秀扶維戈坐好，聖王天雷坐在他的身後，雙掌按在維戈的背後，運起秋水神功，慢慢地導入維戈的體內，開始疏導他的精脈、氣血。

不久，聖王和維戈籠罩在薄薄的輕霧中，漸漸地，聖王天雷和維戈兩人臉上冒汗，不久，維戈臉色轉而變得紅潤，氣漸漸地舒暢起來。

聖王天雷伸手點了維戈的睡穴，然後把他放在床上，這才起身下地，長出了口氣，臉色漸漸好轉，心放了下來。

啇秀見聖王站起身來，忙跪倒在地道：「聖王，啇秀有失職責，先折了忽突，後傷了翎帥，我該死啊！」

「商秀，你先起來，事情一會兒慢慢說，我要聽整個過程，功就是功，過就是過，這不是你一個人的責任！」

「是，聖王！」

「走吧，讓維戈好好休息，他沒事了，休養個半年左右就會好的！」

商秀長出了口氣道：「謝聖王，否則商秀百死不足贖其罪啊！」

兩個人快步走出房間，來到了客廳內，眾將正在等待消息，見聖王和商秀出來，有人低聲問商秀道：「翎帥怎麼樣？」

「有聖王親自出手，翎帥已經沒事了，休息一段時間就會好的！」

「太好了，真是謝謝聖王大恩啊！」

聖王天雷落座，眾人重新見禮，然後，聖王天雷吩咐眾人回去休息，等明日再說，眾人知道聖王等人一路辛苦，連忙告辭。

隨後，聖王與雅藍、雅雪等梳洗、吃飯，然後休息，聖王見到了兄弟維戈，不安的心已經放下，這一覺睡得真香，直到第二天日出，才起床吃飯，接著處理淩川城的事情。

聖王天雷邁大步走進帥府大廳，眾將都站立齊整，眾人見禮，然後，聖王天雷端坐在中央帥位之上，眾人在兩旁相陪，風揚、楠天站在身後。

聖王天雷環視全場，目光落在了商秀的身上，低聲喝道：「商秀，把海寧城的事情詳細說來！」

「是，聖王！」

大將軍商秀出列，站在正中，把海寧城大營發生的事情原原本本地述說了一遍，最後他又說道：「溫嘉大將軍率領藍鳥騎士團殿後，前日擊敗了星碧率領追趕我們的騎兵，掩護我們安全撤退，至小柳莊的時候，翎帥才甦醒了過來，然後，我們一路小心地把翎帥護送回來，聖王就到了！」

聖王天雷仔細聆聽，不放過任何一個細節，見商秀講完，又問道：「星晨出現在陣前，帕爾沙特呢？」

「回聖王的話，翎帥挑戰的時候，西星的射星團的副團長說帕爾沙特不在海寧城。」

「哼，我問你，映月大約出動了多少兵力？什麼人率軍？」

「回聖王的話，映月大約出兵二十萬人馬，率軍的主帥叫做什麼月旺的，是一個元帥，好像就是擊敗驚雲兵團的那個月旺。」

「很好，商秀，海寧城先期作戰，你作爲一軍主帥，由於輕敵而至令忽突戰死，負有一定的責任，但後期，由於維戈的到來，你已經交出了指揮權，而沒有什麼責任，況且你在撤退的過程中指揮得當，使騎兵損失達到了最低點，有一定的功勞，可以對你減輕處罰，先削去大將軍之職，改爲將軍級！」

「罪臣啇秀謝聖王恩典！」

「你起來吧！」

「謝聖王！」

「卡萊！」

「在！」

「你在海寧城作戰中作爲後翼部隊掩護，指揮得當，現升爲藍鳥王朝一等侯爵位。」

「謝聖王！」

「起來吧，謝謝短人族兄弟了！」

「謝謝聖王誇獎，這是我們應該做的！」

「難得，難得卡萊兄弟如此謙遜，好，好啊！」

聖王天雷連叫兩個好字，然後一掃全場道：「海寧城戰役，雖說敗多勝少，但你們也不是沒有功勞，就免去對你等的處罰，從即日起都給我好生訓練軍隊，不要認爲大陸上已經沒有人是你們的對手了，怎麼樣，維戈如何？哼，小心了，我對你們非常不滿意！」

「謝聖王恩典！」

「罷了，楠天！」

「在！」

「命人好生安排忽突將軍的屍體，待我們取回他的屍首後安葬，追封忽突爲大將軍，一等列侯，子一代承接父爵位。」

「是，聖王，楠天代忽突侯爵叩謝聖王大恩！」

「我等代忽突侯爵叩謝聖王大恩！」

眾將全部跪倒謝恩，忽突的死，他們都感到內疚，如今見聖王爲忽突的後事做了安排，全部心存感激，連忙謝恩。

「都起來吧，這是忽突應該得的功勞！」

「是，聖王！」

聖王天雷見海寧城騎兵兵團的事情已經處理完畢，爲了鼓舞眾將領的士氣，他笑哈哈地接著說道：

「映月、西星、北海、北蠻四國想重溫昔日征伐中原的輝煌，簡直就是做夢。如今，藍鳥王朝已今非昔比，坐擁有大陸半壁天下，南有南彝結盟，東囊括東海洲，中原大部已盡落我們之手，王朝內安，兵馬強壯，幾乎已經擁有昔日東海、南彝、聖日三大帝國的全部實力，以三國對四國我們還有什麼怕的，我怕的就是他們不出來，全力防守，給我們製造麻煩。」

他見眾將領仔細聆聽，人人的臉上漸漸地浮現出如釋重負般的感覺，稍感欣慰，接著說道：

「打仗就會有勝利，有失敗，暫時的失敗並不代表什麼，這次海寧城戰役我們並沒有吃什麼大虧，第六軍團雖然被打殘，但是，敵人不也是被溫嘉帶領騎士團殺了三萬多人嗎？敵我雙方的損失幾乎相等，我們折了忽突，但聯盟軍也折了星照，維戈雖然負傷，現已經無大礙，所以說，海寧城戰役是一個不勝不敗的結局。」

「目前，星晨率軍已經從海寧城向前推進，但是我們佔有一個最大的優勢，就是戰線比較好，凌川城、長白城、北冥府城三線成崎角之勢，藍鳥軍騎兵比敵人強大，我們可以互相支援，而敵人想全線進攻，他們的兵力還顯得不足，所以只有選擇重點進攻，那麼，在北冥府城方向，敵人一定會從北、西兩個方向進行牽制性作戰，在長白城一線採取保守性攻擊，節省兵力全面攻擊凌川城，而我們卻可以與長白城互為依靠，暫時進行防禦作戰，調整部隊，準備給敵人來一個全殲，這回，我們一定不讓敵人再在中原落腳了。」

他微微一笑，接著問道：「以下就看大家的了，有沒有信心？」

「有！」眾將轟然應諾，人人的臉上再現必勝的表情。

「有信心就好，商秀，仍由你率領騎兵兵團，不過只有騎兵第十七軍團、短人族戰斧團，把第七軍團、十五軍團留下，會合溫嘉藍鳥騎士團保持一百五十里的半徑防禦！」

「是！」

「風揚，通知越劍次帥留新月兵團防禦長白城，平原兵團的兩個軍團派往北冥府城，交給東方秀指揮，其餘部隊向前推進一百里，就地修築工事，展開防禦，告訴兀沙爾元帥，把新月兵團交給雲武，和凱武元帥立即回凌川城！」

「是！」

「楠天，通知雷格次帥全力防禦，注意北冥府城北面和西面敵人的動靜，等待我的命令，命令神武營立即回到凌川城，不得延誤！」

「是，聖王！」

「威爾！」

「在，聖王！」

「你暫時率領榮譽軍團向前推進一百里，然後立即把它交給溫嘉大將軍，告訴他就地修築防禦工事，我要他鍛鍊一下榮譽軍團，讓榮譽軍團知道什麼才是真正的戰場，但不要太過分了，然後你馬上回來向我報到，立即執行吧！」

「是，聖王！」威爾率先離開。

「目前，第一、二、三、四獨立軍團在城南地區休整，衣特，你先率領第四軍團向堰門關文謹元帥報到，秘密修建大營，告訴文謹元帥，要準備一百萬軍隊的大營設備，物資我已經通知比奧總督協助了，人手嶺西郡自會支援；里斯，你率領第二獨立軍團隨後過去，然後，格爾就是你第三軍團，一切要隱蔽行事，但動作要快，做好攻擊前的一起準備！」

「是！」三人跨步出列後躬身答應。

「藍翎第五、八、九、十軍團也要秘密向西移動，騎兵第六軍團暫時在城南休整補充，騎兵第七軍團、十五軍團也轉移到城南地區休整，三個騎兵軍團暫時由海天將軍率領。」

「是！」

幾員將領立即應是，聖王天雷看著大家疑惑的眼神，不動聲色地說道：「藍鳥軍將有大的動作，我說過，要給敵人一個慘痛的教訓，絕對不會食言，你們不必擔心，目前，凌川城內只留下十萬藍鳥幼字營了，以後幼字營也要隨我北上，以後的大戰將決定聖拉瑪大陸未來的走向，各位要小心從事，絕對不可疏忽大意，否則軍法無情！」

「是，聖王！」

「凌川城的後勤部要辛苦些，物資會從京城一帶源源不斷地運過來，後階段你們要很辛苦，大戰過後我自會論功行賞！」

「是，聖王，小人遵命！」

「好了，今天就到這，各位回去立即準備，除第一軍團外，各部要立即遵照我剛才的命令行事，不得延誤，散會！」

「送聖王！」

聖王天雷邁大步走出，各位將領立即出去，分頭行事，整個凌川城立即行動了起來，而在城市的上空，高高地飄揚起一面黃色的巨大藍鳥戰旗，遠遠地就能看得見，沒有一個士兵不知道那就是聖王的軍旗。

圍繞著黃色的軍旗，藍鳥軍迅速地行動了起來，士兵們一改前些日子的頹喪氣氛，漸漸地活躍了起來，聖王天雷戰無不勝的威名極大地鼓舞了士兵們的士氣，他們又重新活躍了起來，而將領們把聖王跟他們說的鼓勵的話語原原本本地傳達給了士兵，備增了他們的士氣，信心回到了每一個士兵的心中。

以凌川城爲中心，巨大的情報網開始發揮了作用，各種各樣的通訊兵不斷往來，藍爪、黑爪斥候不停地收集情報，然後分析，再傳遞給凌川城內的風揚參軍，最後才彙報給聖王天雷，每一天都有新的情況，參謀處的人員一刻也沒有時間休息，他們只能輪換著休憩一會兒，然後繼續工作。

第三天上午，藍鳥王朝香妃彝凝香來到了凌川城，隨行而來的還有長公主雪蓮。

聖王天雷當時正在處理軍務，接到消息後笑了一笑，他知道王妃雅靈和軍師雅星以及明月公主不放心他，讓彝凝香從旁監督，更有他最喜歡的女兒在身邊，這樣一來，他就不會魯莽行事了。

聖王天雷對雅靈、明月、彝凝香的深情厚意備加感激，所以計畫就更加的小心謹慎，他重新把藍鳥軍的態勢及兵力分析了一遍，認為沒有什麼遺漏，這才放下心來。

目前，藍鳥軍分為三線，凌川城處於北平原西部地區，靠近堰門關，是整個北平原戰場的最後方，但同時也是最危險的前線，南距離河平城只有三百里左右，西三百里是堰關城，東北方向三百餘里是長白城，偏東北些。

長白城幾乎就站在北平原的中央，城市雖然不大，但地理位置非常突出，戰略意義重大，它是北連接北冥府城的端點，支撐三線的中央，而北冥府城靠近平原的最北端，距離長白城六百餘里，是最危險的一處戰略要地。

藍鳥軍在北冥府城駐紮有東方面軍，主帥雷格率領藍羽為大軍的主力，騎兵兵力十七萬人馬，步兵有整編東海軍團，十二萬人，經過一個漫長冬季的損耗，也只剩餘八萬多人有戰鬥力，另外，聖王天雷及時地把平原兵團的第十一、十二兩個軍團派去支援，兵力六萬人，再加上北冥府城自己成立的民團武裝十餘萬人，總兵力也已經達到了四十五萬人左右，不過，這樣的兵力防禦有餘，攻擊不足，聖王的命令也是堅守、防禦，牽制敵人的力量，有藍羽雷格在北冥府城，北方聯盟軍絕對不敢有一絲一毫的疏忽大意。

長白城防線爲中央方面軍，主帥越劍，兵力計有青年軍團二十萬人，南彝兵團十萬人，新月兵團十萬人，總兵力四十萬人，全部爲精銳部隊，實力比藍羽雷格東方面軍強，況且，長白城靠近凌川城，互爲畸角，相互支援，比北冥府城有利。

凌川城一帶目前駐紮有藍鳥軍的精銳主力，獨立四個軍團三十五萬人，藍翎兵團六個軍團十七萬人，榮譽軍團二十萬人，藍鳥幼字營十萬人，騎兵第十五、十七軍團六萬人，藍鳥騎士團近五萬人，短人族戰斧團近五萬人，神武營近三萬人，民團無數，總兵力一百萬左右，且全部是精銳部隊，藍鳥聖王天雷親自坐鎮，藍鳥戰將無數。

目前，在整個中原的戰場上，出現了四位王者，他們是藍鳥聖王天雷，星海聯盟主席、西星國主星晨，星海聯盟北海國主北海無疆，北蠻國主蠻龍，正可謂是王者的對決，一戰中原，決定聖拉瑪大陸未來的走向。

藍鳥聖王天雷以一抗三，毫無懼色，他對勝利充滿了信心，藍鳥王朝如今如旭日東昇，蒸蒸日上，藍鳥軍兵強馬壯，騎兵更佔據絕對的優勢，又有最富饒的半個大陸作爲後盾，毫無後顧之憂，他一心一意地爲全面收復北平原做最後的努力。

在藍鳥聖王天雷精心策劃的同時，遠在北方六百里外的聯盟軍也開始了精心的準備，爲爭霸中原做最後一搏。

聯盟軍總指揮星晨自從重創藍鳥軍大將維戈後，更是躊躇滿志，躍躍欲試，他一面派出星輝騎兵軍團對藍鳥軍騎兵進行追殺，一面整備軍隊，準備發起攻擊。

目前，海寧城防線的態勢對於三國聯盟軍非常不利，海寧城東北四百里左右就是北冥府城，藍鳥軍東方面軍駐紮在此，藍羽騎兵軍團強大的運動能力和攻擊能力星晨早有耳聞，如今，聯盟軍還沒有能力同時發起三線作戰，所以，星晨必須選擇一個方向作戰重點進攻的目標。

三國聯盟軍總兵力共有一百三十五萬人，其中映月帝國二十萬人，北蠻帝國二十萬人，北海帝國十萬人，其餘八十五萬人爲西星的兵馬。

星晨如想全力攻擊北冥府城，聯盟軍將被牽制在整個北平原的邊緣地區，況且，北冥府城對於聯盟軍來說並不是非常重要，一旦聯盟軍被牽制在此，藍鳥軍將從長白城、凌川城出兵，全力向北推進，最終形成在極北平原決戰的態勢，這不是星晨等人願意看見的事情。

從戰略上講，三國聯盟軍無論如何也不會選擇全力攻擊北冥府城，那麼，餘下的兩個方向就是長白城和凌川城，攻擊長白城不如直接攻擊凌川城，因爲凌川城靠近堰門關，一旦聯盟軍在這一地區擊敗藍鳥軍，就能打通西星國內的要道，其次，凌川城聚集了藍鳥軍的西方面軍主力，而主帥維戈剛剛被擊成重傷，軍心比較渙散，容易被擊敗。

星晨經過與映月帝國元帥月旺、北海國主北海無疆、北蠻主蠻龍的商議後，決定全力出兵攻擊凌川城，而在北冥府城、長白城一線採取牽制性攻擊。

聯盟軍軍總部最終決定派出三十萬西星兵力配合從北方而來的北蠻人詐攻北冥府城，出動四十萬西星人馬攻擊長白城，實行牽制性作戰，而全部的映月、北海、北蠻軍隊五十萬人加上西星的十萬步兵、近十萬騎兵、五萬射星團進攻凌川城，投入進攻的總兵力七十五萬人，民團及攻城部隊不計算在內。

趁星晨擊敗維戈之餘威，憑藉著藍鳥軍騎兵撤退的有利時機，西星騎兵在大將星碧的率領下首先追擊，步兵隨後跟進，整個聯盟積極行動了起來。

在海寧城東部地區，聯軍出兵三十萬人馬攻擊北冥府城，但速度不是很快，從北方極地而出的北蠻人也積極地向北冥府城運動，整個大軍氣勢洶洶，風聲大，但雨點小，沒有什麼實質性的打擊。

三國聯盟軍一百萬軍隊隨後陸續離開海寧城，向南方運動，前鋒騎兵已經走了有一段距離了，隨後是映月、北海、西星、北蠻的軍隊起程，整個大軍氣勢高漲，信心十足，進展順利，沒有遇到藍鳥軍的抵抗。

但步兵行動必將比較緩慢，他們與騎兵不同，士兵要憑藉兩條腿走路，還要揹負沉重的裝備，所以每日進展只能達到四十餘里，但騎兵不同，他們至少是步兵速度的四倍，每日最少兩百里，全力行軍每日甚至可以達到五百里。

三天的時間後，聯盟軍步兵與騎兵脫節，騎兵把步兵遠遠地扔在了後面，由於藍鳥軍騎兵撤退的速度非常快，星碧率領騎兵沒有遇到什麼像樣的抵抗，每日行動不求有功，但求無過，就是這樣也把步兵甩在百里之外。騎兵主將星碧心想：藍鳥軍騎兵畢竟是沒有傷到實力，追急了，商秀說不定就會拼命，那時候情況就不妙了。

三天的時間行軍三百里，星碧率領的星輝騎兵兵團的速度不快，但也不是很慢，他擔心藍鳥軍會反擊，但他絕對沒有想到的是，反擊的部隊不是一般的騎兵部隊，率軍的人也不是商秀，而是從凌川城緊急而來接應主帥維戈的溫嘉，所部為藍鳥騎士團。

小柳莊一戰，星碧被溫嘉一陣擊潰一百餘里，損失兵力將近四萬人馬，實力大傷，藍鳥騎士團的攻擊力不是星輝騎兵軍團所能抗衡的，況且，騎士團的官兵心裏窩著怒火，下手極重，為主帥維戈和大將軍忽突報仇的心表露無遺，直追殺得星碧落荒而逃。

星碧率領騎兵返回北方，路上與聯盟軍陸續相遇，待到星晨中軍趕到的時候，整個大軍已經離開海寧城兩百餘里，聯盟軍主帥星晨見星碧騎兵狼狽的樣子，當即大怒，向星碧問明了情況，心裏稍為好受些，星碧這才逃過了一劫。

星晨雖然狂妄，但也是很懂得軍事的人，他知道藍鳥軍騎兵強大，又比星碧的人馬多，況且，藍鳥軍的藍鳥騎士團是聖拉瑪大陸上最強大的騎兵部隊，星輝騎兵軍團對藍鳥騎士團失敗情有可原，如今，在聖拉瑪大陸上要找出一支能與藍鳥騎士團相抗衡的部隊，也就只有自己手中的射星團了。

星落是射星團的副將，但掌管射星團的一切事物，他年輕有爲，多有才幹，武藝也是數得上的好手，他久聞藍鳥騎士團的大名，無緣一會，這次藍鳥騎士團遠出凌川城，首先擊潰星輝騎兵軍團，星落的心就很不舒服，一會藍鳥騎士團的欲望高漲，當下，他對著國主星晨說道：「宗主，我帶人過去看看，一可以擊潰敵人，二也可爲我們爭回面子，可好？」

星落出身射星派，是大長老的傳人，身分在派內也是崇高的，他與星晨雖然年紀有所差距，但輩份不差，他常常叫星晨爲宗主，顯示出他是射星派嫡傳弟子的身分。

星晨沉吟了一下，然後說道：「藍鳥騎士團是個大麻煩，藍鳥軍把它派出來很明顯是接應維戈，看來敵人的陣腳已經開始亂了，也好，星落，你帶射星團上去，最好能擊敗藍鳥騎士團，星碧，你給我聽好了，好好地協助星落，否則二罪歸一，軍法無情！」

「是，宗主！」

「是，國主！」

「你們去吧，好好地給我解決了藍鳥騎士團這個大麻煩！」

「是！」

兩個人轉身出去，來到遠處，星落拉住星碧的手說道：

「星碧兄弟，我知道你受了委屈，以你手中的星輝騎兵部隊，對抗藍鳥軍的騎兵和藍鳥騎士團是很困難，失敗也不能怨你，這次我們一起合作，一定要打好這一仗，對於藍鳥騎士團我是久聞大名，但沒有交過手，兄弟你給我說說，我好有個準備，知己知彼，才能百戰百勝！」

星碧又是感激，又是慚愧，他眼角一紅道：

「星落大哥，謝謝你。大哥，我知道你對我好，兄弟會記住的，不過星落大哥，藍鳥騎士團絕非泛泛之輩，它是由藍鳥軍的精銳組成，聽說整個騎士團的士兵全部來自於藍鳥谷，是聖王雪無痕親傳的子弟，個個槍法純熟，武技不凡，他們長年征戰在戰場上，士兵個個都有大戰的經驗，再加上代理團長溫嘉是藍鳥谷出身，有名的一員虎將，實力非凡，我們一定要小心！」

星落知道星碧與藍鳥軍交手十餘年，深知藍鳥騎士團的實力，況且，星碧絕非妄言之人，當下他面色凝重地問道：「兄弟，以你看，藍鳥騎士團比射星團如何？」

星碧低頭沉思了一會兒，然後說道：「四年前，維戈率領藍鳥騎士團在酈陽城擊敗射星營，當場擊殺星煞，殲滅射星團兩萬餘人，不過，聽說藍鳥騎士團也不好過，損失了不少人馬，由此可見雙方的實力相當的接近，所差的就是主將的實力、士兵的經驗。星落大哥，不是我小看你，憑戰場上的經驗，你絕對沒有溫嘉強，如果想戰勝藍鳥騎士團就必須穩紮穩打，硬碰硬，不給他們一點機會，勝負各半！」

星落眉頭一挑，當下笑道：「這就好，知道了敵人的優勢，自己的不足，我們就有辦法對付他們，我相信溫嘉的經驗也不比你強，以你的經驗，我的實力，我們兩個人合作還對付不了溫嘉嗎，哈哈！」

星碧臉色一舒，當下笑道：「大哥說得是，射星團並不比藍鳥騎士團差，兄弟我多慮了，好，我們兄弟就給它一個教訓。」

兩個人邊走邊說話，來到了射星團的大營前，星碧一停道：「大哥，我就不進去了，我回去收拾騎兵，然後我們立即出發，如何？」

「好，兄弟辛苦你了！」

「應該的，大哥！」

星碧說完話，起身告辭，回到星輝騎兵軍團，重整軍馬，準備再戰。

大將軍溫嘉率領藍鳥騎士團擊敗了星碧的星輝騎兵兵團後，迅速向南轉移了一段距離，然後休息，斥候把方圓百里內的一切動靜隨時向他彙報，密切注視著其人的動向，第二天，溫嘉接到了維戈甦醒了的報告，心情好轉，又過了兩天，接到了聖王已經到達凌川城的報告，並命令他退回南方，在距離凌川城一百五十里的距離內駐紮，等待聖王的命令。

第六章　智羅計網

三天後，溫嘉接到了威爾率領的榮譽軍團，威爾當即把聖王的話向溫嘉進行了交代，並把夢雷少主親自交給溫嘉，告訴他要立即命令軍隊修築工事，然後他不敢停留，迅速返回凌川城。

六月十日，軍師雅星到達凌川城；十一日，兀沙爾元帥、凱武元帥到達凌川城，當日大將軍威爾也返回。

聖王天雷見軍師雅星、元帥兀沙爾、凱武、大將軍威爾到達後，立即召開了秘密會議，參加會議的人員就他們幾位，他面帶嚴肅的表情說道：

「幾位，如今映月帝國、星海聯盟、北蠻帝國又重新開始聯盟，不久前秘密簽定了《月落城協定》，不過形勢並不如前，西星國主星晨率軍進入北平原，國內空虛，我和軍師決定展開『落星計畫』，現在時機已經成熟，爲此，我決定出動藍鳥第一至第十軍團及預備隊，集百萬的兵力西進，搶佔星落城。這個計畫目前只有你們幾個知道，不過除凱

武外，你們都將隨軍出發，一定要打好這一仗，如成功，則北平原基本上可以平定，如不行，則立即把西星的經濟摧毀，然後撤離。」

幾個人不敢說話，仔細地聽著聖王天雷的安排，他們知道決定聖拉瑪大陸命運的時刻到了，而他們都將是決定這個命運的人。

「爲了保證『落星計畫』的順利實施，我決定任命軍師雅星爲西方面軍的主帥，率軍西征，由兀沙爾元帥任總參謀長，商秀爲前鋒騎兵主將，威爾爲步兵前鋒主將，文謹元帥爲後軍主將，具體的作戰計畫都在軍師手裏，雅星大哥、兀沙爾、威爾你們三人要密切合作，不可疏忽大意，盡全力打好這一仗！」

「是，聖王！」

「有什麼問題現在可以提出來，我盡全力爲你們解決！」

軍師雅星道：「無痕，我們走後，凌川城的兵力是否少了些，你自己就困難了，是否把第一軍團給你留下？」

「不必，有藍鳥騎士團、藍衣眾、榮譽軍團、幼字營加上第六、十七騎兵軍團、短人族戰斧團，又有長白城的越劍、北冥府城的雷格配合，相信抵抗星晨的百萬兵力還不是問題，你們放心就是！」

「那好吧，無痕，你還有什麼要求，是否六月十六日準時發起攻擊？」

「要求沒有，是否準時發起攻擊，這要等你們到達堰門關後再說，雅星大哥，一旦你們準備完畢立即給我報告，然後再決定開始的時間！」

「是！」

「如果你們沒有什麼問題的話，今天就到這裏，你們去準備吧，兀沙爾，你對西星比較熟悉，要多幫助軍師，保重！」

「臣等拜別聖王，望聖王保重！」

「各位保重！」

正午時分，軍師雅星、元帥兀沙爾、大將軍威爾率領第一軍團從凌川城出發，前往堰門關，準備展開西征的「落星計畫」。

聖拉瑪大陸的六月已經進入了夏天，初夏的嬌陽照得人暖洋洋，地裏的莊稼已經開始發芽，鬱鬱蔥蔥，一片美好景色。

聖靜河兩岸赤河城至堰門關地區特別的繁忙，河中船隻來回地穿梭，一船一船的物資向北運，而大量的民團一渡過河就被人收編，立即換上藍鳥軍的軍服，發放武器，然後立即投入緊張的訓練，年輕人滿臉的興奮，鬥志昂揚。

堰關城內，軍師雅星端坐在大堂上，下手坐著元帥文謹、威爾、尼可、格爾、衣特等一眾將領，個個表情嚴肅，靜靜地等待著軍師講話。

雅星環視全場一眼，雙眼中精光一閃，臉上微微一笑，然後坦然說道：

「各位，整個西方面軍如今佔據藍鳥軍前十個軍團，全部集結在此地區，另外，聖王下令新整編的四十萬民團也已經到位，分別組成十二個軍團和後勤部隊，外加上攻城營的六個大隊，整個西方面軍實力已經達到了一百萬人馬。」

他看了看仔細聆聽的眾人，接著說道：

「這麼大的兵力集結，相信各位已經可以看出我們將有大的動作了，不錯，如今北方三國聯盟，映月帝國加入星海聯盟的陣營，出兵二十萬人馬，西星妄想重溫昔日四國聯軍攻入中原的舊夢，再次出兵北平原，國主星晨親自出馬，北海帝國國主北海無疆也來湊熱鬧，籌集了十萬人。星晨和帕爾沙特父子野心勃勃，在海寧城猖狂一時，前些日子帕爾沙特竟然擊殺忽突將軍，星晨重創維戈次帥，爲此，聖王大怒，決定給予西星一個教訓，最好先剿滅西星，即使不能達到此目的，也要使三國聯盟陷於癱瘓，減輕北平原的壓力，從此後把戰場轉移至敵人的本土上，爲此特集結了我們西方面軍的全部兵力。」

「本次出兵的主帥將如我擔任，參謀長由兀沙爾元帥擔任；前鋒騎兵兵團由商秀將軍任主將，神武營的兩位老將軍爲副，全部兵力計有騎兵第七軍團、騎兵第十五軍團、神武營三萬人馬；中軍步兵前鋒由威爾大將軍擔任，尼可將軍爲副，總兵力爲獨立第

一、二、三、四軍團和攻城營的四個大隊；由我與兀沙爾元帥率領步兵第五、八、九、十軍團居中策應；後軍由文謹元帥率領，總兵力為預備十二個軍團，主要任務是佔領我們攻佔的城市，鞏固後方，保護後翼安全。」

「各位，整個作戰計畫腦部早已經制定完成，詳細的作戰方案各部一會兒到參謀處領取，我們最終的目的是消滅西星，首期攻佔的目標是星落城，具體的出兵時間定在六月十六日，即後天凌晨。幾天來，各位想必都已經準備完畢，而沒有準備妥當的必須在明天完成，後天必須準時發起攻擊。」

「各位，有什麼問題現在可以提出來，立即給予解決！」

當下，威爾微微欠身問道：「軍師，西出堰門關的第一仗就是敵人的星雲兵團，如不全殲星雲兵團，將給我們的進攻製造許多麻煩，如進行圍殲將走漏消息，影響我們進攻的速度，另外，聖王是否限定我們攻佔星落城的時間？」

「威爾大將軍問得好，這兩個問題必須解決，第一，聖王沒有限定我們攻陷星落城的時間表，即使我們這次行動失敗也要狠狠打擊西星的經濟，破壞其生產力，從根本上削弱西星整體國力，減輕對北平原戰場的壓力，如能成功則更好；第二，星雲兵團必須全殲，具體作戰計畫已經制定完成，由騎兵兵團先行偷襲攻擊，然後迅速脫離西進，而步兵迅速實施分割包圍，予以殲滅，打掃戰場的任務就留給預備兵團，騎兵由商秀將軍、越和將軍和海東先生負責，步兵由威爾大將軍和尼可將軍負責。」

尼可將軍問道：「軍師，對於攻擊不下的城市，我們先鋒軍團是否要放棄攻擊，由後軍攻佔？」

軍師雅星笑道：「這個問題由兀沙爾總參謀長回答，元帥是這個方面的專家。」

兀沙爾元帥臉微微一紅，輕咳一聲道：

「對於這個問題，我想很好處理，前鋒軍團一律採取圍三放一的攻擊方法，能攻佔的迅速佔領，不能攻佔的由後軍接手，要堅決消滅守軍，爲穩定後方防線提供保障，前鋒的主要任務就是去攻星落城，速度要快，動作要狠，攻擊要猛，進軍神速，不給敵人喘息時間，一個月內，我軍必須到達星落城下。」

眾人心下計算，從堰門關到星落城距離一千里，按照步兵進攻的最快速度，每天行軍四十里，也需要二十餘天，也就是說，步兵每日至少需前進三十餘里，才能在一個月的時間內到達星落城下。

衣特將軍遲疑了一下道：「軍師，時間是否緊了一些？」

「各位，沒有誰規定我們攻擊的時間，也就是說，這個攻擊時間表是我們自己制定的，如果我們不能在一個月的時間內攻佔星落城，帕爾沙特將從北方回到星落城，這將給我們的攻擊造成不小的麻煩，一旦敵人被鼓舞起了士氣，必將增加我們的損失，這是不明智的，所以我們要盡全力在一個月內拿下星落城，徹徹底底地把敵人的士氣打散！」

「我明白了，軍師。」衣特坐下。

「誰還有問題？」

文謹元帥遲疑了一下道：「軍師，預備兵團的主要任務是佔領被攻佔的城市，為前軍提供糧草、裝備物資，保障後翼安全，還有什麼嗎？」

「文謹元帥，後軍的任務正如你說的那樣，不過隨著戰局的不斷變化，也許需要預備兵團的支援，你要保持四個軍團隨時準備出發，增援所需地區。」

「是！」

「誰還有問題？」

眾人你看看我，我看看你，全不再說話。

軍師雅星見再無問題，立即說道：「現在散會，各部到參謀處領取任務，回去後要注意保密，仔細研究，有不懂得的地方可以問參謀長，並準備好攻擊前的一切準備！」

眾將一齊站起，齊聲回答道：「是！」

「散會！」

雅星轉身大步離去，眾將領立即把兀沙爾及參謀圍住，領取本部作戰任務。

如今堰門關地區兵力集結按時完成，各部完成了最後的攻擊準備，軍師雅星在確定一切後，把準確的消息發給了聖王，飛鴿和快騎分爲兩個管道傳遞，以防萬一。

凌原城內，聖王天雷接到參軍風揚送過來的堰關城消息，軍師雅星在最後準備完成書上簽下了大名，聖王天雷心中大樂。

「風揚，告訴軍師按原計劃展開，一切由他全權做主，以後不必請示了！」

「三天後把該計畫內容通報給越劍和雷格次帥，讓他們等待時機。」

「好了，你下去吧！」

「是，聖王！」

聖王天雷站在窗前，遙望著西南方向，久久無語。

堰門關，這個決定著聖拉瑪大陸未來走向的不平凡關隘，又將度過一個不平凡的夜晚。

堰門關沐浴在銀色的月光中，把高大的關牆映照得雪亮，關內，聚集著數十萬人馬，靜悄悄地等待著出發的命令，士兵們全身的盔甲，手牽著戰馬，立在一旁。戰馬的蹄上，全部用棉布包裹著，以減少聲響，將領們不時地來回巡視，檢查著每一個士兵的裝備，以免遺留，他們嚴肅的臉上可以看出大戰的氣氛。

一陣腳步聲響，軍師雅星、參謀長冗沙爾元帥、大將軍商秀、大將軍越和、海東先生等快步穿過人群，來到了關門前，一名督統領立即上前，低聲地向軍師做彙報，然後站在一旁。軍師雅星抬頭看了看天色，然後低喝一聲：

「開關，出發！」

伴隨著軍師雅星的聲音，巨大的關閘緩緩升起，一千名由神武營好手組成的前哨斥候快速地衝了出去，淹沒在銀色的月光中。關內，士兵們有順序的通過關門，牽著戰馬而出，黑色的戰甲在銀色月光下顯得灰黑，綿延幾里遠，然後緩緩地散開。

軍師雅星對著大將軍商秀、越和、海東先生說道：「三位將軍，小心了，一路保重！」

三人雙手一拱，齊聲回答道：「軍師放心，保重！參謀長保重！」

軍師雅星見三人離去，立即與參謀長兀沙爾走上關牆，兩人剛剛站定，這時，大將軍威爾走上前來，低聲說道：

「軍師，參謀長，騎兵已經差不多了，我也要出發了，你們還有什麼吩咐？」

「一路小心！威爾，你記住：攻擊要猛，手段要狠，不能戀戰。西星國內地理複雜，民風彪悍好武，要小心翼翼，不可有一絲一毫的馬虎大意，能消滅就消滅，不必手下留情，懂麼？」

「是，軍師！」

「我明白，參謀長放心，軍師、參謀長保重！」

「你去吧，保重！」

在騎兵軍團出發後，藍鳥軍步兵立即出發，他們依著獨立第一、二、三、四的順序出關，然後急行軍，十里外開始散開，獨立第一軍團在中央，第二、四軍團在左，第三軍團在右，迅速向前推進，所有的一切動作全部在行進中完成，顯示出藍鳥精銳的訓練有素和士兵高超的技術及本身良好的素質。

天亮時分，軍師雅星在關外一片殺伐聲中率領中軍起身，攻城大隊隨軍出發，巨大的攻城車發出吱吱的聲響，藍鳥軍士兵催著馬匹，推著車輛向前趕路，後部預備隊正準備出關，巨大的隊伍連綿數十里，兵力達百萬之眾。

前鋒神武營的人手小心潛行，一路上摸掉了敵人許多暗哨斥候，隊伍迅速向前靠近，遠出二十餘里一座巨大的軍營出現人們的視野裏，在灰色的月光下，整個大營顯得格外的寧靜，少許的流動哨在營內巡邏，站崗的士兵打著磕睡，無精打采。

三萬神武營的人迅速靠上，後面二里處，藍鳥軍騎兵第七軍團、第十五軍團已經解開戰馬蹄上的棉布，士兵們開始上馬，長大的騎刀提在了手中，士兵們迅速列開陣形，展開攻擊隊形，等待攻擊。再後部，步兵獨立四個軍團也已經準備就緒，正在大將軍威爾的監督下做最後的準備。

越和看了身邊的海東先生一眼，兩個人微一點頭，越和低喝一聲：

「攻擊！」

神武營的士兵在越和大將軍的命令聲中快速奔出，直奔大營而去，他們分工明確，各奔自己的目標，有的人越過護欄撲向巡邏的士兵，有的展開手中的兵刃斬斷周邊的護欄，然後快速向前奔去，有的人點起了火把，點燃敵人的大帳篷，有的人衝進大帳，斬殺熟睡的士兵，漸漸地喊殺聲響了起來，火光沖天，亂成一片。

這時候，大將軍啇秀一聲斷喝：「攻擊！」騎兵巨大的蹄聲敲醒了沉睡的夜。

藍鳥軍騎兵如離弦之箭，戰馬如飛，兩里的距離在一刻鐘時間內就衝進了大營，緊隨著神武營的人衝了進去，立即展開搏殺。

大將軍威爾見騎兵已經開始了行動，手提大棍一喝道：「第一軍團，前進！」步兵隨後如潮水般向敵人的大營內湧去。

西星軍部沒有預料到藍鳥軍會在中原不穩的條件下，發起對西星本土的進攻，因爲北平原如今大戰正酣，映月帝國、星海聯盟、北蠻帝國一百多萬部隊在聯盟軍總指揮星晨的指揮下，正向凌川城地區展開攻擊，藍鳥軍即使有能力攻擊西星本土，也要在解決了北平原的問題後，再考慮西征的事情，但藍鳥聖王雪無痕和軍師雅星等人本就是不按照常規出牌的人，你認爲不可能的事情，他們卻做了，這就是藍鳥軍屢屢勝利的秘訣之一。

當星河從睡夢中驚醒的時候，藍鳥軍騎兵幾乎已經衝進了大內。星河急忙穿上衣服，套上盔甲，還沒有完全穿好，許多就近的軍官已經跑了進來，星河一邊問一邊向外走，同時傳令道：

「慌什麼，頂住，快給我出去頂住，媽的！都給我組織人手，頂住！」

他來到外面，向東方一望，只見在月光下，整個大營已經亂做一團，火光沖天，藍鳥軍騎兵黑黑地一片，快速向大營壓了過來，馬蹄聲敲碎了西星士兵的幻夢，馬刀泛著寒光在銀月下閃爍，每揮舞一次，就有一名士兵倒在地上，騎兵戰馬踏過屍體，繼續向前推進，速度之快如流星而過，很快就要衝到星河的大營了。

大將軍威爾一馬當先，巨大的鐵棍提在胸前，每揮舞一次，遠處想靠近的敵人都被中弩手射倒在地上，敵人在慌亂中已經開始向西逃跑，騎兵已經追了上去，戰馬馱著軍騎追殺著想逃跑的人。

星河沒有動，眼前的局勢已經不是他再能控制得住了，藍鳥軍出動騎兵十三萬人馬，步兵四個獨立軍團，三十萬人，在步騎的配合下，對二十萬敵人展開偷襲，結果可以想像。

藍鳥軍騎兵並不停留，一路向西遠去，把能追殺的敵人一律斬在馬下。星河的大營被騎兵波及的不大，由於它在大營的中央，但黑夜中，也沒有人知道誰才是敵人的主帥，所以士兵在斬殺一陣後，漸漸地向西追殺而去。

星河帶領千名左右的親衛和散兵圍成一圈，抵抗著零散的騎兵和神武營的好手，這時候，他們已經發現了星河主帥的身分，把他圈在了中央，不放他出去。

率領步兵獨立第一軍團的大將軍威爾目光很遠就盯在了星河的身上，他也認出了星河的身分，遠遠地就喝道：

「兄弟們，交給我們了，第一軍團，前進！」

三天的時間，藍鳥軍向前推進三百里，佔領城市二座，鎮十三處，鄉村無數，百萬大軍把佔領區清洗一番，然後穩定局面，前鋒騎兵軍團繼續向前攻擊前進。

消息報回淩川城，聖王天雷默默地長出了口氣，牽掛的心這才放下，藍鳥軍西征的軍情情報每隔一個時辰就會向聖王天雷報告一次，從無間斷，聖王天雷能夠隨時知道西征軍的進展情況，掌握一切西征動向，如今，西征軍已經順利展開，他可以集中精力對付三國聯盟軍了。

映月帝國、星海聯盟、北蠻帝國聯盟軍分三路出海寧城，向東殺奔北冥府城，進軍速度不快，但在向南推進的兩支聯盟軍進展神速，已經前出至凌川城北二百里處，正與藍鳥軍對峙，三國軍隊目前正在休整，等待時機。

向東南方向長白城推進的西星軍隊主帥星空，元帥軍銜，六十二歲，是射星派的長老之一，為人老成持重，多有謀略。他從孩統時代起，就與國主星晨是師兄關係，跟隨星晨幾十年，被稱為心腹，這次跟隨星晨出兵中原，是繼星智星慧後的又一名老帥，所部大軍四十萬人，全部為步兵，其戰略目的也是牽制青年兵團的越劍。

而聯盟軍主力部隊則全部南進，目標直接指向凌川城方向，其中集合了三國聯盟軍的將帥級人物，計有聯盟軍總指揮、星海聯盟主席星晨，映月帝國親王、元帥月旺、元帥沙巴爾，北蠻帝國國主蠻龍、二王蠻虎，北海帝國國主北海無疆以及星落、星海、星碧等大將，總兵力八十萬人。

聯盟軍在距離凌川城一百五十里處停下了腳步，原因是前鋒射星團、騎兵軍團遇到了藍鳥軍騎兵藍鳥騎士團和騎兵第十七軍團、短人族戰斧團以及步兵榮譽軍團修築的防禦工事的阻攔，不敢輕易前進，主帥星落只好下令休息，等待後軍大隊。

大將軍星落率領射星團和星輝騎兵軍團追趕藍鳥騎士團，不想藍鳥騎士團並沒有就地休息，等待與敵人決戰，而是向凌川城方向撤退，一路上並沒有被敵人追趕上，來到了距離凌川城一百五十里地的北川鎮時，主將溫嘉命令休息，第二天，藍鳥騎士團得到了聖王已經到達凌川城的消息，命令他就地紮營，等待步兵榮譽軍團的到來。

第七章　星落無痕

自從榮譽軍團被送到河北淩川城後，貴族們終於明白了聖王天雷對他們的厭煩，漸漸地有人懂得了聖王對付他們的手段。聖王天雷是高明的統治者，爲了堵住貴族們的口舌，他把自己的兒子夢雷也送到了榮譽軍團，少主夢雷同樣受到了嚴格的訓練，貴族們如在這件事上再逞口舌之利，那麼，只能等待著軍法處的法官們找上你的家門，等待的就是藍鳥王朝法律的審判。

藍鳥王朝軍法處是個特殊的部門，一方面管理著軍隊的紀律、獎罰，同時也管理著地方上的刑事，配合聖殿對不遵守紀律的犯罪分子進行審判，法官們個個都是冷血的人，對待反對聖王政策的人絕對不手軟，個個都是殺人不眨眼的魔鬼。

溫嘉大將軍自然也不會閒著，聖王天雷把防線交給了他，他就要負起責任，同時，聖王的目的也十分明確，讓榮譽軍團感受一下真正戰場上的氣氛，所以溫嘉不時地派出騎兵與敵人在陣地前廝殺，雖然規模很小，但也是真刀真槍地狠殺，勝者生，敗者死，戰爭中沒有第二條路走。

雖然剛剛來到北川鎮，但是榮譽軍團的士兵們已經見識了真正戰場上那種無情搏殺的氣氛，他們這才明白藍鳥騎士團拼命訓練他們的真正意義，明白了聖王是爲了他們好，戰爭是無情的，戰場是殘酷的，沒有經過良好訓練的人，在戰場只有死，沒有什麼別的路好走，所以他們自覺許多，團結的氣氛明顯高漲，相互之間的配合也默契起來。

十幾天後，聯盟軍幾十萬大軍開到，遠望著望不到邊際的敵人大軍，榮譽軍團的士兵們這才知道敵人的可怕。

三天後，聖王天雷親率藍衣眾和藍鳥幼字營來到了北川鎮地區，紮下大營，藍鳥聖王的帥旗高高飄揚，士兵們都知道藍鳥王來了，士氣大漲。

聖王天雷雖然來到了北川鎮一帶，但並沒有命令士兵展開攻擊，而是嚴令各部採取防禦的措施，加強防禦工事的修建，同時閉門不出，任憑敵人怎麼樣討敵罵陣就是不出擊，使藍鳥軍的士兵們都感到了非常的奇怪。

次帥越劍和親王彝雲松兩人也是心中疑惑，前些日子，聖王親自傳令把兀沙爾元帥和凱武元帥調回凌川城，不久後就命令他們推進在此處開始組織防禦，但究竟聖王天雷和軍師雅星要幹什麼，他們也不知道。

午間的時候，從凌川城專門趕來了一個傳令參謀，這個人越劍的中軍官是認識的，知道他是聖王天雷身邊的有數幾個參謀之一，地位雖在風揚之下，但也是聖王的心腹。

「沃颯參軍親自前來，想必是有緊急軍情，請，越帥正在大帳篷！」中軍官邊說邊領著他往裏走。

「中軍官兄弟客氣了，對了，彝雲松王爺在嗎？」

「在，兩位主帥都在大帳內，請！」

「正好啊，兄弟請帶路吧！」

兩個人快步走進中軍大帳，中央方面軍次帥越劍正與彝王爺說話，見門外傳來了報聲，忙令進來，一看是參軍沃颯，越劍忙站了起來。

「越帥客氣了，你好，彝王爺好！」

「那裏，兄弟一路辛苦，一定是有什麼事情吧，請講！」

「是，越帥、彝王，小人奉聖王之命前來傳達一個消息，望兩位將軍暫時守密！」

「是，參軍請講！」越劍一聽是聖王天雷的傳令使，當下也客氣了許多，而旁邊的彝雲松王爺也站起身來。

「六月十六日，西方面軍在軍師雅星的率領下，已經展開了『落星計畫』，目前一切進展順利，已經全殲了關外的星雲兵團，向前推進了三百里！」

次帥越劍長出了口氣後，然後說道：「怪不得聖王要求我們按兵不動，其目的是為了

『落星計畫』，果然是聖王的大手筆，由軍師親自執行，那一點問題都沒有，對了，兵力如何？」

參軍沃颯微微一笑道：「『落星計畫』已經準備很長時間了，本次出兵的兵力為第一至第十軍團，第六軍團由第十五軍團頂替，外加上神武營的人手，預備隊四十萬，總兵力百萬人馬，分為前軍騎兵兵團，中軍步兵精銳兵團，後軍預備兵團，由軍師任總指揮，兀沙爾元帥任總參謀長。」

越劍突然仰天長笑道：「哈哈，好，果然是聖王的大手筆，聖王的目的我已經清楚了，我知道該怎麼做了，請你回報聖王，就說我越劍明白了，我們一定會拖住敵人的，絕對保證『落星計畫』的順利實施！」

「謝越帥，告辭！」

「參軍遠來辛苦，不休息再走嗎？」

「不了，越帥，聖王身邊正缺人手，我要馬上回去幫忙，越帥和王爺保重，告辭了！」

「好走，不送！」

望著參軍沃颯漸漸消失去的身影，次帥越劍哈哈直笑，彝雲松王爺疑惑地看著越劍，忙問道：「越劍，『落星計畫』是什麼計畫？」

「對不起王爺，越劍失禮了，就是出兵堰門關，先剿滅西星再說。」

彝雲松聽越劍如此一說，也是深感吃驚，他忙道：「如今三國聯盟軍北出海寧城，集中全力攻擊凌川城，西方面軍精銳盡出，聖王手中已經沒有什麼軍隊了，凌川城不是很危險嗎？」

「就是因爲三國聯盟軍出兵海寧城，聖王和軍師才決定展開『落星計畫』，打他們個措手不及，王爺你想，如今西星內部空虛，藍鳥軍乘勢西征不比平常好上千百倍嗎？中央方面軍總兵力四十萬人，東方面軍總兵力近四十萬人，加上聖王親自率領的藍衣眾、藍鳥騎士團、第十七騎兵軍團、短人族戰斧團、榮譽軍團、幼字營，總兵力已經不少於敵人的兵力，何懼他來！」

「不過，彝王你說得也對，西方面軍精銳盡出，聖王手中兵力有限，榮譽軍團和幼字營畢竟是些新兵，聖王的壓力很大，這個……，這樣吧，我們把新月兵團作爲預備隊偷偷地潛伏在凌川城附近，一旦聖王壓力大就直接歸入聖王指揮，我們則加把勁，全力牽制敵人的力量，如何？」

彝雲松聽越劍說完後，感慨地說道：「藍鳥軍戰無不勝，就是有你們這些敢殺敢打，互相依靠的年輕人，你們互相關心，互相支持，我中有你，你中有我，爲了大局全部拼命，也難怪會稱雄大陸，凝香有眼光，彝雲松服了，徹底服了，越劍，你說怎麼辦就怎麼辦好了！」

「謝彝王爺，不過，光靠我們也不行，還要與雷格取得聯繫，我想聖王也一定派人通知了藍羽雷格，以雷格的脾氣，一旦知道聖王有危險必然會全力以赴，只要我們在敵人的側後方施加壓力，敵人就不敢放手施爲，待過幾天敵人知道了我們出兵堰門關的消息，星晨的陣腳必亂！」

「你說得也是，不過也要提防敵人狗急跳牆，全力搶佔堰門關，截斷西方面軍的後路，這樣一來，不僅是凌川城危險，就是西方面軍也很危險！」

越劍沉吟了一下，接過彝雲松的話說道：「王爺擔心的極是，看來聖王是有危險，我得趕緊與雷格取得聯繫，另外，王爺，你馬上命令軍隊加強戒備，隨時準備出擊！」

「好吧！」

彝雲鬆快步走出，越劍趕緊修書一封，令人飛鴿傳訊給東方面軍的次帥雷格。

北冥府城好不容易熬過了一個寒冷的冬天，在春天的腳步剛剛走進大地的時候，藍鳥軍藍羽騎兵軍團就已經開赴北冥府城，爲東海兵團和神武營減輕負擔。

東海兵團主帥東方秀接到藍羽雷格後，心情大見好轉，忙命令軍隊休息，神武營見藍羽接管了北冥府城，經過請示聖王後轉回凌川城休整，藍羽雷格全面接管了北冥府城的周圍防衛。

半個多月前，雷格聽見士兵私下裏議論次帥維戈負傷的事情，仔細一問才知道，從長白城運送軍糧的士兵說起了此事，雷格心中大急，能讓維戈負傷的人顯然非常的厲害，忙傳訊要求聖王天雷告訴他維戈的事情，聖王天雷知道雷格脾氣火爆，容易出現問題，並沒有深說，只是更加嚴厲地警告他不可以輕舉妄動，雷格見聖王大哥真的發了脾氣，這才老實許多，但維戈的事情讓他心裏憋著怒火。

雷格既然不敢出兵，沒事情就在帥府內閒逛，通訊軍官突然進來，報告他說凌川城緊急機密傳書，雷格忙接過展開觀看，只有上面只有幾個大字：

「『落星計畫』已經展開，小心從事，聖王。」

雷格考慮了很久，這才明白「落星計畫」說的是什麼事情，他大吃一驚，這個時候展開「落星計畫」，凌川城不是很空虛，很危險嗎，他急忙來到議事大廳，把參謀長亞文叫了過來，兩個人秘密商議起來。

參謀長亞文跟隨在聖王天雷身邊很久，知道有「落星計畫」這麼回事，但如今三國聯盟軍全力進攻凌川城，在這個時候展開「落星計畫」，聖王一定有很大的壓力，於是他面色凝重地對次帥雷格說道：

「羽帥，西方面軍全力展開『落星計畫』，聖王身邊兵力有限，極其危險，要不然也不會特意通知我們，我想聖王也是有困難，所以才告訴我們這個計畫，讓我們便宜行事，以減輕凌川城的壓力，但聖王並沒有明說，我想是以防意外吧！」

次帥雷格一聽，一拳擊在桌上道：「是，一定是這樣，聖王大哥心高氣傲，有困難也不會說出來，他只會擔心我們，這下可好，他自己倒危險了，亞文，立即整軍出發，攻擊敵人後翼，解凌川城的壓力！」

參謀長亞文微微一笑道：「羽帥，聖王是有困難，但也不是你想像的那樣，你想：凌川城現在有藍鳥騎士團、藍衣眾，有越劍的中央方面軍在側翼，就是有困難也沒有到危險的地步，我們只要小心從事，計畫好攻擊海寧城的方案，截斷敵人的後路，只要聖王挺過一段時間，西征軍的消息一旦傳到聯盟軍內部，陣腳必亂，加上我們側後攻擊，敵人想不被殲滅都不行，我想聖王要的就是這樣的局面！」

「嘿嘿，亞文，你分析得對，就這麼辦，另外，要通知越劍注意聖王的安全，保證凌川城的防線，我們也要加快行動了！」

「是，羽帥！」

兩個人又議論了一番，剛想休息，通訊官又進來道：「羽帥，越劍次帥有傳書！」

「快拿過來，給我看！」

雷格展開小小的字條，只見上面寫著幾行字：「『落星計畫』已經展開，凌川城空虛，望你部迅速行動，配合我們從側後翼減輕凌川城的壓力，切，切，越劍！」

參謀長亞文沉吟了一下道：「羽帥，看來凌川城情況不妙，越劍次帥絕對不是危言聳聽，聖王的確有一定的危險，羽帥你想，一旦敵人知道我們出兵西星的消息，他們要是全力搶佔堰門關，一切問題不就解決了嗎？凌川城必將首當其衝，聖王危險了！」

雷格騰地站起，大吼一聲道：「危險還說什麼，立即整軍出發，攻擊海寧城，成功則罷，不成功就直接向凌川城方向攻擊前進，一切以聖王安全為第一，北冥府城就交給東方秀了，能防則防，不行就撤離，以後我們有的是機會！」然後，他大聲喝道：「來人！」

中軍官快步進來：「羽帥吩咐！」

「立即命令藍羽準備起程，通知東方秀將軍來！」

「是，羽帥！」

參謀長亞文這時候心已生亂，聖王天雷的安全是第一位的，北冥府城充其量也就是一個北方重城，對整個大陸的戰略意義不大，但聖王天雷一旦被擊敗，藍鳥軍聲威必將大損，軍心渙散，後果不堪設想，藍羽的攻擊是必然的，沒有誰在這個時候還敢說置聖王的安危於不顧，否則他就是不想活了，聖王天雷即使不動手，次帥雷格也會親自將其斬首的。

他立即展開北方的地圖，目光盯在了海寧城上。目前，三國聯盟軍一部東出海寧城，兵力只有三十萬人，配合北蠻人向北冥府而來，其作用看來是牽制藍羽騎兵兵團了，只要藍羽擊敗這股敵人，聯軍海寧城的後方就會空虛，敵人後路就被切斷，那麼他們只有一條路可走，全力攻擊凌川城，搶佔堰門關，然後返回西星，這招棋既是險招，但又是活招。

亞文知道藍羽的動作必須快，而且要在行進中消滅敵人，出其不意，攻其不備，然後迅速向西南運動，他心下一轉，已經有了計較，單等藍羽出擊了。

不久，東方秀和長空旋來到了雷格的指揮部，雷格看他們進來，也不廢話，立即說道：

「東方將軍，我剛剛接到聖王的傳書及越劍次帥的傳書，藍羽要立即展開行動，北冥府城就交給你們東海兵團和平原兵團了，由你全權指揮，記住，能守住就堅守，一旦不能堅守也不必強求，立即撤回長白城，從西部而來的敵人我會消滅的，估計不會剩餘多少人，你放心就是！」

東方秀遲疑了一下，然後說道：「羽帥，聖王不是要我們堅守嗎，一旦放棄了北冥府城，聖王怪罪了怎麼辦？」

雷格黑黑的臉上展開了一絲笑容，他接過話說道：「現在情況有變化，三國聯盟軍猛攻凌川城，只要我們擊潰東進的敵人，想辦法攻擊海寧城，截斷敵人的退路，然後配合凌川城、長白城的守軍，就形成了一個戰略包圍圈，從而全殲滅聯盟軍，北冥府城是很重要，但比起殲滅三國聯盟軍來說就顯得微不足道了，東方秀將軍，我不是讓你放棄北冥府城，而是一旦堅守不住是可以選擇放棄，你可聽明白了？」

「羽帥，我明白了，看來聖王是想全殲滅聯盟軍，徹底解決中原的問題了！」

「正是，好了，我和參謀長快要出發了，長空旋參謀長，你要好好地協助東方秀將軍，如果你們能守住北冥府城就是大功一件，不能守住也不會怪罪你們，聖王那我自會親自解說。」

「謝羽帥！」

參謀長亞文在旁接話道：「北冥府城是戰略要地，它控制著北蠻人南進中原的要道，守住北冥府就可以遏制北蠻人的勢力，你們千萬小心，當然了，實在有困難也可以放棄，但有一絲希望也要堅守，相信有個把月的時間，中原的形勢就會明朗，你們會知道發生了什麼事情的，不過我可以先透露一點消息給你們，聖王有了大的行動，中原爭霸戰爭就會結束了。」

雷格在旁說道：「有許多事情你們不清楚，就是我也是剛剛知道了一點消息，具體情況我也不知道，不過王朝早就有一個『落星計畫』如今正在展開，你們知道了這個計畫就行了，注意保密。」

東方秀和長空旋滿臉興奮，雷格把「落星計畫」透露給他們，就是沒有把他們當成外人，況且就是雷格也不知道「落星計畫」的具體情況，由此可見其保密程度之高，如今雷格坦然說出，表示他們已經進入了雷格心腹的行列中。

「謝謝羽帥的信任，我們明白的，羽帥放心，憑我們東海兵團和平原兵團兩個軍團的實力，出擊不行，但守住北冥府城相信還是可以的，我們一定會堅持到底！」

「謝謝兩位，我們也出發了！」

雷格說完，拿起旁邊刀架上的天罡刀，大踏步走了出去，參謀長亞文立即跟上，東方秀和長空旋趕緊送出。

雷格出南門外，整個藍羽已經收拾停當，各個軍團列開陣形靜靜地等待著主帥和參謀長，雷格來到近前，飛身上馬，左右看了一眼，低聲喝道：

「出發！」

藍羽騎兵兵團立即出發，先頭部隊第二十軍團在里騰的率領下捲起一趟煙塵，遠遠離去，後軍依次出發，雷格一帶韁繩，催馬而出。

東方秀和長空旋躬身相送，嘴裏低聲說道：「送羽帥！」

雷格率領藍羽騎兵軍團行走一日，遠出北冥府城一百六十餘里，天已經漸漸地黑了下來，雷格傳令軍隊休息，他不敢急著趕路，大軍需要保持戰鬥力，節省體力，一旦發現敵人立即投入攻擊，沒有良好的馬力是不行的。

藍爪斥候被大量地派出，偵騎兵四下分散，把方圓三四十里內偵察了一遍，在確認沒有情況下潛伏下來，警戒著周圍的一切動靜。

在藍羽騎兵兵團北出攻擊海寧城的時候，西星帝國內已經亂成了一團，藍鳥軍出兵堰門關，一日之內全殲關外守軍星雲兵團，三日推進三百里，勢頭不減，目前，西星內戰將盡出，長子殿下攝政，國內正規軍團所剩無幾，無法阻擋藍鳥軍的進攻，丞相星魂趕緊命令快訊通知遠在中原的國主星晨，信鴿飛到了北海帝國，驚訊首先傳到了帕爾沙特的手中，帕爾沙特大驚失色，趕緊找來星智星慧，三人不敢耽誤，立即起程回國。

帕爾沙特在星晨到達海寧城的第二天就藉故離開，把軍隊的指揮權交給了父親星晨，他隻身回到北海，與北海明、星智星慧三人住在一起，休息恢復精力，調節心情，帕爾沙特征戰中原十一年有餘，還是第一次遠離戰場，返回到了北海，距離本土這麼近，各種心情湧上心頭，滋味各不相同，苦辣酸甜都有，複雜的心一時間難以平靜。

剛剛在北海休息幾天，帕爾沙特忽然間接到了這個不好的消息，帕爾沙特知道自己父子這回可是真的惹了禍，聖王雪無痕是想統一大陸，但是也絕對沒有這麼快動手的意思，如果不是自己父子二人一個重創維戈，一個斬殺忽突，聖王雪無痕絕對不會這麼快就下定決心，藍鳥谷出身的將領每一個人都如聖王的親兄弟一般，兩個人一死一傷，這個血仇雪無痕一定不會忘記，況且，如今藍鳥軍氣勢正盛，實力大增，在這個時候激怒藍鳥王朝眾將，絕對沒有好結果，而且軍師雅星與西星有殺父之仇，國仇家恨不共戴天，雅星消滅西星的決心是早就應該有了。

帕爾沙特快馬加鞭，一路急奔馳回國，抵抗藍鳥軍雅星的進攻。

藍鳥軍出兵堰門關的消息快速傳到了海寧城，然後用最快的速度送到了西星國主星晨的手中，聯盟軍總指揮星晨正得意地與聯軍將領佈置攻擊凌川城的事宜，得到消息後，臉上頓時變色，手都有一些顫抖了，別人也許不知道西星國內的情況，但他作爲一國之主，自然知道得清清楚楚，十餘年的中原爭霸戰爭，消耗盡了西星全部的國力，軍隊幾乎全部進入了中原，再沒有什麼可以叫得響亮的將領了，士兵只有預備隊和一些民團，這個時候藍鳥軍西征，無異是往腐爛的傷口上添污水，加速其腐爛。

星晨呆呆地立了半刻，臉色漸漸地發青，說不出話來，映月年輕的元帥月旺見到此情景後，忙問道：「總指揮，出了什麼事情？」

星晨苦笑了一下道：「雪無痕出兵堰門關，藍鳥軍百萬之眾攻入西星國內，目前已經向前推進了幾百里，星落城危矣。」

周圍的西星貴族們驚聲問道：「什麼？」

月旺元帥畢竟是有才學的將領，雖剛聽到這個消息時也很吃驚，但他心下一轉道：

「總指揮，貴國帕爾沙特殿下呢？」

提起了帕爾沙特，星晨心下一振道：「帕爾沙特已經和星智星慧起身返回國內，組織部隊進行反擊，有他們在，我想暫時還沒有什麼大問題，目前，我們的處境非常的不妙，是前進還是後退，要儘快決斷，時間已經不等我們了。」

月旺元帥沉吟了一下說道：

「帕爾沙特殿下征戰中原多年，經驗豐富，又有真才實學，抵抗藍鳥軍的進攻我想也沒什麼大問題。目前，藍鳥軍東方面軍遠在北冥府城，中央方面軍駐紮在長白城，只有西方面軍駐紮在凌川城，雪無痕出兵堰門關的兵力一定是西方面軍，只要他全力進攻西星，凌川城的兵力必然空虛，如果他不是全力進攻西星，那麼，西星國內有帕爾沙特殿下在，就一定不會有什麼大問題，這只是藍鳥軍轉移我們視線的一種手段，目的是瓦解我們的聯盟，使我們陣腳自亂，但不管是那一種情況，凌川城的兵力必然都不多！」

第八章　兵威如鐵

星落將軍聽後略一沉思道：「宗主，目前我軍的位置十分不利，如撤軍返回國內，必須經過北海回國，距離二千餘里，時間至少需要三個月，藍鳥軍早就攻陷星落城了，我們回去也來不及了；如果我們繼續攻擊凌川城，然後搶佔堰門關，即可重新奪回堰門，又可以截斷敵人進入我國的後路，同時也擊敗了雪無痕的凌原城防線，一舉多得，不知宗主意下如何？」

星晨聽後大喜道：「正是如此，只要我們佔領了堰門關，就掌握了戰爭的主動權，況且堰門關距離此處不過五百里距離，目前凌川城內部空虛，正是我們擊敗雪無痕的大好機會，很好，很好！」

北海國主北海無疆接過話說道：「我們全力進攻堰門關，一旦拿下，就可以打通西星帝國通向中原的要道，進可攻，退可守，只是西星這回可要有所損失了，我們這麼多軍隊，糧草可要總指揮出啊！」

星晨精神一振，然後說道：「沒問題，國主放心就是，只要我們攻陷了淩川城，擊敗雪無痕，整個中原就是我們的了，糧食以後多得是！」

北蠻主蠻龍在一旁說道：「但是，如果我們失敗了，就沒有退卻的餘地，總指揮，北蠻人一旦進入西星，北海和你們必須保證我們安全地回到北方極地！」

「這當然，這當然，北海兄，是這樣嗎？」星晨連聲問道，在這個時候，只要北海和北蠻同意配合他們全力進攻堰門關，他是什麼條件都會同意的。

北海無疆和蠻龍兩個人剛才的話都是為本國的利益考慮，只要聯盟軍佔領堰門關，從此後就需要西星出錢糧養活聯盟軍隊，北海不再出了，而蠻龍的話就是北蠻人可以自由進出西星和北海，否則他們憑什麼要為西星作戰。

「蠻龍兄弟放心就是，我們絕對不會食言的！」

「好，既然兩位國主都同意了，北蠻人願意出兵攻擊淩川城，搶佔堰門關。」

星晨見蠻龍答應，忙以詢問的目光看著月旺元帥，月旺元帥是個多才的人，心下一轉，想到與藍鳥軍爭鬥還沒有開始，勝負各半，利益還談不上，只要西星能牽制住藍鳥軍幾年，映月帝國就會恢復以前的國力，重新成為聯盟的霸主，如今應該扶持星晨一把，為以後的事情打基礎，於是他忙說道：

「既然各位都同意了這個方案，月旺沒有什麼不同意的，只要以後國主多照顧我們即可，對抗藍鳥軍是我們共同的事情嘛！」

星晨見眾人全部同意，懸掛的心這才放下，如果各國都不同意，他也沒有辦法，憑藉西星的八十萬部隊想單獨對抗凌川城的守軍是不行的，只有聯盟軍共同努力才有一線希望。

當下，星晨連忙說道：「謝謝各位，既然如此，我們就計畫一番，儘快展開攻擊為好啊。」

月旺元帥忙說道：「總指揮說得是，我們在此已經休息兩天了，看來也是進攻的時候了，我想凌川城至多也就五十萬軍隊，憑我們的實力應該可以拿下它，擊敗雪無痕就在眼前！」

星落見狀立即說道：「各位國主、元帥、將軍，星落願意率領射星營為前鋒，攻擊凌川城防線，先擊敗藍鳥騎士團，然後各位再率軍攻擊凌川城，搶佔堰門關，如何？」

「好，太好了，我完全同意！」月旺元帥立即表示同意。

星晨知道大家都是為了西星而戰，西星的軍隊不打前鋒也說不過去，於是連忙說道：「就是這樣，星落，你率領騎兵為前鋒，全力攻擊敵人防線，步兵在後支援，各位以為如何？」

「可以！」

「我認為行！」

北海無疆和蠻龍立即同意，星晨心中暗罵，但表面上卻一點也不表現出來，他心想：以後有的是機會，慢慢地再收拾他們，以雪今日之恥辱。

於是，星晨忙說道：「既然如此，我們就展開進攻吧，命令星空立即發起牽制性攻擊，把藍鳥軍中央兵團牢牢地定死在長白城一帶地區，步兵以北蠻人為前部，映月、西星、北海依此跟進，同時從多個方向發動攻擊，一旦突破敵人的防線，立即包圍凌川城，而騎兵立即搶佔堰門關，各位以為如何？」

「好，就這麼辦！」

眾人見星晨的方案還說得過去，紛紛表示同意，三國聯盟軍立即展開了戰前的準備，各部將領紛紛整頓軍隊，檢查裝備，西星的貴族子弟各個摩拳擦掌，躍躍欲試。

在聯盟軍得到藍鳥軍出兵堰門關的消息時，聖王天雷已經率領藍衣眾和藍鳥幼字營來到了北川鎮防線。

北川鎮不大，人口僅千餘人，只是中原上的一個小鎮，但是，北川鎮距離南方凌川城只有一百里距離，東面向長白城，距離四百餘里，地理位置如今特別突出。

按說北川鎮不算什麼重鎮，其之所以在聖拉瑪戰爭史上能留下一筆，只是因為它距離凌川城不遠不近，正好百里，它地勢偏高，周圍平坦，起伏的山丘不多，但在大平原上也可以說是少見了。

目前，藍鳥軍凌川城守軍不多，幾乎全部出現在北川鎮一帶，聖王天雷更是親自率領手中僅有的部隊來到此處，其目的是抵抗住聯盟軍對凌川城的進攻。

北川鎮防線縱深二十里，分三道防線，目前步兵榮譽軍團二十萬人駐紮在此，藍鳥軍騎兵則在其前方四十里處紮營，作爲前部支撐點多撐一時。

在北川鎮的東三十里地區，是藍鳥軍中央方面軍的防禦陣地，主帥越劍率領青年兵團和南彝兵團駐守在此，他已經與聖王天雷取得了聯繫，爲了方便配合，特意安排了參謀聯繫，而且他把新月兵團秘密地佈置在靠近榮譽軍團的側後方，保證隨時支援。

次帥越劍對聖王天雷安排北川城防線，心中一點底都沒有，原因是西方面軍精銳盡出，聖王手中可以說一點步兵兵力都沒有，雖說榮譽軍團有二十萬人，藍鳥幼字營有十萬人，但是，榮譽軍團都是些平時好吃懶做的貴族子弟，中看不中用，藍鳥幼字營都是些剛成年的孩子，兩個步兵軍團都沒有真正上過戰場，沒有大戰的經驗，而聖王能夠倚靠的，也就是藍鳥騎士團和藍衣眾、短人族戰斧團、騎兵第十七軍團以及殘餘的第六軍團，騎兵總數二十萬人馬，想抵抗住聯盟軍近八十萬的精銳部隊還真是難說。

越劍中央兵團所面對的敵人有四十萬人，而他手中青年兵團加上南彝兵團也就三十萬人，新月兵團他不敢輕易使用，還要保證長白城的安全，並作爲預備隊使用，兵力明顯不足，他心中企盼著藍羽雷格快一點回來，好爲凌川城盡一點力量。

不說次帥越劍憂心忡忡，單說藍羽主帥雷格率領藍羽騎兵兵團西出北冥府城，一路上向西前進，兩天時間前，鋒斥候回報說敵人的大軍已經不遠，目前只有三十餘里，雷格與參謀長亞文一商議，亞文笑道：

「羽帥，我們是騎兵對步兵，十七萬對三十萬，敵人如果是打防禦戰，我們是一點機會也沒有，但是，如今敵人正在向北冥府城運動，並不知道我們已經出兵了，如果在運動中作戰，藍羽沒有必要怕他們，所以我建議在運動中消滅他們，只要把敵人的具體位置探查清楚，騎兵分開來從中路截斷，然後各個擊破，一戰可以成功，然後前鋒迅速攻佔海寧城，如不成功則立即南進，而我們大隊人馬要馬不停蹄地趕回凌川城一線！」

雷格黑黑的臉上露出了笑意，他用手一拍亞文的肩膀說道：「你是參謀長，你說怎麼打就怎麼打，我聽你的就是，看樣子你早有計劃，我何必費心呢，來人，命令斥候把敵人的隊形偵察清楚，然後立即報告，各部暫時隱蔽休息，等待命令！」

時間過去有半個多時辰，斥候已經回來了十幾個人，把敵人的位置報告給了雷格和亞文。目前，敵人以縱隊形勢前進，前鋒步兵一個軍團，五萬人，中軍十五萬人，後軍十萬人，糧草車輛等在後，整個大軍連綿二十餘里，擺成一字長蛇陣，行動速度不快，前鋒距離此地還有十五里。

次帥雷格最後確認了敵人的位置，然後傳令第二十軍團、二十一軍團從左面繞路前進十里左右，第二十二、第二十三軍團從右面潛行十里左右，然後埋伏下來，等到中路發起攻擊時，他們從左右同時發起對敵人中軍和後軍的衝擊，速度要快，攻擊要猛，不可給敵人喘息時間，將軍里騰、姆里、烏拔、拓展立即率領部隊出發，雷格和亞文親自帶領中軍等待敵人到來。

近中午的時候，聯盟軍行動的速度慢了下來，想必是要找一處地方休息，速度雖然很慢，但是前鋒還是距離雷格埋伏的地方僅有兩里多的路程，斥候幾乎僅在他們前方的五百米處，雷格見時機已經成熟，立即和騎兵上馬，藍羽衛和騎兵們抽出了馬刀，雷格一聲低喝，黑色的戰馬如飛，一馬當先地衝了出去。

藍羽騎兵的速度非常的快，兩里的距離正好是騎兵發揮速度的頂點時間，在敵人剛剛反應過來的時候，騎兵已經衝到了最前面，馬刀在中午的陽光下反射出一道道寒光，輕輕地掠過敵人的脖子，帶起一溜的鮮血，把敵人斬在地上，伴隨著雷格的出擊，兩翼馬蹄聲四起，藍羽從多個方向向敵人發起了攻擊。

雷格率領中軍從敵人前鋒中間直貫而過，天罡刀帶起的罡氣把敵人輕鬆斬斷，雷格面前的人沒有一個是完整的，巨大的刀氣把屍體帶出十餘米遠，鮮血灑落在地，他如一個魔鬼一般，揮刀斬殺，而跨下的寶馬更是歡暢奔騰，速度越來越快，雷格如錐子的尖鋒般刺入敵人中央。

身後，藍羽衛更是不客氣，馬刀連閃，左右斬殺，殺開一條血路，其餘兩個騎兵軍團一湧而上，五萬步兵前鋒在雷格中軍一個衝鋒中，被斬殺三萬餘人，這時候，雷格已經貫穿前鋒，來到了敵人中軍的面前，左右騎兵正從兩翼向前斬殺，速度之快如奔雷閃電，已經有一多半的距離，雷格沒有絲毫猶豫，從正中央殺入。

這時候聯盟軍才反應了過來，叫喊聲響成一片，列隊、保持隊形、弓箭手準備、弩手準備等等喊聲四起，敵人的後軍已經漸漸地擺出了防禦陣形，但中軍已經被分割成三部，三條血線向前延伸，雷格率領的藍羽衛士如尖錐一般直刺中軍心臟，把被左右分割的中路斬成粉碎。

十七萬藍羽騎兵對三十萬失魂落魄的步兵的戰鬥，就如一場真正的屠殺般在北平原上演了，步兵儘管人多，但兩個步兵對付一個騎兵還是不行，況且衝擊起來的騎兵根本就不是鬥志已失的步兵所能抗衡的，從西星國內而來的這些新兵那裏見過如此血腥的場面，如此強悍的騎兵，他們心中只有一個念頭快跑，但步兵速度再快也沒有騎兵的戰馬快，這些沒有戰鬥經驗的新兵只能成爲戰爭的陪葬品。

藍羽騎兵兵團在北平原上進行了半日力量對比懸殊的戰鬥，這場可以說不是戰鬥而是屠殺的戰鬥，整整經過了三個時辰，鮮血染紅了北疆的大地，二十幾萬西星士兵的屍體倒在了方圓四十里內，姿態各異，藍羽沒有要俘虜，他們已經沒有時間管理俘虜的事情了，他們目前的主要任務就是儘快趕到凌川城，而這次的戰鬥只不過是爲了北冥府城的東方秀減輕負擔而已。

天近黃昏的時候，雷格命令部隊迅速脫離戰場，騎兵第二十軍團、第二十一軍團在里騰的率領下緊急向海寧城方向挺進，其餘部隊在主帥雷格的率領下，向西南方向奔馳而去，雷格不敢休息，每多耽誤一點時間，聖王天雷就多一分危險，大草原的漢子們都知道了聖王有危險的事情，他們沒有一個人不在心中焦急，恨不得立即趕到凌川城聖王的身邊，爲保護聖王而戰鬥。

藍羽騎兵兵團星夜奔馳，分兩個方向急奔凌川城、海寧城而來，藍羽鐵蹄踏碎了北平原寧靜的夜，敲響了整個北平原，藍鳥軍騎兵在聯盟軍的後方展開了強大的攻勢。

北川鎮的夜同樣不平靜，聖王天雷披衣站在屋外，仰望著滿天的星斗，心潮起伏，思緒萬千，回想起十幾年前，自己還是一名學生，而如今他不僅僅統領著藍鳥王朝兩百萬大軍，而且擁有聖拉瑪大陸半壁江山，幾千萬人口都在等著他過上更加安寧、幸福的生活。

夜空中的繁星閃爍，顆顆明亮，一顆巨大的流星劃破夜空，帶著一路的亮光從他的頭頂滑過天際，飄落在西方的夜色中。聖王天雷心頭一驚，他不知道爲什麼蒼際會出現這種現象，但他卻爲此擔上了無限的心事。

「楠天，告訴越劍、雷格、雅星三人小心了，不要出現意外！」

「是，聖王！」

「天際無常，宿命星照，中原多事，將星墜落，又不知道是那一個人消失在命運的長河中，聖拉瑪大陸必須一統，爲天下的百姓尋找出一個安定、繁榮的世界空間，讓所有的人都過上好日子，澄清四海八荒，爲了這個目標，就是獻出生命我也在所不惜！」

風揚和楠天聽後，激動地叫了一聲：「聖王，你千萬要保重自己啊，王朝千百萬百姓需要你，藍鳥軍需要你，我們也需要你啊！」

聖王天雷轉過身來，望著因激動而臉色發紅的兩個貼身的人，語氣略微激動的說道：「你們放心，我會小心的，相信有你們在我身邊不會有什麼事情的，北川城的防線雖然薄弱了一點，但是有藍衣眾和藍鳥騎士團在，敵人就休想前進一步！」

「是，聖王，我們絕對不會讓敵人向凌川城前進一步！」

「風揚，告訴凱武元帥把榮譽軍團分爲兩部，每部十萬人，加上幼字營一共三部，輪換上去，保持體力；讓溫嘉率領藍鳥騎士團和騎兵第十七軍團、第六軍團，監視敵人射星團的動靜，一定要擊潰他們；楠天率領藍衣眾和短人族戰斧團爲預備隊，隨時準備出擊接應，我要把每一個人的力量都用上，保證防線安全，等待越劍與雷格會合！」

「是！」

「卡奧，派出黑爪和藍爪聯繫藍羽，時刻掌握他們的行程，與越劍保持聯繫，做好協同作戰的準備，我想敵人已經知道西星國內的消息了，這一半天就會發起攻擊了！」

「是，聖王，藍羽雷格次帥今日上午擊敗了遠征北冥府城的聯軍，幾乎全殲了敵人，第二十軍團、二十一軍團正在攻取海寧城，餘部正在南下，估計三天後將到達敵人的側後翼，並發起攻擊！」

「很好，你要密切注意藍羽的行程，隨時向我報告。風揚，立即與越劍聯繫，制定三日後發起攻擊的計畫，等待我的命令。」

「是，聖王，夜已深了，該回去休息了。」

聖王天雷點了點頭，然後又看了眼遙遠的北方，轉身向屋內走去。

第二天黎明時分，藍爪向聖王彙報敵人開始集結部隊，要有所行動了，聖王天雷簡單地吃了兩口飯，走出屋外，向鎮北的防線陣地走去。

從北川鎮向北二十里一共設有兩道防線，加上北川鎮內的防線一共有三處，藍鳥軍的榮譽軍團十萬人駐守在第一道防線內，第二道防線由另外十萬人駐守，藍鳥幼字營駐守在鎮內的第三道防線。

目前，藍鳥騎士團和騎兵第十七軍團在溫嘉大將軍、海天將軍的率領下前出至陣地的前方，作為整個防線的尖錐，聯盟軍想要越過藍鳥軍的步兵防線，就必須先擊敗藍鳥騎士團和騎兵軍團，否則將直接面對藍鳥騎兵的打擊之下。

這樣的兵力部署，聖王天雷也是不得已而為之，由於凌川城防線步兵兵力有限，作戰實力以騎兵為主，儘量牽制敵人的力量，如今藍羽雷格已經擊潰了東進北冥府城的敵軍，正在向南運動，相信有藍羽十幾萬騎兵支援敵人就會腹背受敵，加上側翼越劍中央方面軍的配合，消滅敵人也不是難事，當前最大的任務就是抵抗住聯盟軍的進攻，穩定防線。

聯盟軍對凌川城防線的攻擊也是經過了精心的策劃，指揮部對藍鳥軍的態勢經過了認真的分析後，一致認為必須首先解決藍鳥軍騎兵，打掉尖錐的頂部，把騎兵主力先吃掉。根據這樣的策略，攻擊藍鳥軍騎兵的任務自然就落在了射星團和星輝騎兵軍團的身上。

步兵要配合騎兵作戰，在兩翼實行牽制作戰，東側翼星空元帥要全力抗擊住藍鳥軍中央方面軍越劍部的反擊，保證他不能很好地支援北川城一帶，中央騎兵展開攻殺，西側翼步兵配合推進。而整個作戰的重點就是看正面戰場上騎兵的對決。

射星團副將星落早已經躍躍欲試，與藍鳥騎士的決戰在所難免，今日就要達成這個願望了。射星團的五萬好手已經準備就緒，星輝騎兵軍團還剩餘六萬餘人，主將星碧也知道這次決戰不同於往常，讓士兵們都有思想準備，在三國聯盟軍所有主帥面前絕對不能丟了星輝的榮譽，騎士的尊嚴。

聯盟軍總指揮星晨對這次的攻擊也是極其地重視，因為時間不等人了，聯盟軍每在凌川城北地區多停留一天，藍鳥軍西征軍就多向前推進一天，聖王雪無痕要的就是這種局面，今天，三國聯盟軍主帥全部出現在陣地前，觀看著聖拉瑪大陸上兩大騎兵的對決。

星落將軍和星碧將軍見騎兵已經準備就緒，兩人忙來到星晨的面前，北海國主北海無疆、北蠻主蠻龍、月旺元帥、沙巴爾等人都來到了戰場的前方，觀看藍鳥騎士團和射星團騎兵交戰，星晨見星落、星碧兩人來到身前，臉上露出笑意道：

「準備好了就開始吧，小心了，不要墜了射星團的聲名，去吧！」

「謝國主！」

兩個人轉身回去，提韁繩上馬，士兵們也開始準備，紛紛上馬，又重新調整隊形，準備攻擊。

對面，藍鳥聖王天雷也站在本隊中央，見敵人出動的騎兵約十餘萬人，而藍鳥騎士團加上第十七軍團、第六軍團殘部僅有八萬餘人，忙傳令道：

「卡萊，你帶領戰斧團隨溫嘉上去，注意保護自己！」

「是，聖王！」

短人族少族長卡萊答應一聲，轉身喝道：「戰斧團，準備！」

溫嘉見聖王天雷把短人族戰斧團派出，自己的兵力已經達到了十三萬餘人，兵力比敵人多些，忙調整騎兵部隊道：

「海天，你率領第十七軍團、第六軍團在右翼，卡萊，你率領戰斧團在左翼，注意保持隊形！」

然後，他大踏步來到聖王天雷的面前道：「聖王，兄弟們已經準備就緒，可以開始了，請下命令！」

聖王天雷點頭道：「近代聖拉瑪大陸騎兵正式對決還是第一次，溫嘉，不要滅了藍鳥軍的威名，去吧，給我殺！」

「是，溫嘉決不辜負聖王的期望，決不敢墜落藍鳥軍的威名！」語氣斬釘截鐵。

溫嘉重新回到本隊的最前面，飛身上馬，左右看了一眼，然後抬手摘下馬鞍上的重劍，眼中精芒一閃道：「藍鳥軍，爲了聖戰，前進！」催馬舉雙劍當先殺出。

「爲了聖戰，前進！」

布萊和卡斯兩人大喝一聲，左右緊跟著溫嘉殺了上去，三人組成一個尖鋒組，身後藍鳥騎士團官兵緊隨著跟上，「爲了聖戰，前進」的口號聲響徹整個戰場。

右翼，海天將軍大刀一揮，第十七騎兵軍團和第六騎兵軍團殘部立即跟上，左翼，卡萊和戰斧團舉起巨大的戰斧，嚎叫著衝了上去。

兩軍相距二千餘米，幾乎在藍鳥軍衝擊的同時，星落將軍和星碧將軍也率領射星團和星輝騎兵軍團殺出，轟響的馬蹄聲震顫整個大地，隆隆的戰鼓聲震耳欲聾，在方圓十里內，藍鳥軍和西星軍兩支大陸上最強大的騎兵撞在了一起。

藍鳥騎士團是重裝騎兵，射星團也是滿身的重盔甲，藍鳥騎士團官兵使用的一律是長槍，整個款式與霸王槍相同，但是，射星團也是使用長槍的勁旅，兩軍幾乎是實力相當，騎士個個都是武藝上的好手，對戰上真可謂是棋逢敵手，將遇良才。

溫嘉對上了星落，兩個人在衝擊的同時就緊緊地鎖住了對方，溫嘉人高馬大，掄開雙臂重劍一劍緊似一劍，雙劍勾動風聲，嗚嗚作響，戰馬在第三劍的時候就擎不住溫嘉的體重了，他乾脆步戰，掄開的雙劍一點也不比馬上的星落短，他圍著星落狠砸，以力取勝，天生的神力使他佔據了主動的地位，星落的大槍儘管神出鬼沒，但溫嘉久處藍鳥谷，對槍法的認識並不比星落差，加上溫嘉的雙腿比星落的戰馬靈活，一時間佔據了上風。

溫嘉纏住了星落，布萊和卡斯就占到了便宜，兩個人在左右指揮騎士團分組斬殺，藍鳥騎士團久經大戰，相互間的配合比較熟練，騎兵戰陣更是適合於作戰，一時殺得射星團人仰馬翻，但藍鳥騎士團也傷亡不少，只在局部佔據主動。

藍鳥騎士團憑藉著布萊和卡斯的經驗組織士兵作戰，戰陣穩而不亂，騎士多有大戰的經驗，相互間的配合比較好，在戰場上漸漸地顯示出經驗的重要性了，他們慢慢地掌握了主動權，傷亡漸漸縮小。

第九章　日微星稀

在交戰的右翼，海天將軍與星碧將軍碰在了一起，兩個人都是高手，對於騎兵作戰上，也許星碧要比海天強上一分半分，但是，海天也有一個最大的好處，就是他不用擔心整個戰場上的情況，只一心一意地交戰就行，而星碧要照顧全局，星落在殺得性起的時候，已經忘記可整體作戰，就是想起來，如今已經脫不開身了，溫嘉的雙劍可不是好對付的，天王絕技中的重劍法任誰也不敢輕視，星落也不行。

星碧有苦難言，眼睁睁地看著軍隊各自爲戰，組織不起大規模的陣形，況且，海天絕對不是低手，武藝不比星碧差，星碧想一下子戰勝海天也是不行的事。

星落與星碧分別被纏住，左翼的卡萊就搶得了先手，短人族戰斧團絕對不是一般的騎兵，他們是整個短人族中的好手，士兵手持的長斧都是寶刃，比尋常的兵器強許多，長槍幾乎經受不住兩三斧的撞擊就會折斷，短人族更是心狠手辣，立即對敵人進行斬決，毫不留情，左翼的敵人很快就出現了崩潰的跡象。

短人族中的高手環顧在少族長的周圍，手中戰斧上下翻飛，卡萊有時間可以觀看整個戰場上的形勢，調整部署，他一面作戰，一面指揮短人族分成五個大隊，交叉斬殺，分割包圍，很快就把左翼的敵人包圍在戰圈之中，明顯地在左翼佔據上風。

激戰有一個時辰，星落的臉上冒汗，這時候，他已經認識到了自己所犯的錯誤，但已經沒有辦法脫身了，溫嘉的雙劍不離開他的身前身後，稍微一不留神就會被斬落馬下，他想脫身也不是一時半會兒的事情。

後面觀戰的星晨眉頭一皺，心中不快，星落的武藝說得過去，但臨陣的經驗顯然比不上藍鳥軍的溫嘉，藍鳥騎士團以主將纏住對方的主將，但兩名副將卻發揮了戰場核心的作用，別人看不出，但星晨一眼就看得真切，如這樣下去，射星團被殲滅是早晚的事情。

旁邊的月旺看了一會兒，臉上也露出了恍然的感覺，他看了一眼星晨，見他漸漸地露出不耐的神色，忙道：「總指揮，看來情況不妙啊，要想辦法頂住敵人中軍的兩個副將，否則大事不好！」

星晨點頭贊同道：「月旺元帥說得極是，看來是得出去兩個人扭轉戰局！」

月旺元帥忙道：「總指揮放心，我這就派出二人，如何？」

星晨見月旺積極支援，心下雖然感到不願意，但也不好說什麼，於是他說道：「那就多謝月旺元帥了！」

月旺元帥忙揮手叫過二人道：「月金、月木，你們倆人上去，頂住敵人的兩個副將，不讓他們移動，掌握戰局！」

「是，元帥！」兩匹戰馬急飛而出，直取布萊與卡斯。

映月月金、月木截住了布萊和卡斯，分組廝殺，藍鳥騎士團就再沒有以前靈活，但是，左翼這時候卻已經開始向中軍靠近，支援藍鳥騎士團。

短人族戰斧團本就比左翼的敵人多些，再加上卡萊沒有人管，自然就掌了左翼的局面，聯盟軍想扭轉左翼的戰局，就必須另外派出騎兵支援，但聯盟軍沒有多餘的騎兵了，在騎兵的戰場上，步兵無法發揮多大的作用，只能增加傷亡而已，所以星晨也不敢輕易派出步兵。

但不對左翼進行支援的話，聯盟軍星輝騎兵左翼就有被殲滅的危險，所以，西星的幾員大將同時催馬而出，前往支援了，這才勉強控制住了局面，但在如此大規模的騎兵對決的大戰場上，幾個人不能發揮決定性的作用，短人族戰斧團又漸漸控制了局面，展開屠殺。

天已經漸漸地接近了中午，兩軍大戰已經有了半天的時間，傷亡近半。

藍鳥軍本陣中觀戰的聖王天雷心中也是極大的不滿，聯盟軍在如此大規模的作戰中，竟然憑藉幾員戰將硬是頂住了藍鳥騎士團和短人族戰斧團，想憑藉優勢的將領取勝，明顯地欺負藍鳥軍中無人，聖王天雷臉色一沉道：

「楠天，組織藍衣眾準備，但沒有我的命令不許攻擊！」

「是，聖王！」

近衛大將軍楠天邁大步走出，低喝一聲道：「藍衣眾準備！」

藍鳥軍不缺少的就是騎兵，聖王天雷手中還有一支最強大的騎兵就是藍衣眾，是不弱於藍鳥騎士團的另外一支勁旅。藍衣眾是各族精銳組成的一支部隊，其中有短人族戰斧營、雪奴族戰營、重劍營、刀營、新月營，長槍營分離出去後組成的藍鳥騎士團，許許多多的各族好手都在藍衣眾之中。

聖王天雷見楠天準備完畢，眼中精芒一閃道：「命令雪奴族戰營從中間殺入，重劍營從右翼殺入，其餘各營保持戒備！」

楠天低應一聲，立即命令兩營殺出，從中央和右翼殺入。

雪奴族戰營跟隨聖王天雷十餘年，其間沒有經過幾次大仗，聖王天雷愛惜雪奴族人少，青壯年不多，所以有戰事的時候極少派他們出去，但是，雪奴族戰營作爲聖王天雷的貼身奴族，卻是忠心耿耿，日夜守護在聖王天雷的身旁，從無一點的懈怠，聖王愛惜他們的心意，他們也非常的明白。

但作爲聖王的貼身奴族也是要有所表現的，如今聖拉瑪大陸一統在即，雪奴族如想在未來藍鳥王朝中站穩腳跟，就必須有所表現，各族流血犧牲，雪奴族也不能不有所作為，所以聖王儘管愛惜他們，但也要為雪奴族創造條件，爭取利益，沒有戰功，聖王也不能說什麼。

雪奴族戰士這幾年勤練秋水神功訣，武藝大進，手中的重劍都是經過重劍營親自培訓的，個個身高力猛，絕對不比北蠻人身體條件差，這幾年來，雪奴族戰營已經有一萬名戰士了，長期跟隨在聖王的身邊使他們受益匪淺，武藝個個不凡，聖王天雷今日派他們出擊還有另外一層深意，就是要起到威懾全軍的作用。

重劍營這幾年發展比較緩慢，只有五千人，原因是藍鳥軍重裝步兵缺少人手，不能把壯漢都送到重劍營中訓練，所以聖王天雷也沒有要求他們擴編，保持在五千人的編制內。

重劍營的好手都是身材魁梧的大漢，手長腳長，力大如牛，加上練習秋水神功訣更是如虎添翼，是聖王最貼身的衛隊，今天他們與身材同樣高大的雪奴族戰營一起出戰，聖王的心思就是威懾敵膽，起到震懾全軍的作用。

一萬五千名身材高大的重裝騎兵投入戰場，立即使整個戰場的形勢大變。左翼，短人族本就佔據優勢，聖王沒有投入部隊，但中軍卻在得到雪奴族戰營的加強後，起到了決定性的作用，雪奴族騎兵全部是力量型的戰士，硬殺硬砍，以秋風掃落葉的姿態橫掃中路戰場，把並不多的射星團斬殺在馬下，右翼，海天在得到重劍營的加強後也是發起了猛攻，一陣殺得星碧連連後退，陣腳立亂，藍鳥軍乘勝追殺，把敵人騎兵趕殺回本隊，藍鳥軍立即收兵回營。

天已經近黃昏，晚霞發出輕柔的光輝，照耀在大平原上，鮮血在晚霞的映照下格外的刺目。一日的騎戰使雙方精疲力竭，再也沒有發起進攻的力量了。

藍鳥軍騎兵雖然取得了最後的勝利，但是由於敵人步兵多，也沒敢深入追殺，在藍鳥騎士團損失兩萬三千人、第六軍團損失三千四百一十二人、第十七軍團損失一萬八千人、短人族戰斧團損失一萬六千人、雪奴族戰營損失一千六百人、重劍營損失九百人的條件下，取得了實質性的勝利，但精銳部隊損失較大，聖王下令收兵，穩定防線。

聯盟軍在雪奴族戰營、重劍營出擊的時候，就知道了戰鬥的最後結果，星晨竭力把步兵向前推進了三百米，接應騎兵回來，但是，最後剩餘的騎兵竟然讓星晨痛心疾首，射星營只剩餘一萬餘人，多數帶傷，星輝騎兵軍團傷亡近四萬，剩餘不足三萬人，整個聯盟軍最強大的騎兵機動部隊被藍鳥軍擊潰。

星晨頹喪地傳令收兵，把驚恐的士兵們帶回了軍營內。

從第二天日出開始，三國聯盟軍步兵開始了試探性攻擊，藍鳥軍步兵榮譽軍團作出了堅決的反擊，在付出五萬人傷亡的代價後撤回第二線陣地，聯盟軍開始了大踏步地向前推進，藍鳥軍逐步收縮防線，在黃昏時分勉強在第二線頂住了聯盟軍的進攻。

晚間，聯盟軍趁夜發起了攻擊，藍鳥軍榮譽軍團主帥凱武由於認識不足，被迫撤回第三道防線，整個榮譽軍團傷亡近半，天亮的時候才在北川鎮穩定了下來。

至此，藍鳥軍步兵僅剩餘十九萬人，騎兵不足十三萬人馬，凌川城防線面臨著被突破的危險。

爲了減輕北川城防線的壓力，藍鳥軍中央方面軍次帥越劍一面派新月營加強聖王的兵力，一方面向敵人展開了反突擊，在南彝戰象大隊的配合下取得了一點進展，擊退了向前攻擊的星空部，穩定了東側翼的防線。

藍鳥軍和三國聯盟軍在北川鎮防線又激戰一天，幼字營和榮譽軍團、新月兵團通力合作，擊退聯盟軍組織起的三次進攻，守住了北川城的最後一道防線。

六月二十八日，晚，藍鳥軍黑爪部主管卡奧將軍向聖王天雷進行了秘密報告，聖王天雷佈滿憂愁的臉上才展露出了一絲的笑容，長出了口氣。

藍鳥軍藍羽兵團緊急出北冥府城，一戰擊潰東進的西星軍隊，第二十軍團軍團長里騰將軍率領二十、二十一軍團向海寧城進發，趁夜偷襲海寧城沒有得手，然後立即率軍南下，與主帥雷格會合，經過三天的急趕，終於在二十八日下午接近了聯盟軍的大營，駐紮在五十里外，主帥雷格連忙命令藍爪與凌川城取得聯繫，終於在黃昏時分把藍羽到達的消息傳到了聖王天雷的手中，約定在二十九日日出時發起攻擊，望聖王及越劍全力配合。

聖王天雷接到藍羽雷格到達的消息，立即把巨大的軍事地圖展開，尋找到了藍羽的位置後，又與元帥凱武詳細地對聯盟軍的態勢、兵力進行了分析，經過認真的思考，他決定是展開對敵人圍殲的時候，於是他叫過參軍風揚。

「風揚，你立即去中央兵團一趟，告訴越劍，藍羽雷格已經到達了這一地區。」他用手指著地圖上的一處接著說道：「讓他在晚間與雷格取得聯繫，約定明天日出時發起全面攻擊，如聯繫不上藍羽雷格，也要準時發起攻擊，藍羽自然會配合我們的。」

「是，聖王！」

「告訴越劍全面牽制當前之敵人，保證側翼安全，正面和後翼自有藍鳥騎士團、藍衣眾和藍羽負責，要保持防線的穩固，全殲聯盟軍在北川鎮外！」

「是，聖王！」

「你去吧！」

在藍鳥聖王計畫圍殲聯盟軍的同時，三國聯盟軍的總指揮部也在熱烈地討論著當前的局勢，就如何攻擊當面之敵人進行了熱烈的討論。

星晨看了一眼在座的北海無疆、月旺、沙巴爾和鑾龍等人，語氣深沉地說道：

「各位，攻擊北川鎮防線已經三天時間了，在這三天時間裏，我們雖然取得了進展，但還沒有最終擊潰雪無痕，目前，我方損失兵力三十萬人左右，估計藍鳥軍也絕對不會少於這個數字，他們剩餘的兵力也不多了，爲此，我們有必要發起一次全線進攻，爭取一戰突破雪無痕的防線，再拖下去對我們是沒有一點好處。」

映月帝國元帥月旺笑道：「總指揮，現在的雪無痕已經到了山窮水盡的地步了，只要我們擊潰雪無痕，藍鳥軍以後就不足慮了，目前他還有一點實力，但我們只要耗盡他最後一點力量，凌川城和堰門關就不攻自破，聯盟軍已經沒有必要再西進西星境內，只要我們一鼓作氣攻陷藍鳥城，中原就是我們的了。」

星晨心中暗罵，映月、北海恨不得看著藍鳥軍在西星國內縱橫馳騁，全部摧毀西星的經濟等才好呢，險惡的用心不問自明，但月旺元帥的話還真挑不出毛病，讓他發作不得。

北蠻主蠻龍是個比較粗俗的人，他接過月旺的話道：

「月旺元帥說得極是，西星要的是堰門關地區，我們北蠻人要的是北平原地區，大家一起殺進什麼藍鳥城去，搶奪雪無痕的女人和財富，這才是大家喜歡的事情，又何必到西星走一趟，我看明天就出發，把雪無痕的軍隊徹底擊潰好了。」

月旺元帥笑道：「蠻主既然有如此的雄心壯志，不如明天北蠻人打頭陣好了，大家一起配合，擊敗雪無痕蠻主可是首功啊！」

蠻龍嘿嘿地笑了兩聲，然後尷尬地說道：「可以，可以，不過，大家都知道我們北蠻人兵力有限，如果無各國的配合是不行的，雪無痕雖然目前兵力不足，但藍鳥王朝實力雄厚，說不定明天就會出現百萬大軍呢。」

眾人聽見蠻龍的話一陣沉默，蠻龍說得一點都不錯，藍鳥王朝坐擁整個聖靜河以南地區，實力雄厚，民團眾多，組織起百萬軍隊也不是什麼難事，如果不迅速擊潰北川城防線，說不定情況有變，一旦讓雪無痕緩過手來，聯盟軍就不妙了。

月旺元帥嚴肅地說道：「各位，北蠻主說得對，我們要儘快擊潰雪無痕，否則情況有變反而不美，各國要齊心協力，做好最後一次攻擊。」

星晨連忙說道：「月旺元帥說得是，我們要儘快行動，不給雪無痕喘息的時間，否則對大家都不好！」

「是，是，兩位說得是！」北海無疆連忙附和。

眾人正在七嘴八舌地議論，星海聯盟通訊官急匆匆地走了進來，連通報都沒有，星晨大怒道：「連規矩都不懂了嗎，混帳東西！」

通訊官嚇得臉色蒼白地說：「國……主，是，是，國主，有情況！」

月旺元帥見通訊官如此匆忙進來，一定是發生了什麼大事情，於是忙說道：「總指揮息怒，先問問發生了什麼事情，失禮是小，軍情爲大，讓他先說。」

「說，發生了什麼事情！」

「國主，據海寧城傳來的消息，藍鳥軍藍羽騎兵兵團三天前已經擊敗了東進北冥府城的聯軍，搶佔海寧城時被擊潰，目前正在南下，具體情況不明。」

月旺元帥一聽臉色頓時蒼白，他陰森地說道：「看來雪無痕是想吃掉我們，凌川城組織防線防禦，長白城側翼掩護，藍羽從後掩殺而上，西出堰門關只是製造煙霧，絕非主力部隊，我們情況危矣！」

眾人頓時軟倒在椅上，星晨無力地說道：「三天的時間，我軍已經陷入困境，現在我軍無後援，困守中原北部，進退不得，如何是好？」

月旺元帥畢竟年輕，有衝勁，他見眾人一臉頹喪之色，大聲說道：「藍羽從後面上來又如何，大不了大家一起魚死網破，目前，凌川城防線藍鳥軍一定還沒有到位，否則也不會出現眼前這種尷尬的局面，只要我們全力進攻，一定會擊敗雪無痕！」

星晨精神一振，他豪笑道：「只要我們擊敗了雪無痕，藍鳥軍士氣必落，打亂他們的部署，只要我們衝出重圍，我們還有機會，我發誓就是拼盡射星派所有的子弟，也一定不與藍鳥谷善罷甘休！」

月旺親王接過話道：「聖拉瑪大陸上有雪無痕一天，大家的日子都不會好過，我發誓映月帝國必將拼盡全力與藍鳥王朝周旋，不達目的決不甘休！」

東方的天空漸漸地泛白，六月的夏天天亮得早，在柳綠花香中沉睡的大地早已經醒來。

榮譽軍團貴族子弟已經沒有了平時裏的輕浮，每一個人的臉上都多了軍人的嚴肅和氣質，藍鳥幼字營年輕士兵們臉上多了幾分成熟，眼裏流露出了殺氣，彪悍的表情讓人生畏，他們經過幾日的作戰都成長了起來。

聖王天雷默默地走在他們中間，感受著年輕士兵外露的殺氣，心中自然就升起了對他們的愛護之情，當他來到兒子夢雷的身前的時候，這種感情就更加地強烈了。

「父王好！」

「好！」

聖王天雷只說出一個好字，就再也說不下去了，幾日來，兒子夢雷年輕的臉上多了些許的成熟與幹練，動作更加沉穩，氣勢更加地兇悍，一股霸氣外露，儼然成爲了年輕的將領了，聖王天雷的心忽然有一股痛的感覺，一種說不出的感情湧上心頭，而其中更多的是內疚。

「好好幹，父王相信你！」

聖王天雷拍了拍兒子的肩膀，然後默默地走開。

夢雷眼裏帶著崇拜的神色，臉上掛著激動的表情，沒有任何東西能比得上父親對他的信任與鼓舞，爲了這一句話，他不知道付出了多少辛酸與痛苦，如今他滿足了，父王對他說相信自己。

回到大帳篷，聖王天雷臉色一沉，低聲喝道：「楠天，命令藍鳥騎士團和藍衣眾等所有的騎兵準備攻擊，告訴凱武元帥注意押住陣腳，沒有我的命令不許輕易出擊，讓這些年輕的士兵留下，藍鳥王朝不可以沒有年輕人！」

楠天神色一振，忙道：「是，聖王，我這就去傳令。」

東方漸漸泛紅，鎮北的敵人大營中響起了陣陣號角聲，輕快的鼓聲慢慢地響起，軍隊漸漸集合，聖王知道時間快到了，也傳令準備。

這次藍鳥軍與往常不同，他們沒有守候在戰壕裏，而是在陣地前列開了陣形。中間，高挑的旗幟是代表聖王天雷的帥旗，步兵榮譽軍團和幼字營並肩排列，兩翼是騎兵軍團，高大的戰馬上坐著騎士，目視前方，等待著命令。

兩軍相距有八百米，一目瞭然。

對面，聯盟軍也是同樣列開了攻擊陣形，四國主帥的旗幟並肩排列，當中星晨的指揮旗稍微高一些，餘下旗幟明顯地表示出了他們的身分。在隊伍的中部是西星的星沙步兵軍團，右翼是映月軍隊、北海軍隊，左翼是北蠻人的隊伍，整個大軍近四十萬人，雙方的主帥都還沒有出場。

太陽剛剛露出半張笑臉，就把她那千絲萬縷的霞光散落大地，這時候，聯盟軍隊中響起了急促的戰鼓聲，各國將帥可是要登場了。

聖王天雷在敵陣鼓響聲中也向外行去，藍鳥軍三百面戰鼓同時擂了起來，聲音更加響亮，士兵們精神一震，知道聖王出戰了，全部集中了精神。

聖王天雷邁步來到陣前，注目向對面觀望，只見對面旗幟招展，將領們眾星捧月一般簇擁著幾人，當中一人身材高大，全身黃色錦衣，腰繫黃金錦帶，肋下配劍，旁邊一名年輕將領三十餘歲，臉白淨，雙眉高挑，眼中炯炯有神，另一側，兩個同樣高大的老人站在一起，一人滿臉鬍鬚，長相粗豪，氣勢威猛，一人白面，三綹鬍鬚，文靜幽雅，正是星晨、月旺、鑾龍、北海無疆四人。

聽見藍鳥軍鼓響，四人也一齊向對面觀看，他們都沒有見過聖王天雷，雖然交戰多年，但到今日才是第一次見面，眾人是互相間久仰大名，苦無機會，今日達成此願，也是天意。

聖王天雷一身淺黃色衣裝，腰紮藍色腰帶，上面懸掛著秋水短劍、玉佩，外罩藍色飛鳥錦繡斗蓬，中等的個頭，白淨的臉，掛著微笑，一雙劍眉，雙眼有神，頭髮高挽，繫藍色頭巾，錦穗飄在腦後。

第十章　聖雷天威

雙方三通鼓響，算是通知對方開始了。

首先，星落催馬來到陣前，雙手一抱有禮地問道：「對面可是藍鳥聖王雪無痕嗎，在下西星星落？」

楠天向聖王天雷以詢問的目光，聖王微一點頭，楠天催馬而出，當胸一禮，非常客氣地說道：「可是星落將軍，楠天有禮了！」

「正是在下！」

「我家聖王正在陣前，星落將軍有話請講！」

「不敢，我家國主想會會聖王，希望將軍如實稟報，失禮了！」

楠天點頭道：「我家聖王也正有意一會星晨國主，請轉告貴國國主，聖王同意一會，請！」

「請！」

兩個人互相道了個請字，撥馬回歸本隊。

兩個人陣前對話，全軍將士都聽得清清楚楚，眾人注目觀看，就見西星國主星晨和藍鳥聖王天雷緩緩而出，步履輕盈幽雅，臉上帶笑。

相距有二十米，兩人同時停住腳步，互相間再次打量。

星晨威嚴，平靜中帶著王者的氣度，臉上掛笑，顯示出和藹可親，雙眼凝視著聖王天雷。

天雷瀟灑，幽雅中帶著玩世的神情，笑容如東升的太陽，燦爛醉人，也在仔細打量星晨。

「聖雪山藍鳥谷傳人天雷‧雪見過宗主！」

「射星派宗主星晨‧西星有禮了！」

聖王天雷笑道：「天雷久仰射星派武技超凡脫俗，爲聖拉瑪大陸第一大門派，星晨以一派之尊掌管一國，開創武林門派的新時代，盛名不墜，幾十年不倒，今日得見宗主心有技癢，前日聞宗主指教維戈，不勝感激，天雷再想領教宗主絕技！」

星晨臉上微微一紅，知道聖王天雷在話裏怪罪於他，他以一派之尊掌傷維戈之怨是結上了，聖雪山藍鳥谷定要一雪一掌之仇，但星晨久坐聖拉瑪大陸武林第一高手之位，並不害怕，於是也微微一笑道：

「聖雪山老神仙乃出世高人，秋水神技天下無雙，星晨年輕的時候就已心往，只是沒有機會拜見老神仙他老人家，今日見到他老人家的傳人心中歡喜，前日見維戈展神槍絕技，一時心癢，出手重了些，但今日定陪雪兄弟一戰，以償一生之宿願！」

「宗主客氣，天雷年輕，比不上宗主功力深厚，槍法高妙，不過，天雷還有一項武技在身，也要一同討教！」

「哈哈，星晨久聞雪兄弟身懷天王印訣絕技，為當世唯一的傳人，聖拉瑪大陸相傳千百年，說什麼天王印訣出，天下稱尊，星晨卻是不信，今日一併領教！」

「宗主果然豪氣，天雷佩服，宗主坐聖拉瑪大陸之尊已久，不像天雷初出茅廬，今日之會定將為聖拉瑪大陸留下一段佳話。」

「雪兄弟客氣，聖王乃聖拉瑪大陸上一代新霸主，坐擁半邊天，星晨不如矣，不過星晨也心有不甘，今日一會也算是新舊霸主之爭，為聖拉瑪大陸的歷史留下一筆吧，雪兄弟請！」

「宗主請！」

兩人同時微微向前伸手，互相間道了個請字，以他們如今的身分，雖然在陣前交戰，但卻如兩位朋友在閒談，不帶火藥味，但語意之爭蘊涵在內，互不相讓，動手是最好的解決辦法。

星晨身形一豎，臉上轉而嚴肅，雙眼一凝，身上氣勢一漲，沖天的霸氣如捲起一陣小小旋風般刮起，圍在身邊轉，射星神罡佈成的氣牆晶瑩透明，遠遠可見。

聖王天雷半點不讓，玩世的臉上一緊，把燦爛的笑容收回，雙眼精光暴長，氣勢隨著星晨而起，秋水神罡和天王神罡組成新的罡氣把他圈在中間，罡氣牆帶著金黃色，如流光閃動，白嫩的雙手漸漸地轉成金黃色，一手下垂，一手當胸一豎，「天王問天」，禮字當先。

「好，雪兄弟果然高明，星晨不虛此行矣，請！」

星晨也是一手下垂，一手當胸平伸，五指直豎向前，掌心向上，「五指拜星」，平起平座，算是還了天雷的禮。兩個人都是國主身分，都是一派之尊，星晨不敢失禮，慢待聖王天雷。

「謝宗主，請！」

聖王天雷嘴裏說個請字，雙手向前一合，一顆金黃色的小小氣球漸漸脹大，直如碗口，他向前一推，氣球直奔星晨而去。

星晨雙手齊胸，雙掌向上一豎，掌向前推，巨大的罡氣隨掌而出，混合成褐色的氣旋，接住天雷的氣球。

一聲轟鳴，震天動地，狂風捲起塵土刮過兩軍的中央，向四方散去，士兵們在巨大的氣浪中後退幾步，才穩住身形。

天雷和星晨在巨響聲中直衝而上，兩條飛快的身影立即糾纏在一起，掌指紛飛，精光暴漲，在塵煙中看不出誰是誰，氣浪不斷地向外擴去，捲起的煙塵遮天蔽日，真是驚天動地的大戰。

交戰有半個多時辰，兩人身形漸漸地慢了下來，煙塵隨著微風漸漸遠去，觀戰的官兵們這才看清楚場中央的情況。

聖王天雷和國主星晨頭髮紛飛，劍眉根根豎起，頭上絲帶早就化做碎片，不知去向。天雷雙手不停地在身前捏印，引印而出，身法奇快，不停地移動；而星晨伴隨著玄妙的步伐左右移動，雙手十指不停地顫動，每顫動一下，一股氣槍立即向前飛出，抵抗著身前的印訣，兩個人以快打快，不分勝負。

又有半個時辰，星晨剛毅的臉上流露出不耐的神色，他身形逐漸加快，雙腳漸漸離開地面，突然身形拔空而起，在高高的天空中一轉，雙腳一收，雙手向下飛斬，十條氣槍直指天雷身上，沖天而下。

聖王天雷雙眼一凝，身形突然一穩，雙掌當胸一合，組成印訣，然後雙掌向上一翻，口中暴喝一聲：「天王翻天！」巨大的印訣把十條槍氣抵在身外，聖王也是十指顫動，一絡絡罡氣直射星晨身上要穴。

星晨受氣旋一托，身形重新衝上天際，然後再轉，頭下腳上，雙手在前不斷地變幻，由罡氣組成的槍網把聖王天雷鎖在中央，口裏也是一聲暴喝：「天網射星！」

聖王天雷身影忽向下一沉，臉向上仰視，雙眼射出兩條金色的光線，頭髮向後飛揚，擺出了一個古怪的姿勢，突然他口中大喝一聲：「天罰！」

一條金色的光芒從聖王天雷額頭飛出，在空中一閃，一聲暴響，星晨碩大的身體飛出三十米遠，轟然落地，身上冒起塵煙，空氣中充滿了焦肉味，星晨形如黑炭，已經不動。

聖王天雷身軀一直，額頭上一團金色的小太陽出現在前，金色的光把他全身照得金燦燦，如一尊金身出現在兩軍的中央，他臉上露出燦爛的微笑，雙眼向北凝望。

百萬大軍鴉雀無聲，雙眼直勾勾地看著中央的聖王天雷，雙腿顫抖，藍鳥軍激動得雙眼含淚，愣愣無語；三國聯盟軍魂不附體，北蠻人十餘萬子民雙眼直愣愣地看著聖王天雷有一會兒，然後全體拜倒在地，口中開始傳唱出不知名的歌謠，聲調凄然婉轉，他們以額頭觸地，淚水不停地灑落。

包括北蠻主蠻龍在內，北蠻人不知什麼原因，全部在地上唱起歌謠來。

伴隨著北蠻人的歌聲，藍鳥軍中突然傳出了一聲大吼：「藍鳥軍，爲了聖王，前進！」

兩翼馬蹄聲暴響，藍鳥騎士團和藍衣眾等騎兵一起殺出，中央步兵榮譽軍團和藍鳥幼字營士兵嚎叫聲中衝了上去。

騎兵很快就衝進了驚魂喪魄的聯盟軍中，展開了屠殺，步兵隨後也撞了進去。

聯盟軍士兵狂吼一聲，四下奔逃，在他們眼中，聖王天雷就是天神，藍鳥軍就是天兵天將，聖王是天上的聖神下凡，受命於天，星晨與天神交手，已經受到了天罰，他們不逃跑幹什麼。

但是，也有一部分人沒有逃跑，那就是全部的北蠻人，他們全體跪在地上，嘴裏傳唱著歌謠，不管周圍的事情，藍鳥軍右翼藍衣眾衝了上去，揮刀斬殺，但北蠻人是一點動靜也沒有，任憑藍鳥軍斬殺，就是不反抗，他們雙眼流淚，繼續傳唱著歌謠。

藍衣眾手腳發麻，與敵人對陣狠殺他們不怕，可是讓各族子弟屠殺不反抗的人，他們還沒有狠下心腸，斬殺了一兩個人後刀就再也揮不下去了，他們只催馬從北蠻的人群中而過，向北殺去。

聖王天雷散去天王神功，漸漸地恢復了原形，抬頭一看，楠天和百十名近衛守在自己的周圍，所有藍鳥軍全部衝殺了上去，三國聯盟軍大敗而逃，騎兵正在追殺，但是，北蠻人卻出現了奇怪的現象，跪在地上不加反抗，任憑藍鳥軍斬殺。

聖王天雷眉頭一皺，抬步來到了北蠻人面前，藍鳥步騎兵見聖王過來，漸漸地把北蠻人圈在中間，弓上弦，刀出鞘，四下戒備。

北蠻人見聖王天雷過來，傳唱的聲音更加響亮，一會兒，他們對著聖王天雷拜了又拜，然後再唱，聖王和士兵們莫名其妙，不知道是發生了什麼事情。

北蠻主蠻龍看出聖王天雷疑惑的意思，忙揮手讓族人停住了歌唱，他跪爬在聖王天雷面前，拜了九拜，然後大聲說道：

「天上的聖神啊，你終於感到了北蠻人千年虔誠的拜祭，派出了宿主來挽救我們！傳承了千年的宿主啊，北蠻虔誠的子民跪在你的面前，等待著宿主的處罰，我們不知宿主是應天神的旨意而來，以拯救天下爲己任，北蠻人已經遭受了聖神的懲罰，請宿主原諒我們，收下我們！」

「請宿主原諒我們，收下我們！」

「請宿主收下我們吧！」

北蠻人全部磕頭在地，請求著聖王天雷的原諒，並請求收留。

聖王天雷久居聖雪山，對大草原百姓們拜祭聖神的事情多有瞭解，他從小以一個十三歲少年身分統一大草原，並不是別的原因，而是大草原的人叫他是「聖子」，說他是聖神的兒子，如今北蠻人的情況與大草原如同一轍，他心下一轉就明白了其中的原故，是「天罰」征服了北蠻人。

聖王天雷臉上帶笑，伸雙手扶起蠻龍，嘴裏說道：

「聖拉瑪大神原諒了你們的無知，感到了你們的虔誠，知道你們已經受到了懲罰，就原諒你們了，從此後你們要跟隨聖王征戰天下，以贖前罪，好了，都起來吧！」

「謝聖神，謝宿主，啊！」

北蠻人爆發出驚天動地的一吼，然後互相擁抱，歡喜的眼淚還掛在臉上，他們醜陋的臉不再是那麼可怕，表現出純潔的一面。

聖王天雷揮手讓步騎兵離開，繼續追趕映月、西星、北海聯軍，不要圍在北蠻人周圍，他知道在聖拉瑪大陸上，一個種族對神靈的虔誠是不容懷疑的，聖神是至高無上的，就是讓他們死，他們也絕對不會皺一下眉頭，北蠻人親眼見到了自己釋放「天罰」時的形象，聖神的地位已經深植在他們的腦海了，以後沒有誰敢反抗他的意志，任何人也不行，這就是一個民族聖神的傳承。

看見周圍的士兵離開，北蠻人歡呼聲更加的響亮了，他們知道聖神宿主真的原諒了他們，不再對他們有傷害，如今藍鳥軍在他們的眼裏都是宿主的天兵，他們那是對手，反抗是不可能的。

蠻龍率領二王蠻虎及三十幾個各部落長老、族長來到了聖王天雷面前，重新拜見了宿主聖王，天雷鼓勵了一番，當面把北冥府及以北地區送給了北蠻人作爲休生養息之地，保證全體族人脫離北方極地雪域，開始新的生活，北蠻人激動的熱淚盈眶，效忠聖主的心更加堅定虔誠。

其實，在北蠻人遠古時代就有一個古老的傳說，說是天上的聖神會帶著金身來到大陸，挽救面臨絕境的族人，從此後，北蠻人跟隨宿主，脫離北極荒野，全部過上幸福生活。這個傳說被北蠻人傳唱了幾千年，代代不斷，每一個族人都知道這個傳說，並把傳說中的神人定為他們的宿神，代代供奉傳承。

聖王天雷無意中使出天王印訣中的「天罰」，金光鍍滿全身，在百萬士兵面前歷歷在目，毫無疑問，北蠻人更堅信這是真的，宿主在經過幾千年後，終於在北蠻人面臨絕境的時候出現了，那還有絲毫懷疑，至此，北蠻民族關於宿命的傳唱結束，北蠻帝國正式併入藍鳥王朝，帝國滅。

為了堅定北蠻人效忠藍鳥王朝的決心，聖王天雷當即又解下腰間的秋水神劍，然後向風揚喝道：「風揚？」

「在，聖王！」

「你立即起身前往北冥府城，命令東方秀將軍把北冥府城交給二族長蠻虎，大軍向海寧城方向轉進，聽候越劍次帥指揮，協助中央方面軍攻佔海寧城！」

「是，聖王！」風揚伸手接過秋水神劍，抱在懷中。

「蠻虎！」

「蠻虎在，聖主！」二族長蠻虎趕緊答應一聲，躬著高大的身子，站在聖王天雷的面前。

「蠻虎啊，你帶著幾個人跟隨風揚到北冥府城，從東方秀將軍手中接過府城，帶領族人好好休生養息，但是，沒有我的命令，不許你們越過北冥府城南一百里，否則，軍法無情，你可記住了？」

「是……是，聖主，沒有宿主的命令，族人不許越過北冥府城南一百里，違抗者殺！」

「很好，蠻龍、蠻虎，北蠻人如今所剩不多，老幼計有四十萬人左右，你們要好好珍惜，聖拉瑪大陸一統在即，這是天命的旨意，人無法反抗，北蠻人要想在未來的王朝內有所收穫，取得相應的地位，就必須要自己爭取，在以下的歲月裏，你們這十幾萬人就跟隨在我身邊好了，聽從我的命令，將來爲自己的族人爭取更大利益，這就是你們的使命！」

「是，是，聖主！」

「風揚，你帶著蠻虎起身吧，蠻虎，你要聽從風揚的話，不許生事，否則我定不饒恕！」

「是！」兩人齊聲答應，蠻虎從族人中挑出了十幾人，跟隨風揚向北冥府城而去。

聖王天雷以聖主聖神的身分，恩威並施，使北蠻人俯首聽命，十五萬餘北蠻族勇士劃入藍鳥軍中，從此後開始跟隨在聖王的身邊，征戰天下，爲天下大一統流盡了最後一滴血。

聖王天雷命令蠻龍取消北蠻帝國國號，把北冥府以北地區通稱爲北冥洲，由蠻虎暫代洲總督，蠻龍任北蠻族族長，以下各部落長老組成長老會，共同主持北蠻族人事物，又從軍法處挑選出六十人派到北蠻族人中幫助管理、指導軍法等事情，協調北蠻人各項事務，改造北蠻人思想，協助管理北蠻人族內的事情，開始從思想上對北蠻人進行改造。

同時，聖王天雷又命令後勤部對北蠻人財產進行清查，對糧食、物質等緊缺物品進行補給，一切按照藍鳥軍的標準，使各部落長老大加感動，效忠聖主的心更加堅定。

幾乎在聖王天雷與西星國主星晨交戰的同時，北川鎮東三十處中央方面軍越劍部也開始了大規模的反擊，在東升的旭日中，中央方面軍以南彝戰象隊爲前軍，南彝步兵隨後跟進，青年兵團分成兩部從左右配合，二十餘萬藍鳥軍全部出動，不惜一切代價地向聯盟軍星空部發起了攻擊。

南彝兵團戰象大隊有戰象一千七百頭，分別從五里寬的正面成兩百列縱隊開始攻擊，巨大的戰象身披騰甲，護住周身上下，戰象上，騎士也是一身騰甲，輕盈靈活，手中長槍有二丈三尺，在戰象身體前部有一座小巧的槍架，架著長槍運轉靈活，既節省體力又方便使用，這是短人族幫助他們設計的，爲此，二王爺彝雲松還特意把南彝的好東西送了卡萊兩車，以爲答謝。

南彝步兵千奇百怪，身上雖然穿著同樣的藤甲，但臉上、身上化著各不相同的油彩，頭上彩羽各異，標識著不同的部落、地位，他們以彝雲松王爺爲中心，向前猛攻，巨大的戰象已經衝破了星空佈成的第一道防線，正在深入。

青年兵團在次帥越劍的指揮下，也是發揮了不怕犧牲的精神，高唱著藍鳥軍歌，喊著「青年兵團，前進」的口號，在軍旗指引下勇敢地向前猛殺，前鋒重步兵營已經突破了敵人防線，在中軍的左右也各撕開一個口子，展開進攻，敵我雙方都在拼命了。

星空元帥沒有想到藍鳥軍會發動大規模反擊，他雖然知道北部後翼藍鳥軍的藍羽兵團有可能達到，但心中也沒有底，不知道藍羽會從什麼地方上來，而前面的中央方面軍經過幾天戰鬥，實力有所下降，守住防線也許還可以，發動反擊實力還不夠，但越劍還是發起了反擊。

星空知道越劍反擊絕對不是好兆頭，藍鳥軍一定是有什麼大行動，也足以說明一點，藍鳥軍部署已經完成，各部全部到位，否則決不會發起反擊，他不敢把所有兵力都投入進去，留下近十萬人保護後翼並作爲預備隊使用，以防萬一，這樣，前面的兵力就與越劍投入進攻的差不多了。

果然，時間沒有經過多久，從北方傳來了轟鳴的馬蹄聲，藍鳥軍歌聲響徹雲霄，配合著高唱的戰歌、馬蹄聲，藍鳥軍手舉戰刀蜂擁而來，騎兵快速移動的身影已經隱隱可見，這時候，騎兵從左翼中分出一支，直向星空後翼殺來。

星空元帥立即命令組織防禦，他事先有所準備，所以沒有慌亂，巨大戰車組成周邊防禦圈，士兵們手舉弓箭、弩弓待命，交叉箭網把先頭騎兵射落在馬下，藍羽後軍大隊見敵人有所準備，立即開始向兩翼分散，也是採取弩箭對殺的戰法，決不靠近，雙方你來我往，場面雖然激烈，但效果不大。

藍羽第二十三、二十四軍團五萬餘人牽制住了星空後軍主力，正面上，越劍和彝雲松在馬蹄聲響的時候就開始傳令猛攻，配合藍羽騎兵展開前後夾擊，一時間，星空三十餘萬兵力大受限制，前後抵抗著藍鳥軍兩面夾擊，越來越吃力。

藍羽主帥雷格催軍向前，一早奔馳五十餘里，爲了隱蔽行蹤，他不得不如此，所以攻擊時間上，比聖王天雷和越劍晚一點，但時機上正合適，來到北川鎮後方，他遠遠地聽見了從西南方向和東南方向傳來的戰鼓聲、喊殺聲，忙命令烏拔和拓展率領第二十三、二十四軍團支援越劍中央方面軍，自己率領其餘十萬人馬向西南方向的北川鎮殺去，在他的心中，聖王天雷才是第一位，其他什麼事情都是次要的，只要聖王天雷平安無事，藍羽就放心了，他雷格就沒有什麼可怕了，所以他一馬當先，揮刀催馬一路向前。

聯盟軍既然早已經得到藍羽雷格南下的消息，對它自然就有所防範，星晨在攻擊北川鎮前，雖然沒有把大量部隊放在後衛，但是也採取了一些措施，整個聯盟軍大營被鹿砦保護在中間，部分戰壕、陷阱、木樁佈置在周圍，嚴防騎兵偷襲，而且，所有後勤車輛全部佈成保護圈，方便防守，士兵手拿弓、弩在防禦，雷格率領藍羽進攻也確實受到了一定阻力，前鋒許多戰馬被陷阱等折斷雙腿，騎兵被防禦士兵弓弩釘在地上，損失不小。

但藍羽畢竟是勁旅，速度快，攻擊力強，很快，聯盟軍防線就被前鋒藍羽衛撕開個口子，騎兵不斷地湧入，越來越多，騎兵在戰馬上揮舞著戰刀，把防禦的敵人斬殺在地，然後繼續向前攻擊。

雷格已經跳下了戰馬，步行向前進，他黑黑的臉上佈滿了煞氣，雙眉高挑，天罡刀在他手中閃爍著精芒，凡是阻擋雷格前進的東西，無論是人還是鹿砦、陷阱、木樁全部被他摧毀，一路無阻擋地向前進，他心裏只有一個念頭：儘快與聖王天雷會合，親眼看到聖王安全爲止。

聯盟軍後軍大亂，西星幾員大將忙過來抵抗藍羽，雙方正殺得難解難分，不久，前軍一路敗退了下來，潰敗士兵把後軍防禦陣形衝亂，然後與藍羽混戰在一起，大量士兵從藍羽身邊而過，然後一路向北逃竄，早已經失去了戰鬥力，在這個時候，雷格已經沒有辦法了，只好悶頭狠殺，罡氣帶著天罡刀的精芒，灑下一路血水，雷格每前進一步，就有許多士兵被他斬在身前，亂軍中士兵都知道他危險，遠遠地躲開，雷格邁大步揮刀前行，不久就與追趕過來的騎兵撞上。

這時，雷格天藍色的斗蓬已被鮮血染成了血紅色，騎兵已經認不出是他了，一個騎兵正揮刀向雷格斬來，雷格暴喝一聲「我是雷格」，然後縱身閃開，騎兵這才認出是他，慌忙下馬道歉，雷格大手一揮道：

「沒什麼，繼續戰鬥，啊，對了，敵人這是怎麼回事，都退了下來了？」

騎兵士兵滿臉激動的神色，他興奮地說道：「羽帥，聖王陣前斬殺敵人聯盟軍主帥星晨，嚇破了他們的膽，一路慌忙逃竄，我軍正在追殺！」

雷格雙眼一瞪道：「聖王沒事吧？」

「沒有，聖王一點皮毛都沒有傷著，在交戰的時候，聖王一聲大喝『天罰』，就聽轟的一聲響，聖王滿身金光，星晨就被金光擊成灰燼了，哈哈，聖王是聖神下凡嘛，星晨那傷得了聖王！」

「嘿嘿，正是，正是，好了，繼續殺敵，給我狠狠地殺！」

雷格嘿嘿地笑了兩聲，心情大佳，聖王天雷不但沒事，還擊殺西星國主星晨，爲維戈報了仇恨，同時以「天罰」威震敵膽，揮軍攻擊，一戰成功，不愧是自己的大哥，嘿嘿直笑。

既然聖王天雷安全了，雷格就沒有必要再急著前往北川鎮前與聖王會合，他立即從親衛手中接過戰馬韁繩，飛身上馬，縱目北望，就見藍鳥軍一路追殺敵軍，已經亂成一團，分不清楚那是那個了，雷格一見，哈哈大笑，然後縱馬而出，邊走邊指揮軍隊，漸漸地使士兵組成了隊形，相互間配合，騎兵在前，步兵在後，前邊的騎兵一圈住敵人，步兵立即一湧而上，展開斬殺。

聯盟軍一陣退出三十里，東側翼前鋒已經接近星空軍隊大營，潰退的軍隊使藍鳥第二十三、二十四騎兵軍團嚇一跳，以爲是敵人從後翼包圍上來了，烏跋仔細一看，樂了，這那是支援的軍隊，就是潰軍，烏跋、拓展也不再管星空的後營了，立即截住敵人狠殺。

藍鳥騎兵第二十三、二十四軍團夾在潰敗的軍隊和星空軍隊之間，近五萬騎兵也不管是那部的軍隊，只要是敵人就殺，方圓三十里內整個亂成一團，各自爲戰，反正殺敵人就行，管他那是那。聯盟軍士兵見藍鳥軍騎兵又出現一支，心中直喊「我的媽啊，藍鳥軍騎兵怎麼這麼多」，於是，逃命要緊，加速潰逃。

星空元帥見聯盟軍從南方潰敗而來，仰天長歎一聲道：

「罷了，罷了，天命如此，夫復何求，聖拉瑪大平原是藍鳥王朝的了，宗主啊，宗主，你不該親自率軍出征，哎，可惜這許多子弟兵了。」

然後，他立即命令士兵開始撤退，從正北方向而走，避開西側翼的藍鳥騎兵，整個兵團驚惶逃竄。

次帥越劍正指揮軍隊進攻，忽然間，北方傳來了巨大的馬蹄聲響，他知道藍羽到了，忙命令青年兵團加緊進攻，號角聲傳出老遠，南彝彝雲松聽見，也催軍急進，中央方面軍分三路猛攻，忽然敵人如潮水般撤退，越劍和彝雲松以爲藍羽雷格已經突破了星空的後翼防線了，立即大喜，軍隊加緊前進，不久就發現敵人向正北方向撤退，越劍剛想向北追擊，不想從南方湧來了大量的聯盟軍，似成潰退之勢，越劍大喜，立即命令左翼青年軍團截住廝殺，大軍頓時亂戰一團，分不清楚是與那支部隊作戰了，反正是敵人就行，盡力斬殺就是。

北川城會戰從天亮殺到天黑，再從天黑殺到天明，再殺到中午，藍鳥軍一路急追，步兵直到跑不動了爲止，每一個人都走出了百里路，屍橫遍野，血流成河，鮮血和汗水灑落在北平原上，終於步兵看不見敵人的蹤影了，所有軍隊會合在一起，歡呼已經無力了，他們全部躺在大地上，感受著陽光的溫暖，有的人累得睡了過去。

藍鳥軍騎兵可並沒有休息，他們把潰逃的敵人分割成無數塊，包圍斬殺，聯盟軍已經跑不動了，有的人昏死過去，有的人乾脆就躺在地上，生死由命了，在藍鳥軍強大的騎兵追擊下，步兵永遠也跑不過騎兵，跑也是死，不跑也是死，他們把刀槍扔在地上，你認爲他投降了，他就是投降了，你不認爲他投降了，他也不反抗，淒慘的景象到處都是，藍鳥軍騎兵殺得手都軟了，也沒有力氣再狠殺了。

一連三天，藍鳥軍拖著疲憊的身子向北挺進，追趕著聯盟軍潰退的士兵，軍隊已經重新整頓，各歸建制，有組織地向北進攻了，步兵們雖然感覺上很累，但精神狀態非常的好，他們知道整個中原都是藍鳥王朝的天下，在北平原上，已經沒有什麼敵人是他們的對手，從此後，藍鳥軍真正地是天下無敵。

聖王天雷在北川鎮休息一天，然後率領北蠻人向北挺進，一路上踏著聯盟軍的屍體和血水趕路，到處都是敵人的死屍，鮮血已經凝結成紫紅色，幾十萬屍體躺在大地上，凄慘的情景讓人心顫，北蠻人每前進一步，心就顫動一次，如果不是親眼見到了傳說中的聖主，那麼躺在這的人中就有他們的人了。

聖王天雷也是凄然淚下，他連忙命令北蠻人收拾屍體，然後掩埋，一路上掩埋的屍體越來越少，直到百里才結束，北蠻人也不知道他們掩埋了多少人，但是在他們的心裏，對藍鳥軍的害怕已經達到了頂峰，他們再也不願意與藍鳥軍爲敵了，同時他們也在心中暗暗地慶幸，傳說中的聖主終於在最後關頭挽救了北蠻族人，從此後，他們就脫離苦海了。

第十一章　星魂拱月

二十天後，聖王天雷率領藍鳥軍到達了海寧城，這時候的海寧城已經是一座空城，守軍和聯盟內的百姓早已經逃跑了，而藍鳥軍經過一月的苦戰已經疲憊不堪，聖王天雷命令步兵全體休整，騎兵除藍衣衆和藍鳥騎士團外，其餘各部繼續向北挺進。

這時候的藍鳥軍騎兵計有藍羽騎兵兵團十四萬人，騎兵第十七軍團一萬八千人，短人族戰斧團三萬四千餘人，騎兵第六軍團一千三百二十八人，藍鳥騎士團二萬七千餘人，藍衣衆三萬八千六百餘人，總兵力二十四萬餘人馬。騎兵兵團統一由次帥雷格指揮，向北前進，直抵達與北海的邊境爲止。

藍鳥軍步兵計有青年兵團十一萬三千人，南彝兵團六萬一千人，新月兵團四萬三千人，東海兵團八萬七千人，平原兵團嘉萊、嘉興部軍團六萬人，榮譽軍團六萬四千人，藍鳥幼字營五萬四千七百餘人，總兵力四十八萬餘人，統一由次帥越劍統帥。

三日後，聖王天雷把藍鳥幼字營併入榮譽軍團，任命長子夢雷爲軍團長，隨軍聽令；

取消中央方面軍和東方面軍，步兵合併組成北方面軍，由次帥越劍出任主帥，彝雲松爲副，凱武元帥爲總參謀長。

然後，步兵在次帥越劍的率領下開始了北伐。

北蠻人十四萬軍隊被聖王天雷放回了國內，他們從海寧城出發，一路向東北方向的北冥府城，然後轉進回歸極北地區，等待聖王天雷的命令。

臨行前，蠻龍率領全族勇士跪拜聖主，然後灑淚而別，依依不捨的情景歷歷在目，使聖王十分感動。

北蠻人是個即單純又可憐的民族，雖然與西星等國聯盟進軍中原，但是卻落得個慘澹收場，要不是聖王天雷心軟，可憐並收留了他們，他們也許就真的會消失在歷史的長河中。

藍鳥軍大軍北伐，聖王天雷見軍隊漸漸地都離開了海寧城，這才率領藍鳥騎士團和藍衣衆轉回凌川城。

十日後，聖王天雷回到了凌川城，這時候，天已經進入了八月，北平原漸漸地寧靜了下來，聖王天雷把心事放在了西征的軍師雅星等人身上。

「聖王，星晨的屍體怎麼處理？」參軍風揚問道。

自從聖王天雷北川鎮一戰，並以「天罰」擊殺星晨，聯盟主席、聯盟軍總指揮、西星國主星晨的屍體就成爲了兩軍爭奪的重點，西星眾將和射星團僅餘的將士全力爭奪，與藍鳥騎士團展開了殘酷的搏殺，但由於藍鳥軍士氣正旺，藍鳥騎士團和藍衣眾人多勢眾，終於擊敗了他們，把星晨的屍體控制在藍鳥軍的掌握中，當時楠天命人把星晨的屍體收斂妥當，運送到凌川城中，如今聖王天雷從海寧城回來，應該處理了。

聖王天雷心下一轉，保留星晨屍體沒有什麼用處，找個地方安葬也是浪費，倒不如好好利用一下，他沉吟一會兒，對著風揚說道：

「找幾個當初在陣前觀戰的士兵，讓他們抬著星晨的屍體，把他送交給軍師，讓軍師處理好了。」

風揚大喜道：「聖王英明，風揚明白，我立即就去辦。」

「去吧！」

風揚出去，令藍衣眾到戰俘營中挑選合適的士兵，然後出動了一個中隊的人手，押送他們出凌川城經堰門關進入西星國內，經過二十天的長途跋涉，來到了距離星落城不遠的繁星城外藍鳥軍大營內。

軍師雅星率領藍鳥軍西方面軍西征，大軍一戰擊潰關外西星軍星雲兵團，前鋒騎兵兵團在將軍商秀的率領下一路猛進，三日奔馳三百里，搶佔了西星關外的第一個城市出關城及周圍的城鎮、鄉村，然後繼續向西挺進，騎兵速度極快，大軍並不被嚴密防守的城市所阻撓，繞城而過，繼續進攻，而中軍前鋒大將軍威爾部則隨後跟進，與騎兵已經差了二百餘里距離，時間相差了四天。

西星帝國地處聖拉瑪大雪山北麓餘脈的西側，靠山地區為山區，再向西漸漸進入丘陵地帶，轉而逐漸平坦，但面積不大，再向西則逐漸轉入沙漠地區，東西縱橫二千餘里，小山川河流縱橫交錯，地理複雜。

星落城位於大西方中部平原地區，是西星最繁榮的城市之一，西星大部分人口都積聚在此，形成了西星政治、經濟、軍事等中心。

星落城周圍有城市十幾座，星羅棋布地分佈在星落城的周圍，組成星盤形拱衛京城，西星人稱呼為星罡陣，意為天上的星罡網，牢固不可破，經過幾千年的繁榮發展，也確實形成了一體，各城市間相互掩映，互為畸角，中間的星落城發揮了核心作用。

星落城周圍的城市也稱為衛城，意思是拱衛京城的城市，它們距離核心的星落城遠近各不同。繁星城是京城最東方的衛城，距離有四百里，面向東方平原的出口，緊緊地鎖住山區、丘陵進入平原的要道。

繁星城東側也有幾個城市，但都不是很大，人口也比較少，但地理位置卻非常重要，千百年來，西星為了東出中原，一直向東發展，把各個城市都修建成了軍事重城，囤積物資、裝備等，方便軍隊運用，但十幾年的中原爭霸戰爭，各個城的軍事力量都比較弱小了，大量優秀士兵都被抽調走，餘下的一些守軍都是由民團組成，戰鬥力不強。

近兩年來由於藍鳥軍重新佔領了堰門關，西星東出中原的出口被切斷，爭霸中原必須從北方北海繞道出兵，東部地區漸漸地被忽略了起來，軍事力量大大減少，不比從前。

但無論是西星軍事力量怎麼減弱，西星的民風確實是兇悍好武的，幾乎所有的男人都習武，他們從小就把練武當成日常不可缺少的一部分，況且，只有武技練得好的人，才能有所發展，才能儘快地出人頭地，平民可以一步登天，貴族子弟更是如此。

藍鳥軍西征使西星國內民眾大嘩，但同時也激起了民眾保衛家園的激情，他們紛紛拿起武器，投身於保衛帝國、保衛家園的戰鬥中，青壯年責無旁貸，老年人也是積極參加，憑藉著自己多年積累的經驗指導年輕人作戰，婦女們積極地支持自己的親人，熱烈場面是西星百年來沒有過的情景，整個東部地區形成了一個巨大的軍營，到處都是西星軍隊，到處都是西星的百姓，軍隊和百姓混在一起，分不清楚誰是軍隊，誰是百姓，只要藍鳥軍的將士們一個疏忽，小孩子也能拿出弓箭射擊，藍鳥軍傷亡漸漸地加重。

面對著西星民眾的激情和卑鄙暗殺，親眼看著自己的戰友被老人、孩子們殺死，藍鳥軍將領們的火氣也漸漸地被激發了出來，十餘年來，西星人侵略中原，屠殺百姓，使中原備受苦難，刻骨銘心的民族仇恨使士兵們下手漸漸地加重，只要看見男人，一旦從身上搜出武器，立即斬殺，他們把婦女和兒童圈在一起，士兵們看守，不讓他們自由活動，效果漸漸地好轉，但西星百姓的反抗更加強烈了，黑夜成為他們的天下，如幽靈一般的西星百姓出沒在黑暗中，暗殺著藍鳥軍的士兵，解救自己的親人，各種各樣的手段層出不窮，藍鳥軍的兵力漸漸地分散，前進的速度被拖延了下來。

二十六天時間內，藍鳥軍只前進六百餘里，大規模的戰鬥沒有發生幾次，攻城也不是很困難，但是，只要藍鳥軍一站住腳，他們就會被百姓們偷襲，傷亡比正規作戰還大，傷兵到處都有，將領們暴跳如雷，一點辦法也沒有，總不能把所有的百姓都殺死吧。

面對民眾發起的反抗，軍師雅星也是束手無策，儘管他與西星有著國仇家恨，但屠殺老百姓，雅星還做不出來，在沒有辦法的情況下，他只有動用大量的後軍預備隊，加強對局面的控制，小心翼翼地向前推進，但軍隊的側後翼保護花費了大量的軍力，使他每前進一步都必須付出代價。

軍師雅星搖頭苦笑，一個民族無論是怎麼的柔弱，但在生死存亡的關頭都會反映出剛強的一面，聖瑪民族在面對六國同時侵略的時候也沒有絲毫退卻，他們團結在一起，在聖王的帶領下，漸漸地扭轉了不利的局面，走到今天的地步，強大的藍鳥王朝與其說是軍隊打出來的，倒不如說是聖瑪族百姓團結一致共同創造出來的，軍師雅星深深地知道民眾的力量是多麼的強大，一支軍隊在老百姓的汪洋大海中，也只不過是一朵小小的浪花而已。

但是，無論多麼的困難，藍鳥軍目前已經推進至繁星城地區，接近了西星平原的邊緣，進攻星落城的前期攻擊戰就要拉開了，但距離出兵當初制定的一月攻佔星落城的計畫，幾乎是不能實現了。

藍鳥軍步騎兵在繁星城地區停住了腳步，進攻受阻。

帕爾沙特王子殿下星夜奔馳，快馬加鞭，不敢多加休息，十三天時間，行程一千四百餘里，與星智、星慧趕回星落城，三人及親衛都成爲了泥人，灰土沾滿全身，戰馬倒下了三十餘匹，在藍鳥軍前鋒還沒有到達繁星城的時候趕回。

他們不敢休息，稍微梳洗一番，立即來到了軍部，太子已經知道了帕爾沙特回來的消息，這時候也不再嫉妒了，和文武大臣聚集在一起，等待著帕爾沙特出來主持大局。

「大哥，目前情況怎麼樣？」帕爾沙特腳步還沒有站穩，就急忙問道。

太子殿下見帕爾沙特滿面疲倦的樣子，一陣辛酸，他們雖然在暗中爭鬥，但兄弟之間的感情還是很深厚，如今帕爾沙特並沒有對他進行任何責備，而只先問軍情，顯示出他對帝國關心的情意，這不僅僅讓他感動，也讓所有的大臣們感動。

「三弟，你一路勞苦，不先休息一會兒嗎？」太子關切地問。

帕爾沙特從太子關切的目光裏感到了兄弟般的情意，一股溫情頓時充滿在心間，他柔聲說道：「大哥，謝謝你，大家都說我們之間互相爭鬥，這一點我不否認，但是我與大哥的情意卻一點也沒有改變，我們是兄弟，是手足，血濃於水，只要我們團結一致，就一定能擊潰藍鳥軍的進攻，大哥放心，仍然由你主持大局，我只一心在前方作戰，後方就交給你了！」

「帕爾沙特，還是由你主持大局好了，我這就把權力交給你！」

「不，大哥，我們不要在這件事情上爭執了，對了，星魂丞相，藍鳥軍達到了什麼位置？」

「殿下，你回來就好，目前藍鳥軍已經攻陷脈丘城，距離繁星城只有二百餘里，整個東部地區百姓都動了起來，反抗藍鳥軍的侵略，我們也派出了部隊，主要是與百姓混在一起，採取偷襲等手段，大規模的作戰目前還沒有準備好，正在加緊籌備，只要東部地區拖延住藍鳥軍，爲我們爭取時間，在繁興城地區我們就能展開防禦，部署決戰！」

帕爾沙特聽後稍微放心，他微微地點了下頭，然後不客氣地說道：

「我與藍鳥軍交戰多年，對他們的實力多少有些瞭解，大家不可掉以輕心，這次藍鳥軍出兵堰門關，帶有戰略性的佈局進攻，如果我們擊潰他們，還有緩和的餘地，否則後果你們比我清楚。目前，聯盟軍在北平原與藍鳥軍展開決戰，雪無痕還有實力出兵堰門，相信藍鳥軍的實力大家都有一些瞭解了，我不多說，但是，如果這次誰敢扯我們的後腿，別說我帕爾沙特不講情誼！」

「是，殿下！」

「大哥，目前我們的兵力如何？」

「三弟，你也知道父王出兵北平原，把國內的正規軍都帶在身邊，目前，我們手中只有一些城防軍、預備隊及民團，正在加緊裝備，從各個城市調來的城防軍等正在趕來，我還命令西部各族也抽調了一些軍隊，正在途中，如今我們最缺少的就是時間！」

「射星團還有什麼人在國內？」

「年輕的子弟都跟隨父王出發了，只有一些長老及個別人員在，大約有三百多人，宮廷內的好手都籌集在一起，也就是幾千人，加上各個世家的好手也不足一萬人。」

「很好，這已經不錯了，大哥，立即命令能動的好手都到繁星城報到，無論是什麼世家，只要是好手都必須去，否則立即斬首，另外，加緊對城防軍、民團等部隊的整編，這件事就交給星智、星慧處理，命令『星盤』地區內的城市立即開始調查人數、裝備、物資等情況，越詳細越好，統一歸軍部指揮，凡有違令者立即斬殺，三天之內必須辦妥。」

「三弟，我知道了！」

帕爾沙特又看了看太子，然後柔聲說道：

「大哥，中原的情況也不是很好，大家要有心理準備，雪無痕敢出兵堰門關，就證明他有能力擊潰聯盟軍，目前，西星面臨生死的考驗，即使我們擊潰了藍鳥軍，國內經濟、軍事實力也將大傷，再無力爭雄大陸，而映月、北海坐收漁翁之利，所以這不是我們一家的事情，一定要把大家都拖下水才好，爲此，有必要派人出使映月、北海。北海問題不大，目前北海明正在國內休養，我們交情深厚，一定會全力支持我們，但映月卻是關鍵，幾年來，映月隱而不露，實力大增，軍隊已經調整到了一定的水準，如果他們能出兵支援我們，大家才能擊潰藍鳥軍的這次進攻，即使我們有所損傷，但映月的實力也將大減，最好能使映月、星海聯盟、藍鳥王朝的軍隊實力達到平衡，我們才能有備無患，你說是嗎，大哥？」

太子殿下大喜，他激動地說道：「三弟，你的話真乃金玉良言，一語驚醒夢中人啊，如果我們在繁星城前抵抗住藍鳥軍，待映月、北海軍隊一到，大家一起擊敗藍鳥軍，對於我們只不過是在東部山區損失一些，實力並沒有多大的削弱，而映月軍隊一有損失，我們就漸漸地達到了平衡，此乃最高明之策，三弟，你看讓誰出使爲好？」

帕爾沙特見太子明白了自己的意思，也很高興，聽見太子的話，他沉吟了一下說道：「我看這事由丞相去一趟比較合適，一來他身分不同，顯示出我們的真誠，二來他懂得我們的整個策略，有把握的分寸，三來他有一定的權力，可以便宜行事！」

旁邊的丞相星魂急忙說道：「多謝三殿下的信任，老臣絕對不負兩位殿下的重託，一定能完成使命，不過，如果映月提出什麼條件的話，我怎麼辦？」

星魂是隻老狐狸，事情一點即明，他知道此去映月關係重大，映月帝國聖皇月影也不是等閒之輩，必然能看出此計，也會提出一定的條件，借此要脅西星，但他作爲大使，必須有權決定事情，否則時間不等人不說，以後如真的擊潰了藍鳥軍，他答應的條件一旦國主星晨不滿，他就有吃不了兜著走的危險，但兩位殿下授權了就不同了。

太子也是心智極高之人，一聽星魂的話就知道他怕擔責任，但他說的也是實際情況，一個沒有權利的使者是完不成什麼重大使命，必須授予他一定的自主權力，這樣他才能便宜行事，解決問題，當下他笑道：「丞相乃我朝老臣，心智之高無出其左，這點事情，相信你老一定能夠辦妥，我和三弟可以授權於你，一切你可以便宜行事，但不要太過份了就行，你說是吧，三弟？」最後的話，他是對著帕爾沙特說的。

「當然，丞相出使當然要有自主的權利，否則如何與映月談判，相信丞相一定不能辱沒了自己的一世英名，圓滿地完成此次出使的任務！」帕爾沙特更是高明。

星魂見兩位殿下如此說話，這才放心，他感激地說道：「兩位殿下，目前西星面臨百年來最危險的局面，輕重緩急我自有分寸，絕對不會出賣本國的利益，兩位殿下對老臣如此信任，使老臣備感深恩，殿下放心，星魂如不能完好地完成使命，回來後願以人頭謝罪！」

「好，丞相果然不愧是我朝一代重臣之首，帕爾沙特放心了，大哥，把禮物爲丞相準備一下，要重一些，我們不要吝嗇花錢，身外之物不算什麼，以後我們有的是機會再拿回來，只要我們大家一起攜手並肩，天下還有什麼能難住我們！」帕爾沙特一聲長笑說道。

「好，三弟和丞相對勝利有如此信心，藍鳥軍算什麼，禮物的事情我會準備好的，丞相你先準備一下，回頭我會派人把禮物送過去，不用再過來辭行了，直接出發就是！」

「謝兩位殿下，老臣告辭！」

星魂丞相見兩位殿下說得明白，立即告辭回去準備，出使是件大事，禮儀官、外交官員、禮單等等事情很多，需要一定的時間準備，所以先告辭。

太子殿下見星魂出去，忙對帕爾沙特說道：「三弟，你打算怎麼做？」

「大哥，我先到繁星城去，佈置防禦，你在家裏把後方的事情做好，軍隊要儘快準備妥當，好手要立即上路，我打算先派出騷擾部隊，拖延敵人的行動，減慢進攻的速度，爲我們贏得時間！」

「三弟，你一路辛苦了，也沒好好休息，你打算什麼時候出發？」

「我立即就要動身了！大哥，你保重！」

太子拉住帕爾沙特的手，眼淚差一點就掉了下來，他感慨地說道：「人說我們兄弟不和，爲了帝位明爭暗鬥，可是又有誰知道我們兄弟情深，三弟，只要你願意，大哥立即把太子之位相讓，我只要三弟安然無恙！」

「大哥！」帕爾沙特聞聽太子的話，激動地大叫了一聲，然後他仰天長笑道：「今日能聽見大哥如此說，就算把天下讓給我也不能讓我如此高興，帝位又算得了什麼，大哥放心，只要大哥在，小弟一定會全力協助大哥，如帕爾沙特違背今日之誓言，叫我萬箭穿心，不得好死，哈哈！」

「三弟！」太子的眼淚終於掉了下來，他緊緊地拉住帕爾沙特的手，激動地叫著。

「大哥保重，小弟告辭了！」

帕爾沙特大踏步地走出，眼淚灑落衣襟，他怕被人看見，急急忙忙出來，他為西星帝國爭霸天下奮戰十餘年，從沒有考慮過自己的事情，就是他想一窺帝位，也是無心之事，在他的心中，西星帝位算什麼，他的雄心壯志在天下，但如今他能親耳聽見大哥如此說話，也不枉費他奮戰的心血，就算夢想成空，他也不再後悔了，這一刻，帕爾沙特被親情所感動。

帕爾沙特回轉府宅，收拾一下東西，立即率領親衛起程，向繁星城而去。

西星丞相星魂第二天一早出發，經過十餘天的急行，達到了映月帝國的京城月落城，外交大臣急忙送上照書，映月帝國外交大臣忙為他們安排住處，休息一日，安排於聖皇月影見面。

昨日，從中原緊急傳來了飛鴿傳書，聯盟軍在北平原北川鎮一帶與藍鳥軍展開決戰，聯盟軍總指揮、星海聯盟主席、西星國主星晨被藍鳥王朝聖王雪無痕殺死，天象大變，三國聯盟軍大敗，映月軍隊主帥月旺元帥和沙巴爾元帥逃出戰場，返回北海帝國，安然無恙，但映月帝國二十萬軍隊被藍鳥軍斬殺殆盡，北海帝國國主生死不明，北蠻帝國舉國投降。

聖皇月影接到消息後大驚，立即召開了緊急會議，商討對策。目前，藍鳥軍氣勢正盛，西出堰門關的軍隊勢如破竹，已經向前推進了五百里，西星舉國奮起抵抗，帕爾沙特從北海緊急馳歸國內，展開反擊，但西星國已空虛，面對藍鳥軍的進攻能否頂得住還是問題，如今中原已經盡落藍鳥王朝之手，雪無痕已經展開了一統大陸的攻勢，映月帝國何去何從還不好說，必須統一意見，爲今後的前途考慮。

映月君臣商議了一晚，也沒有得出一個結論，這時候傳來了西星丞相出使的消息，聖皇月影知道是爲了藍鳥軍出兵西星的事情，忙令他休息一天，等待映月商量出一個結果再說。

但商量來商量去也沒有統一的意見，有人說，先讓藍鳥軍與西星交戰，待雙方兩敗俱傷後映月再出兵，有人說如今西星緊急，必須立即出兵，否則待西星完了之後，藍鳥軍可以從南北兩個方向全力消滅映月，那時就危險了，倒不如現在在西星國內與藍鳥軍一戰，還可以減輕國內的損失，爭論各有各的理由，互不相持不相讓。

在聖皇月影的心中，還有一個秘密沒有被人知道，那就是消失了近十年的女兒明月最近有了消息，圓月教派人轉來秘密傳書，說明月公主已經在十餘年前與聖王雪無痕成婚，還生育了一個兒子，名字叫夢雷，是聖王雪無痕的長子，目前跟隨聖王雪無痕在北平原作戰，手握重兵，是藍鳥軍中藍鳥谷將領之首，勢力不小，而明月公主一直隱居藍鳥谷，前不久才回到藍鳥王朝，但沒有接受聖王賜與的地位。

明月公主力勸自己的父皇不要與藍鳥軍交手，藍鳥王朝的強大不是映月一個小小國家能抗拒了的，最好的解決辦法就是與藍鳥王朝和談，為映月族尋找出一條生路。最後，明月力勸父皇，說聖拉瑪大陸一統勢在必行，希望父皇不要阻擋歷史的進程，使映月一族生靈塗炭，死無葬身之地。

聖皇月影雖然心中大怒，大罵女兒不是東西，與聖王雪無痕苟合，但心下一合計，女兒明月的話也不是沒有道理，藍鳥王朝目前擁有大陸半邊天下，勢力之強大一時無二，映月帝國想與藍鳥王朝對抗還弱了點，但讓他俯首稱臣他還是不願意，他想看看藍鳥軍到底能強大到什麼地步，存有萬一之心，保持自己的地位，他心中暗暗計較，嘴上不與別人說，這個秘密目前沒有幾個人知道。

但無論如何，目前他必須有所選擇了。

聖皇月影畢竟是一代英主，考慮了一下，認爲有必要先見見西星的使者星魂，然後再做決定，所以傳旨讓星魂進見。

星魂穿戴整齊，邁步來到月落宮，聖皇月影與文武大臣立在大殿之上，靜靜地等待著他。星魂邁大步上殿，拜倒施禮，口稱道：

「星海聯盟西星使臣星魂拜見映月聖皇陛下，祝陛下萬歲，萬歲，萬萬歲！」

聖皇月影笑道：「丞相大人禮重了，映月與星海聯盟近在咫尺，千百年來睦鄰友好，如今聯盟共抗藍鳥王朝，星魂大人乃西星重臣，月影深表欽佩，請起，請起啊，哈哈！」

「謝聖皇陛下！」星魂起身。

「星魂大人千里迢迢趕赴映月，一路辛苦，昨日休息可好？」

「謝謝聖皇陛下關懷，星魂休息得很好！」

聖皇月影再次點頭道：「那就好，不知星魂大人出使映月所爲何事？」

星魂再次躬身道：「聖皇陛下恕罪，不知您對藍鳥軍出兵堰門關怎麼看？」

聖皇月影心下一轉，想果然是爲了藍鳥軍出兵西星而來，忙笑道：

「西星國泰民安，實力雄厚，爭霸中原十餘年，戰將好手無數，帕爾沙特王子爲年輕一代的俊傑，統率大軍與藍鳥軍作戰多年，射星派爲大陸第一大武林門派，西星民風好武，任誰也不是西星的對手，藍鳥軍雖一時之氣盛，但終究會被擊潰！」

星魂目前還不知道星晨國主被聖王天雷殺死，聯盟軍大敗的消息，見聖皇月影盛讚西星，心下也是感到驕傲，但他此來是有求於人，也沒安什麼好心，見聖皇如此稱讚西星，忙回答道：

「聖皇陛下誇獎了，誰不知道映月帝國乃聯盟支柱，沒有映月的支持，西星想獨立抗衡藍鳥軍是不行的，為此，兩位王子殿下派老臣出使映月，懇請聖皇陛下對西星出兵，共抗藍鳥軍，使大陸穩定。」

「帕爾沙特已經回到星落城了？」

「是，聖皇陛下！」

「藍鳥軍貌似強大，實則已經到達強弩之末，西星帝國足可以對付，況且有星海聯盟在，不用映月出兵支援吧，丞相此來，想必另有他意。」聖皇月影微笑著說。

「不敢，聖皇陛下，目前，藍鳥王朝擁有聖靜河以南大陸，合南彝、東海、聖日三大帝國的實力，西星想獨立抗拒藍鳥王朝十分困難，映月與西星睦鄰友好，又簽定有《月落城協議》，對抗藍鳥軍正在情理之中，況且，西星敗，則對映月沒有一點的好處，如藍鳥軍敗也無利益，目前星海聯盟與映月、北蠻在北平原共抗藍鳥軍，對出堰門關的敵人也有抵抗的義務，出兵乃是我們共同的目標與利益。」

聖皇月影一聽此言，就知道星魂還沒有得到北平原大敗、星晨戰死的消息，要不然就是在睜眼說瞎話，當下他笑道：

「星魂丞相所說的《月落城協議》是指中原征戰，如今是西星國內戰爭，兩者不可同日而語，中原爭霸，映月有一定的利益，但在西星國內征戰，映月有什麼好處，犧牲映月的士兵，難道就是爲了西星抵抗藍鳥軍嗎？」

星魂微微一笑道：「聖皇說得極是，西星是不能分土地給映月，但西星也絕對不會讓映月士兵白白犧牲，請看這是兩位殿下讓臣帶來的禮單，請聖皇過目！」

第十二章　月影玄機

星魂從身後禮儀大臣手中接過禮單，捧在手中。聖皇月影一笑，一名殿上的太監忙下來接過，交給了聖皇月影，月影用目光一掃，然後放在御案之上，抬頭笑道：

「多謝兩位殿下了，星魂丞相出使，兩位賢侄如此費心，真難爲了他們！」

星魂心中大罵老狐狸，但面上一點也看不出來，他接著說道：「聖皇陛下，映月出兵西星，幫助我們度過難關，一來可解西星燃眉之急，二來可削弱藍鳥軍的實力，三來可鍛鍊部隊，有如此三大好處，我想以聖皇陛下的英明，一定會同意出兵！」

「星魂丞相還不知道北平原聯盟軍大敗，星晨國主陣亡的消息吧？另外，北蠻人已經投降藍鳥王朝了。」聖皇月影突然說道。

星魂微微一愣，然後伏地大哭，痛淚交加，淒慘感人，映月滿朝文武爲之感動。

良久，聖皇月影說道：「星晨國主陣亡，我們都十分悲傷，月影痛失老友，聯盟痛失棟樑，丞相節哀就是，不要再哭泣了。」

星魂哭泣得更加哀傷。

「星魂丞相爲何如此哭泣？」聖皇月影問道。

「小臣一哭痛失國主，二哭聯盟大敗，三哭西星、映月不保矣！」

「丞相爲何如此說？」

「聖皇陛下，如今藍鳥軍平定北平原，北蠻已經舉國投降，藍鳥軍北出平定北海，西出堰門攻擊西星，南出銀月洲攻擊映月，三國各自爲戰，那裏是藍鳥軍的對手，只要給藍鳥軍一點時間，待他們北平定北海後，東、北兩面夾擊西星，然後南、北夾擊映月，不出三年，映月、西星、北海必亡，小臣如何不哭。」

映月滿朝文武聽星魂此言，立即默默無語，星魂的話說得有理，目前已經不是支援不支援西星的問題，而是爲了映月帝國的生存而戰了，一旦藍鳥軍擊敗西星，必然會南北夾擊映月，聖王雪無痕絕對不會讓映月獨存，爲了這個，他們也必須出兵西星了，否則，國必亡。

映月丞相月玄上前一步，叫道：「聖皇！」

聖皇月影趕緊搖手說道：「星魂丞相，你還有什麼良策？」

「聖皇陛下，百十年來，映月、西星、北海共抗聖瑪族，映月總是爲我們的領頭人，如今更是如此。當前，國主新亡，兩位殿下年幼，太子尚未登基，又逢藍鳥軍進攻，北海勢弱，只有映月強大，如三國合而為一，立聖皇陛下為盟主，團結一致，擊潰藍鳥軍是必然的，然後我們休生養息，十年後捲土重來，爭霸中原，與雪無痕誓死一戰，那時鹿死誰手還說不定呢！」

映月幾員武將聽星魂如此說，神色激動，他們上前幾步，躬身說道：「聖皇，時不待我，如果我們趁勢出兵，合三國之力，抗擊藍鳥軍必勝，聖皇為三國之盟主，揚映月之威於天下，創千秋大業！」

滿朝文武也知道星魂的話有理，不然藍鳥軍一旦過來，他們都將成為亡國之臣，沒有好日子過，都一齊出班跪倒道：「聖皇！」

星魂看激起映月滿朝的情緒，也上前跪倒叫道：「盟主，出兵吧！」

「恭喜盟主，賀喜盟主！」眾人連忙應聲。

聖皇月影立即飄飄然，他心下一轉，如今聖拉瑪大陸也真的只剩他一個英明的雄主，星晨死後，西星太子和帕爾沙特兩個小輩已不足慮，北海小國，國主生死不明，北蠻愚蠢，國力大減，已不能對映月造成任何威脅，藍鳥王朝雖然強大，但雪無痕畢竟年輕氣盛，只要挺過一段時間，雪無痕也不是他的對手，那有他老謀深算，即使映月敗了又怎麼樣，有女兒明月在，雪無痕也不一定能怎樣，況且，明月也不一定眼睜睜地看著父親被擊敗，一定會出手相助，雪無痕在如此的情況，也就不足慮了。

聖皇月影本就是野心勃勃的人，多年爭霸中原的野心從沒有改變過，如今大好時機正是爲他所利用，由他出面收拾殘局正合適，加上三國盟主的頭銜已經落在了他的頭上，立即就暈了頭。

「各位卿家請起，三國聯盟的事情就由丞相和星魂一起辦理，出兵的事情由沙維爾元帥負責，待準備好後立即出兵西星！」

「謝聖皇！」

當下，西星丞相星魂立即回國，他還不放心兩位殿下在知道了國主星晨陣亡後，有什麼反應，也不知道百姓會有何反應，國內是否安定。

聖皇月影組織朝中重臣，連續又開了兩天會議，最後敲定了聯盟事宜，並開始準備出兵西星，這時候，月影已經是躊躇滿志，滿面春風，雄心壯志充滿心間。三國聯盟雖然還不成熟，但他對此充滿了信心，同時，對藍鳥軍目前現存的實力也進行了比較分析，認爲勝負難測，各占一半，但這足以點燃他心中的欲望。

三天後的凌晨，天空剛剛露出一絲白色，聖皇月影漫步來到圓月教的總部，他要面見祖姑姑天月大師，詢問天意如何，對於這個祖姑姑，他可是信爲天人，什麼事情都要與她商量商量。

天月大師十年前為了明月公主的事進入中原，與聖王天雷做試探性一戰，見天雷身懷天王神功，知道是應天意而降臨大陸的一代英主，隨後立即退回映月圓月教，從此潛心修煉，不再管世俗的事情，但圓月教是映月帝國的國教，根基所在，其觸角已經深入到映月的各個階層，想脫離是不可能的事，天月大師也就不再過問，順其自然。

「祖姑姑，您老人家可好啊！」聖皇月影一邊行禮，一邊問。

「月影啊，坐吧，看你春風滿面，一定是有什麼好事情吧。」

「也說不上什麼喜事，祖姑姑，三十年前我聽妳的話潛心國事，休養生息，十餘年前中原大戰，映月一族喪師失地，雪月洲從此被分割出去，近五年來，我不敢妄動刀兵，鞏固國本，目的就是為了一戰。前日，整個中原已經盡落藍鳥王朝雪無痕之手，並出兵堰門關，攻取西星，西星國主星晨被雪無痕陣前斬殺，兩位王子殿下心中惶恐，丞相星魂緊急出使映月，要求我們成立三國聯盟，共抗雪無痕。」

聖皇月影說到此，頓了一下，見天月大師正閉眼聆聽，接著說道：「西星、北海滅，映月必亡，唇齒相依，我不能不答應，況且，雪無痕也已經到了山窮水盡的地步，我不見得再怕了他，映月無論是天時、地利、人和已經占全了，我的決心已下！」

聖皇月影雙目神光閃閃，滿臉激動，他深深地凝視著天月大師，等待著她說話。

「既然你決心已下，還來問我做什麼，月影，你還是心有顧忌，不能完全放開自己，對勝利沒有一點的信心。」

「是，祖姑姑。」

「哎！」天月大師長歎一聲，然後說道：「月影，我也是映月一脈，幾十年來，我心存映月，心魔遮擋了我對天道的追求，以至於留戀凡塵，直至今日。如今，聖拉瑪大陸一統在即，天命不可違抗，但是，你我都絕對不是應天命而生的人，所以，無論你怎麼努力，都不能撼動歷史的進程，雪無痕乃聖僧的傳人，身懷天王印訣，文韜武略蓋世無雙，星晨以一代宗師的身分逆天而行，被上天所罰，慘死中原，你決不可再步後塵，要保證映月一脈的延續，只有應天命而行。明月十餘年前深入中原，爲雪無痕所生一子，如今隱居藍鳥谷，對映月一族多有幫助，要想保全映月，只有依靠明月了，月影，你自己決定，我對你只能言盡到此了。」

「祖姑姑，我一生奮鬥，臥薪嚐膽，爲的就是稱霸中原，如今雪無痕以一區區小子擁有中原，我實不甘心，月影有死而已，也絕對不伏首認命，與藍鳥王朝一戰勢在必行！」

「天命在，法劫難，二十年風雲，天下一統，哎，七王爭霸，一主沉浮，如今一主如天上之浩月，群星回避，法劫，法劫，哎，法劫難逃啊！月影，你去吧！」

天月大師閉上雙目，不再說話。

聖皇月影聽完天月大師的話，神色淒厲，氣勢威猛，他好似入魔一般，拂袖憤然而去。

天月大師見聖皇月影離去的背影，無奈地搖了搖頭，她為映月一脈已經盡力了，從此後，她與映月一脈再無干係，命運的齒輪早已經轉動，月影也不過是命運中的一粒凡塵。

「玄月！」天月大師輕聲喚道。

「師父！」

天月大師雙眼一紅，然後一聲長歎道：「立即派人到藍鳥城去，讓明月回來，把圓月教交給她，告訴她應天而行，不可逆天行事，有失才能有得，我要閉關，以後無論什麼事情都不要打擾我，妳去吧！」

「師……父！」

「癡兒，癡兒，天下即將大變，大一統的時代已經到來，圓月教已經走完了它的歷史使命，妳要順應天意，不可妄動，玄月，妳告訴所有嫡傳子弟，全部回歸本教，等待新教主回來！」

「是，師父！」

圓月教的入世政策進行了調整後，天月大師轉而閉關，不再過問世俗之事，代教主玄月大師派出四名弟子潛入藍鳥王朝京城藍鳥城，尋找明月公主。

西星太子和三王子帕爾沙特殿下分頭行事，爲抵抗藍鳥軍進攻做積極的準備，十天之後，帕爾沙特把繁星城一帶的防禦大權握在手中，並積極佈置防禦，從「星盤」而來的軍隊源源而入，防線逐步形成，「星盤」平原內的百姓等，也是全部組織起來進行支援，整個西星帝國形成了一個巨大的戰爭堡壘。

八月六日，從北海而回的十餘匹快騎奔進星落城內，馬上的騎士們神色淒厲，滿身泥土，仔細一辨認，其中一人正是將軍星落，其餘之人大部分爲將領。

星落不敢停留，縱馬來到星落宮外，飛身下馬，他眼角一紅，大步向內走去，不久，整個星落宮內傳出了驚天動地般的哭聲，一片愁雲籠罩著星落宮的上空，陰沉沉的天漸漸變得陰暗，炸雷聲轟鳴，夏雨細細地落了下來。

細雨並沒有阻擋住西星人的愁苦，一匹匹的快馬向四方奔去，馬蹄飛濺起地上的泥水，灑落各處，馬上的騎士悶頭急行，把不好的消息送往四面八方。

帕爾沙特站在陰雨下，細小的雨點撒落在身上，濺在臉上對他都沒有絲毫的影響，他仰視著天空，默默無語。

「殿下，雨越來越大了，請進屋吧，當心身體啊！」一名近衛勸道。

帕爾沙特冷漠的目光看了他一眼，然後繼續仰望天空。這時候，黑雲緩緩而來，驚天的炸雷轟響，閃電把繁星城照得通明，忽明忽暗的電光夾雜著傾盆大雨從天而降。

一騎快馬冒雨衝進城內，馬上的騎士並不停留，戰馬飛快的趕到帕爾沙特的帥府外，馬上騎士跳下戰馬，一名士兵從門樓內而出，伸手拉過戰馬的韁繩。

「殿下可在？」

「在，正在院內！」

「謝了！」騎士快步而入。

帕爾沙特正站在屋前的風雨中，衣服早已經被打濕了，見一名通訊官冒雨而來，冷漠的目光一閃，問道：「什麼事？」

騎士仔細一打量，然後翻身跪在大雨中，雨水和淚水混在一起，順臉留下，他悲苦地說道：「殿下，國主歸天了！」

「什麼？」帕爾沙特急上前兩步，伸手抓住騎士的衣領，厲聲問道。

「殿下，國主歸天了！」

帕爾沙特雙眼一瞪，暴喝一聲道：「聯盟軍呢，射星團呢？」

「殿下，星落將軍馳回報訊，國主與雪無痕陣前交戰，一陣電光從天而降，國主被驚雷擊中，當場歸天，北蠻人陣前倒戈投降，雪無痕揮軍急進，聯盟軍在藍羽前後夾擊之下潰敗，被藍鳥軍一路追殺，幾乎全軍盡沒，目前雪無痕已經全部佔領了北平原，越劍次帥率軍北上，已經到達北海邊境。」

「父王的遺體呢？」

「射星團全力搶奪，被藍鳥騎士團和藍衣眾合力殺敗，遺體被藍鳥軍獲得！」騎士低下頭去，聲音越來越小。

「好你個星落，連父王的遺體也沒有奪回，還回來幹什麼！星落呢？」

帕爾沙特神情淒厲，有如瘋狂了一般，騎士不敢仰視，低頭回答道：「星落將軍回到星落城，向太子殿下報告後就要自盡，被太子攔住，目前正在星落城內。」

「星落還算識相，知道該死，目前京城怎麼樣？」

「太子殿下親自主持靈堂，眾大臣惶恐不安，太子叫小人親自來向殿下通報消息，一切事宜請殿下定奪！」

「星魂丞相有消息嗎？」

「星魂丞相傳來消息說，已經完成了使命，與映月、北海達成聯盟，由月影擔任聯盟主席，出兵西星，與藍鳥軍決戰！」

「好，哈哈，雪無痕啊，雪無痕，我帕爾沙特決不與你善罷甘休，一定與你周旋到底，世間有你雪無痕，就沒有我帕爾沙特，我們仇深似海，不共戴天！」

「是，殿下！」

這時候，風雨中已經傳出了一陣陣的哭泣聲，許多將領、衛士漸漸地彙聚在院內，低聲哭泣，帕爾沙特是欲苦無淚，他大喝一聲道：「星慧！」

「在，殿下！」星慧元帥已經是老淚縱橫。

「你立即起身，趕往雅星大營，就說我帕爾沙特向他索要父王的遺體，望雅星成全！」

「是，殿下，老臣這就出發，當年雪無痕和雅星欠殿下還凱旋之遺體大恩，他當能還報此德！」

「你明白就好，挑選一百名勇士，身披重孝，立即上路！」

「是，殿下！」

「是，殿下，末將願往！」

「小將願往！」

「我等願往！」

帕爾沙特這時候才落下淚來，他強忍悲憤揮手示意，讓眾將離開，他的心已經亂了。

星慧袒露上身，頭頂麻袋，腰繫白色絲巾，雪白的鬍鬚飄灑在胸前，全身上下寸鐵未帶，率領百名大漢冒雨來到繁星城外，直向藍鳥軍的大營而來。

軍師雅星率領中軍紮營剛剛兩天，全軍正在休整，一路上，西星人使用了各種手段，拖延藍鳥軍的進攻，造成不小的損失，如今後方不穩，繁星城防線已經形成，這兩天天氣還不好，他也沒有命令士兵展開攻擊。

前幾天，軍師雅星就接到了聖王天雷的傳書，知道北川城會戰取得巨大勝利，擊斃西星國主星晨，目前，聖王正命令士兵運送星晨的屍體到軍營內。

雅星又是高興，又是感激，藍鳥軍北川城的勝利奠定了北平原勝利的基礎，收復整個中原為期不遠，而聖王天雷把星晨的屍體送給他處理，明顯地可以看出是讓軍師雅星、王妃雅靈償還帕爾沙特的恩情，從此後，雅星可以不欠帕爾沙特任何情誼，一心一意為攻取西星而戰，這樣的恩情是雅星無法接受的，他在感激之餘向東叩首，拜謝聖王天雷的鴻恩，眼淚都流了下來。

今天，雅星正在大帳中看軍事地圖，忽然中軍官報告說，一隊西星人身披麻衣前往軍營而來，雅星心下一轉，立即明白是帕爾沙特派人前來索要星晨的屍體，他一方面可以判斷出帕爾沙特就在對面的繁星城內，另一方面也為聖王天雷料事如神而感慨，聖拉瑪大陸上有這兩個年輕的俊傑，是幸與不幸也說不清楚，但他們卻左右了聖拉瑪大陸的整個局勢，天下亂則為兩人而亂，天下平則為兩人而平，無論成敗，聖王天雷與帕爾沙特都無疑是當世的英雄。

「傳令讓他們進來！」

雅星說完，略微整理了一下衣裝，向外走去。親衛立即打開雨傘，爲他遮風擋雨。

不一會兒，星慧大步走來，雅星站在大帳篷前迎接。

星慧雙眼精光暴射，久久地凝視著面前的雅星，一會兒，他翻身拜倒在地，嘴裏大聲說道：「西星帝國元帥、一等公爵星慧拜見藍鳥王朝軍師雅星大人！」語氣鏗鏘有力。

以星慧的身分不必爲雅星見禮，但他此來是有重大的使命，有求於人，另外，只要雅星同意幫忙，就是對他、對西星有大恩，所以他這個禮必須行，同時，只要雅星接受了這個禮，事情就好辦了。

當初，王妃雅靈渡河前往河平城迎接父親凱旋的遺體時，在聖靜河邊爲帕爾沙特施了大禮，答應必報還父遺體大恩，帕爾沙特當時坦然接受，那時的情景，雅星雖然沒有親眼看見，但也如在眼前，今日雅星終於能有機會還報大恩，他心情舒暢，也坦然接受了星慧的大禮，然後仰天長笑道：

「蒼天有情，雅星、雅靈不負蒼天之厚望，今日能酬還大恩，與帕爾沙特從此兩不相欠，星慧元帥請起，你的來意我已經知道，請等兩日，星晨前輩的遺體就要到了。」

「謝雅星大人，星慧代我家殿下多謝了！」

「不必，請起，請！」雅星伸手相讓。

跟隨星慧而來的士兵全部是袒胸露腹，身披麻袋，全無一點兵器利刃，讓人一眼就能看穿，軍師雅星也知道不會發生任何事情，所以坦然相讓。

「雅星大人請！」

兩人進入大帳篷，雅星伸手讓星慧坐下，然後說道：「聖王感念當年帕爾沙特殿下還我父親凱旋遺體之恩德，命人把星晨前輩的遺體用北海冰魂珠鎮住，然後叫人把遺體送來西星大營，由我全權處理。」

「星慧謝藍鳥聖王，謝雅星大人，他日戰場相見，我家殿下和星慧也不會留情！但不知國主遺體現在達到何處？」

雅星沉吟了一下道：「距此還有一日路程！」

星慧元帥看了雅星一眼，然後有一絲爲難的意思道：「雅星大人，可否讓星慧前往迎接我主遺體？當然我也知道這有些過份，但星慧真的想去！」

雅星看著星慧企盼的目光，心下一笑，然臉上一肅道：「如今我們兩國交兵，元帥的話十分讓雅星爲難，不過，元帥既然已經說出口，雅星也不好不給元帥的面子，這樣吧，明日一早，就請大人前往如何？」

星慧站起身來，躬身謝道：「謝雅星大人！」

天黑的時候，只見從東方而來一隊映月人馬，周圍有一千餘藍鳥士兵。當前一位老者，鬍鬚飄擺，肩上抬著棺木，周圍七十二人各抬木槓，悲悲切切，緩緩而來。

軍師雅星率領藍鳥軍將士列隊迎接，當棺木經過時雅星和將士們躬身施禮，注目相送。星慧把木楨交給旁人，來到雅星身前，倒身下拜道：

「星慧再謝雅星大人之恩，從此後，大人與西星兩不相欠，他日戰場相逢，我們就是敵人！」

「好，星慧元帥說得果然痛快，雅星也解除了一塊心病，請轉告帕爾沙特，以後我們就是敵人了！」

「當然，告辭！」

「請！」

這時候，就聽見繁星城中號角齊鳴，鼓聲陣陣，巨大的城門緩緩而開，當先走出一人，全身的白色衣裝，一塵不染，俊美的臉上掛滿了剛毅之色，他拜倒在城門前，叩首相待，等待著靈棺的到來，此人正是帕爾沙特。

身後，無數的將士組成一條甬道，士兵們身上掛孝，叩首相迎。

在星晨的棺木到達時，帕爾沙特三拜九叩，拜祭已畢，這才向東方喝道：「帕爾沙特絕不忘藍鳥王雪無痕今日之賜，他日必有以報，雅星兄，今日你我恩怨兩清，從此後就是敵人，保重！」

軍師雅星在遠處長笑一聲道：「帕爾沙特說得好，雅星代聖王接下了，過了今日，雅星將全力進攻，以消滅西星爲己任，決不敢忘昔日之恥，保重！」

帕爾沙特雙眼神光一閃，也不多話，轉身進城。

兩軍將士都在現場，藍鳥軍列開陣形，西星軍隊固守在城牆之上，兩人的話被將士們聽得清清楚楚，無不爲兩個人的風度、豪情所陶醉，心生敬佩。兩個人雖然是敵人，但英雄的氣概卻顯露無遺，藍鳥聖王送回西星國主星晨遺體的事蹟被廣泛傳誦。

但雅星知道，與帕爾沙特之間的仇恨卻是永遠也不能填平了，聖王天雷雖然把星晨的遺體送還，但星晨的身分地位不同，他是西星一國之主，賜還遺體也可以說是對西星人的一種侮辱，同時也激發起西星人的仇恨與鬥志，實在是得不償失，但聖王天雷還這樣做，無非是讓自己心安理得，這種大恩大德使雅星感激零涕，無法還報，只有剿滅西星，才能報答聖王的恩情於萬一。

當下，軍師雅星傳令各部休息，等待大軍攻城，同時把在繁星城發生的事情彙報給凌川城內的聖王天雷。

聖王天雷這幾日沒有什麼事情，整個北平原已經不見了一個敵人的影子，藍鳥大軍西征北伐，勢如破竹，形勢一片大好，整個中原歡聲雷動，各洲道賀的使者接連不斷，藍鳥王朝內更是一片歌功頌德聲。

面對王朝內的歌功頌德聲，聖王天雷淡淡一笑，沒有時間管這些事情，但王妃雅靈、香妃彝凝香卻樂開了嘴，雅靈和明月也分別派人前往凌川城慰問，並詢問聖王天雷何時回朝。

為了便於指揮作戰，聖王天雷沒有答應回京城的事情，如今，西征軍隊進展不順利，西星人反抗的浪潮此起彼伏，越演越烈，況且帕爾沙特親自坐陣繁星城指揮作戰，軍師雅星多次傳訊訴苦，聖王天雷也感到了西征西星的困難。

第十三章　北擴西征

「大哥，雅星大哥有困難，要不我過去看看？」次帥維戈對聖王天雷說道。

聖王天雷看了他一眼，笑道：「維戈，不好吧，就好像我們信不過雅星大哥似的，西星戰爭我們沒有足夠的思想準備，困難是有一些，但雅星大哥能對付！」

「大哥說得也是，但總得想個辦法對付西星百姓的士氣啊！」

聖王天雷眼睛一亮道：「維戈，你說得對，我們總想著軍隊作戰的事情，把老百姓忘了，西星的問題根本在於老百姓的情緒，只要我們打擊了老百姓的士氣，就能取得這場戰爭的勝利，哈哈！」

「大哥有辦法了？」

「不錯，維戈，你想：西星百姓認為我們侵略他們的家園，但是要讓他們認為我們是為了聖戰而戰，就好了許多，只要老百姓嘗到一點甜頭就會有所懷疑，這樣一來我們就勝利了！」

「那怎麼辦呢，大哥？」

「這個……」聖王天雷沉吟了一下，然後說道：「先把參加過北川鎮會戰的俘虜放回去一些，煽動西星人關於天罰的情緒，打擊他們的士氣，要讓他們理解這是上天讓我們發動的聖戰，與聖神是無法對抗的！」

「大哥，這不好吧，這些俘虜放回去，又將參加帕爾沙特的陣營，不是為自己增加壓力，我看還是另想辦法。」

「不，維戈，這些人放回去的不多，不影響什麼，但他們可以一傳十，十傳百地把天罰讓人知道，威力是巨大的，你不要只看到一點小利而忘大利，這是你的缺點，不行的，你要改！」

「是，大哥，還是你高明！」

聖王天雷長歎一聲道：「維戈，你和雷格長年征戰在外，對王朝內部爭鬥不是很熟悉，要不是藍鳥谷的人才多，你和雷格就只是一員統帥而已。如今大陸幾乎盡落王朝之手，從此後，勾心鬥角的事情就多了起來，這些你們倆不熟悉，以後要多加學習，把重點放在鞏固勢力的基礎上，這些不是使用軍隊就可以辦到的，維戈，如今趁你有傷在身，要多多學習點，雷格性情粗豪，不適合這些，我們倆不要指望他，讓他掌控軍隊，純粹地以軍事為後盾，保持一顆赤子之心，餘下的事就是我們倆的了。」

「大哥！」維戈激動起來，他感激地眼淚都差點流了下來。

聖王天雷一笑道：「維戈，我們三兄弟從小在藍鳥谷一起長大，兩位老師兄就如我父親一般，要說近，還沒有誰比我們三人更近，餘下的溫嘉、商秀等，都是我們手中的牌。王朝統一大陸後，這麼大的地盤需要一批人來管理，需要人來鎮守，要有武力威懾，也要有政治懷柔，恩威並施，確保王朝穩定。」

「我明白了，大哥！」

「大業初平，萬象更新，藍鳥王朝需要更換血液，需要徹底地更換腐朽的制度、思想，鞏固大業的基礎，完善法律、法令、條例等等，把反對的聲音徹底剷除，這些都需要與黑暗的手段相結合，不動心眼行嗎？我也在學習，不斷地在學習啊！」

「大哥教誨，維戈永記在心，無論他是誰，只要他敢違背大哥的意思，我定讓他全家不得好死，聖拉瑪大陸這麼大，不採用非正常的手段也是不行的，只要讓老百姓過上好日子，管他是什麼貴族、什麼家族，在王朝的大法下一律剷除，大哥下不了手的，就交給我們了。」

聖王天雷點頭，臉上掛著笑意，維戈和雷格他是放心的，如果連他們兩兄弟都不放心，那麼就沒有什麼人可以放心了，今日的一番話，把維戈納入了政治鬥爭的核心，鞏固王朝大業的第一個核心人員。

「維戈，低調行事，霹靂手段，這就是大哥要求你做的。你與雷格不同，大陸上那一處有反叛，雷格瞬間即至，雷霆攻擊，而你就需要把王朝內的所有殘餘勢力連根拔起，不給他們一點空隙。」

「明白，大哥，我會學會的！」

「好，哈哈！」

聖王天雷把幾千名西星、映月、北海被俘虜的傷兵放了回去，他們四處傳說了北川城會戰的情景，從而漸漸瓦解了百姓們的鬥志，加速了西星帝國的滅亡。

軍師雅星連續對繁星城發動了二次試探性攻擊，都被守軍擊退，同時，整個西星繁星城防線的守軍是越來越多，半個多月後，竟然出現了映月的軍隊，軍事雅星把這一情況立即回報給了聖王天雷，請求進一步的指示。

目前，藍鳥軍北伐軍已經達到了北海邊境，騎兵沒有對北海發起攻擊，只對北大平原邊境地區進行了清剿，步兵越劍部與雷格會合後，也沒有立即發起攻擊，這日兩個人接到聖王天雷的命令，打開一看，一共是兩份，一個是給次帥越劍的，一份是給藍羽雷格的。

聖王天雷加封次帥越劍爲藍鳥王朝一等侯爵位「鎮北侯」，北方面軍主帥，全面負責攻取北海的事宜，同時告訴他，北蠻人從北極地區向西發起攻擊，配合越劍進攻。命令次帥雷格立即率領藍羽返回淩川城地區。

兩人看完命令，雷格笑道：「恭喜越劍大哥了，哈哈，這『鎭北侯』早就應該給大哥了，攻取北海乃不世功績，大哥可要努力啊！」

次帥越劍並不說話，他面向南方跪倒叩首，拜謝聖王大恩，然後起來，這才說道：

「越劍父子多受聖王大哥鴻恩，無已還報，這次又把攻取北海的功績讓給越劍，使我更是惶恐，雷格兄弟，我知道聖王與我們兄弟情深，這樣我們就要更加努力。說實在的，我真捨不得你走，平定北海正需要像雷格兄弟你這樣的人，但是，如今藍鳥軍實力減弱，聖王更需要你做更多的事情，如今西征非常的困難，你過去後，一定要爲聖王軍師分憂，少讓聖王操勞啊！」

雷格聽見越劍的話，非常感動，當下拉住越劍的手說道：

「越劍大哥，我們兄弟十餘年並肩作戰，情意無限，對聖王的忠心天神可鑒。聖拉瑪大陸一統在即，事情正多，雷格沒有別的心眼，只知道帶兵打仗，這麼多年來在聖王大哥和維戈、雅星、秦泰大哥和你的幫助下，小有成就，感激的話我不多說，以後大哥有什麼需要雷格的話儘管開口，雷格就是赴湯蹈火，也在所不辭！」

「好，哈哈，來人，拿酒來！」

中軍官快速爲兩位主帥取來美酒，越劍與雷格痛飲一番，然後雷格與越劍灑淚而別，前往淩川城。

藍羽兵團出北冥府城，一路上轉戰各處，東擋西殺，二十萬大草原騎兵犧牲七萬餘人，如今只剩餘十三萬左右，如今從北海邊界北鎮府南回，雷格感慨良多，草原騎兵也是熱淚盈眶，不能自己。

一路無事，六天後到達淩川城外。

聖王天雷和次帥維戈等人站在淩川城北門外，遙望北方，見藍羽大軍滾滾而來，高挑的帥旗隨風飄擺，雷格一身鎧甲，當先而行，遠遠地就高喊道：

「聖王大哥，維戈哥哥！」

聖王天雷和維戈兩人聽見喊聲，互相對望了一眼，微微一笑，維戈向從遠方而來的雷格喝道：「死小子，越來越沒規矩，還不滾過來，瞎喊什麼，哈哈！」

「嘿嘿，來了，就來了！」

雷格在奔馳的戰馬上滾落在地，大步急行，身法之快讓人刮目相看，聖王天雷微笑著看著遠遠而來的雷格。

相距有十米距離，雷格穩住身形，雙膝跪倒，眼角濕潤，他洪聲說道：「雷格拜見聖王大哥，拜見維戈哥哥！」

維戈搶上幾步，眼角也是一紅，他雙手抱住雷格寬闊的雙肩，激動地說道：「兄弟，回來了，想死我了！」

「維戈哥哥，你身體好了？」雷格說不下去了。

「好，全好了，哈哈！」

這時候，聖王天雷邁步來到近前，伸手拉起雷格，他有些激動地說道：「傻小子，起來吧！」

然後，他當胸給了雷格一拳，接著說道：「越來越結實，武功已經大成了，哈哈，好，好，好啊！」

「大哥好！」

聖王天雷點頭道：「好，當然好了！」

香妃彝凝香來到近前，她露出迷人的微笑道：「雷格兄弟辛苦了！」

「謝嫂夫人！」

這時，里騰、姆里等將領過來爲聖王見禮，熱鬧的場面不必細說。

「你們三兄弟很久沒有見面了，別在外面站著了，都進城吧，聖王，雷格兄弟一路辛苦，請進城休息！」

「是，兄弟走！」聖王天雷樂呵呵地舉步前行。

藍羽被安排在南門外大營中休息，聖王天雷在凌川城中召開了盛大的宴會，爲藍羽雷格等一眾將領接風洗塵。凌川城中從全國各地來的慰問官員、貴族多得是，全部參加了聖王的宴會，雷格和眾將領一見如此的場面，又是感激，又是高興。

休息兩日，聖王天雷才和兩位兄弟維戈、雷格坐在客廳裏說話，敘舊情。

「雷格，北鎮府一帶情況如何？」聖王天雷問。

「北川鎮一戰，北海無疆生死不明，北海國群臣無首，北海明臨危受命，繼承大統，以他的威望和名義起兵，在北鎮府一帶已經集結了六十餘萬人馬，構築防線，妄圖抵抗我大軍進攻，目前越劍已經準備就緒，正要起兵展開攻擊了！」

維戈接過雷格的話道：「就憑北海明帶領區區北海軍，就能擋得住越劍大軍的進攻嗎？不自量力的傢伙，在河平城戰役時，就他棄兵而逃，如今又像個人樣了？」

「維戈，可不是怎麼的，如今北海明士氣正旺，臨回來的時候，越劍大哥還要挽留我呢。」

聖王天雷笑道：「越劍只不過是虛弄玄機，他想單獨攻克北海的心情比什麼人都急，挽留你也不過是故作姿態，雷格，你太單純，不過這更好，大哥喜歡你這樣！」

「嘿嘿，大哥！」雷格靦腆一笑。

「不過，越劍這麼多年來跟隨我東擋西殺，忠心不二，父子兩人爲王朝屢建奇功，給他們些好處是應該的，維戈、雷格，對於越劍你們要盡力拉攏，當初我們七兄弟立誓起兵，除驚雲外都是好兄弟！」

「是，大哥！」兩人齊聲答應。

「北海爲大陸一隅，不足爲慮，越劍六十萬兵馬想攻克北海不是什麼難事，難的是我讓他們儘量減少損失，爲此，我已經秘密命令北蠻人北上，從雪嶺出兵偷襲北海明後方，在冬季來臨前一定要平定北海，在明年開春後夾擊西星。」

「大哥英明！」

「北方的事情我們就不必操心了，相信越劍在蠻龍的配合下，不會有什麼困難，難的是西征的雅星部，目前情況不妙，雷格，我讓你回來就是對付帕爾沙特！」

雷格聽聖王的話精神一振，忙起身說道：「大哥，我就出發，帕爾沙特這小子難道是銅牆鐵壁做的不成？」

聖王天雷擺手讓雷格坐下，然後緩緩地說道：「聖拉瑪大陸大局已定，西星的滅亡是早晚的事情，我不急，慢慢地與帕爾沙特玩玩，你們還記得當年我爲了要回凱旋盟父的遺體時，給帕爾沙特的半幅『天下』嗎？」

「記得，大哥是有這麼回事！」

聖王天雷站起身來，緩步來到窗前，他推開窗戶，眼望著碧藍的天空，悠悠的白雲，緩緩說道：

「當年我們勢小，帕爾沙特勢大，聯盟軍趾高氣揚，不把我們放在心上，京城內帝君軟弱，虹傲掌權，我來到西門外被森得擋住，不得而入，如今想起來羞愧難當，在萬不得已的情況下，我把半幅『天下』交給帕爾沙特，以激將法要回盟父的遺體，回望前事，憤憤不平，經過我們兄弟多年的拼殺有了如今的局面，不好好玩玩帕爾沙特，我怎麼能甘心！」

維戈、雷格聽聖王天雷提起當年之事，回想起聖王孤身入京所受到的恥辱，一時間也是非常的激憤，勾起對帕爾沙特的恨意來，兩個人同時站起，維戈當先說道：

「大哥不忘當年之恥，我們兄弟感同身受，帕爾沙特加給我們一分，我們要回報他十分，大哥說句話，我和雷格立即過去，不剿滅西星決不干休！」

雷格更乾脆，他憤然說道：「他娘的，帕爾沙特當年如此猖狂，如今我們還怕他什麼，大哥，不用你們，我自己帶人過去，把西星一族殺他個乾乾淨淨，一個不留！」

聖王天雷忽然轉身，眼裏精光暴射，他語氣凝重地說道：

「仇要雪，恨要消，恥要平，辱要還，不過，目前聖拉瑪大陸就只剩下映月、西星和北海，北海滅亡在即，不必管它，但映月、西星卻比較麻煩，我得到消息說，映月正在陸續出兵西星，成立了什麼三國聯盟，共抗王朝，聖皇月影幻想著盟主之夢，妄圖與藍鳥王朝對抗到底，我念及明月公主的深情厚誼，一直沒有對他們動手，他們卻得寸進尺，不把我放在眼裏，想阻擋大陸一統，這我絕對不能答應，映月出兵西星更好，我們就鬥一鬥，會會月影和帕爾沙特，只要剷除了他們，大陸就是我們的了。」

「是，大哥！」

聖王天雷點手讓兩個兄弟坐下，然後接著說道：「映月、西星幾乎連在了一起，北海滅亡後，殘餘勢力也將進入西星，最後的敵人都將聚集在此，聖拉瑪大陸最後一仗爲期不遠，雷格，我讓你回來，就是爲最後決戰做準備，帕爾沙特，你這顆最亮的星還能閃爍幾時？」

「大哥深謀遠慮，帕爾沙特那是大哥的對手，嘿嘿！」雷格接話道。

「目前，我並不想與西星決戰，我要把映月的軍隊吸引過來，你們看！」聖王天雷邁步來到巨大的軍事地圖前，指著西北方一帶說道：「越劍只要擊敗北海明，北海帝國就滅亡了，北海殘餘勢力將通過這裏進入西星，越劍部將從西北實施包抄，北部包圍圈已經完成。」

他把手指一轉，指著銀月洲說道：「秦泰部將從此渡過聖靜河，從南面夾擊映月，南部包圍圈也已經形成，他們南北夾擊，好戲就有看頭了，而我們……」聖王天雷把拳砸在堰門關外的西星上，接著說道：「將分南北兩部分兵，南配合秦泰夾擊映月，北配合越劍剿滅西星，平定西方大陸，從此後，我們再無敵手！」

「好，不愧是聖王大哥，維戈佩服！」

「嘿嘿，佩服，雷格佩服啊！」

聖王天雷微微一笑接著道：「決戰的時間就定在明年的開春，時間還遠著呢，雷格，你這次過去，主要的任務就是協助軍師雅星大哥穩固後方，徹底清除不穩定因素，把繁星城以東地區變成靜土，爲明年開春後的決戰創造條件，任務不重，但手段卻要狠些，明白嗎？」

「明白，大哥放心，雷格知道怎麼做！」

「維戈你安心靜養，明年開春後，我把帕爾沙特交給你，一定要把半幅『天下』給我拿回來，要讓他看看我們兄弟都不是好惹的！」

「是，大哥！」

藍鳥王朝君臣三人在凌川城定下了平定天下的大計，並開始著手準備。藍羽主帥雷格三天後率領藍羽騎兵兵團和藍鳥騎士團出發，西出堰門關進入西星帝國境內，展開了血腥的鎮壓，聖王天雷又傳令遠在銀月洲的次帥秦泰，凌原兵團開始著手準備攻擊映月的事情。

三年來，銀月洲大局平穩，民以自安，映月帝國並沒有對銀月洲展開大規模的攻擊，主帥秦泰倒是安穩清閒，沒有什麼事情。

但秦泰無時無刻不在注意著藍鳥王朝的動靜，掌握著藍鳥軍每一次行動，把藍鳥軍每一次勝利都記在心裏，秦泰著急啊，藍鳥將領一個個立下赫赫戰功，他自己卻在銀月洲清閒自在，沒有建樹，他不樂意，但也沒有辦法，他在沒有辦法之下，只有訓練軍隊，等待機會。

凌原兵團實力雄厚，二十萬軍隊整裝待發，裝備精良，加上驚雲兵團的殘部、預備隊民團，總兵力達六十萬人。

三年來，秦泰把軍隊訓練得更加強悍，士兵素質極高，驚雲兵團殘部被他打散，分配到預備隊軍團中間，起到骨幹的作用，這些人在驚雲死後，情緒低落，秦泰對他們極好，不時地安慰他們，使他們漸漸地恢復了信心，他們知道如果再不有所作爲，他們將消失在藍鳥軍的隊伍裏，藍鳥王朝沒有追究驚雲及他們的罪行，是聖王對他們的恩賜，如今藍鳥王朝日日強盛，也不差他們這些人，所以更加小心謹慎，埋頭苦幹。

北川城會戰的勝利，使秦泰看到了一絲曙光，他知道聖王天雷動用他的時機就要到了，秦泰在興奮之餘也積極準備，把部隊所有的裝備、物資等都檢查了一遍，然後靜靜地等待著聖王的命令。

秦泰是一個穩重的人，他知道自己資歷較深，但功勳不多，聖王利用他的所長讓他鎮守一方，也是對他的恩賜，但在藍鳥軍中沒有功勳是不行的，如今，次帥維戈晉升「鎮南侯」，雷格早就是「鎮東侯」了，越劍也剛剛晉級為「鎮北侯」，只有他還沒有什麼晉升，他也不好說什麼，畢竟維戈、雷格、越劍的晉升都是靠軍功贏來的。

但秦泰也不是一個甘心於人後的人，他把目光早就瞄準了映月帝國的身上，如今藍鳥王朝與以前不同，中原大平，西、北方兩路大軍西征北伐，節節勝利，銀月洲毫無後顧之憂，實力雄厚，再不是驚雲在的時期了，而映月北增援西星，國力、軍隊也不充足，給秦泰抓住機會了。

次帥秦泰正在暗暗算計時，藍鳥王朝聖王的旨意就到了，秦泰接到旨意，打開一看，心中大樂，聖王終於動用凌原兵團了。聖王的旨意中告訴秦泰，讓他從南面出兵，渡過聖靜河，展開對映月帝國的攻擊，時間定在明年開春，不過，他可以先行做一些試探性攻擊，牽制映月北出西星的兵力，減輕西方面軍的壓力，為決戰創造條件。

隨後，秦泰召開了軍事會議，通報了目前藍鳥軍西征北伐的情況，同時他強調，為了配合西征軍作戰，聖王命令銀月洲凌原兵團採取牽制性作戰，把映月軍隊吸引住，使其並不能全力增援西星。軍隊會議上，眾將領討論了河北映月的情況、出兵的方案、方法，確定了以偵察、偷襲等手段收集河邊北映月人的情報，然後為大軍渡河作戰做準備。

凌原兵團以中隊為單位，共派出了十個中隊，他們在黑夜中潛渡聖靜河，第二天對河北多個目標同時發起了攻擊，然後迅速撤離，在水軍的支援下安全返回。

接下來一段時間內，秦泰不時地派出部隊對河北進行騷擾，有時派出萬人隊發起偷襲，然後再撤退，反覆不斷，局勢漸漸地提高到了一個新的作戰階段。

銀月洲凌原兵團發起的攻擊規模雖然比較小，但它在映月帝國內造成的直接影響是巨大的。近一段時間以來，聖皇月影正作著聯盟主席的美夢，他一方面派出以巴維爾元帥爲首的三十萬軍隊越過邊界增援西星，同時也在國內積極地開展增兵工作，鼓動人民，說藍鳥軍如何殘暴，聖王爲了發動戰爭，不惜犧牲上百萬的百姓，如今映月正面臨著藍鳥王朝的巨大威脅，一旦藍鳥軍攻佔西星後，就會南下攻取映月等等，使老百姓半信半疑，爲了說服保守的高貴族們，聖皇月影使用了種種手段，但效果都不大。

而這時候，從聖靜河邊上傳來的關於藍鳥軍凌原兵團已經開始對河北進行試探性攻擊的消息，使映月國內輿論大嘩，反倒幫了聖皇月影一個大忙。無論是映月帝國軍部，還是朝中其他重臣，保守派貴族等，這時對藍鳥王朝的擔憂更勝以往，多年前，大將軍驚雲出兵銀月洲無功而退，最後落得個葬身「落月坡」的下場，但如今與當年的情況完全不同，藍鳥王朝剛平定整個中原，藍鳥大軍北伐西征，誰都知道以北海的弱小挺不了多長時間，藍鳥軍即將對映月展開攻擊了。

要說秦泰凌原兵團不真正地發起對映月聖靜河以北地區的攻擊，誰也沒有把握，畢竟藍鳥軍凌原兵團實力雄厚，六十萬大軍也不是個小數目，映月滿朝君臣文武都不相信秦泰是閒得無聊了才對映月發起攻擊玩，最起碼是聖王雪無痕對聖皇月影出兵西星的一個回應，命令秦泰次帥出兵進行了牽制，但不論是那一種情況，映月人絕對不敢小視凌原兵團的六十萬人馬，爲此，映月帝國緊急向聖靜河南地區集結兵力，嚴密監視藍鳥軍的動靜，同時派出軍隊對藍鳥軍部隊進行清剿，修整聖靜河河邊防線等等。

頓時間，聖靜河上游地區的局勢又緊張了起來。

藍鳥軍初平中原，把侵略者全部趕出了自己的家園，使整個中原內恢復了平靜，一時間，藍鳥聖王雪無痕的功績已經達到了歷史的高峰，王朝內，年輕人積極投軍，參加訓練，準備跟隨聖王的腳步展開「聖戰」，爲藍鳥王朝統一大陸做貢獻，那股熱情勁就別提多麼的高漲了。

京城藍鳥城就更加地熱鬧了，從王朝各地趕來慰問的官員、貴族聚集在一起，爲聖王歌功頌德，王師凱文整天接待他們，忙得要死，而王妃雅靈也閒不著，處理各種各樣的事情，把棘手的問題送到凌原城，交給聖王處理，其餘的事情也多得很呢。

明月公主不好幫助王妃雅靈做些什麼，最多也就是出出主意，畢竟她還是映月帝國公主，公開露面有很大影響，她心理雖然著急，但也沒有辦法，每天與雅靈忙得昏天黑地，累得狼狽不堪，倆人這才知道管理一個這麼大的王朝，真是件不容易的事情。

第十四章　分星割月

九月下旬，一天，藍鳥城中忽然出現了四名年輕的姑娘，她們個個長得秀麗端莊，一派大家風度，一看就知道不是一般人家的小姐。

四人在藍鳥廣場上轉悠了許久，不時地用眼角向藍鳥王宮瞭望，暗暗發愁，她們是圓月教派出的弟子，爲尋找明月公主而來。

這時，其中一人對旁邊一個年紀比較大一點的人說道：「大師姐，不如我們夜探藍鳥宮吧，也許能尋找到明月師叔的蹤跡！」

「住口！」大師姐小聲喝住，她壓低了聲音說道：「三師妹，藍鳥宮是那麼好闖的嗎？藍鳥谷嫡系弟子不知道有多少人守在裏面，就憑我們四人硬闖藍鳥宮不是找死嗎？」

「那怎麼辦，我們又進不去王宮？」

「這個……」大師姐沉吟了一會兒，對其中一個年紀較小的女孩說道：「小師妹，不如妳到王宮前碰碰運氣，就說是從藍鳥谷而來，要見明月谷主，即使妳進不去，我想他們也不會把妳怎麼樣！」

小師妹喜道：「還是大師姐聰明，想出這麼好的辦法，不像某人還要什麼硬闖呢，咯咯，我走了！」她一面白了旁邊的三師姐一眼，一邊向北跑去。

「小妖怪，看我收拾妳！」三師姐狠狠地說著，就要向前追去，被旁邊的二師姐拉住，氣得她狠狠地跺了兩腳。

小師妹裝成一副弱不禁風的樣子，邁步來到藍鳥宮門前，守衛的藍衣衛士立即把她攔住，同時喝問道：「幹什麼的？」

小師妹眼角一紅，低頭說道：「我是從藍鳥谷而來，要見我家谷主明月，麻煩大哥向我家谷主通報一聲！」

藍衣衛士上下打量了她幾眼，見她十七八歲的年紀，體質單薄，不像壞人，同時，藍鳥谷是什麼地方，他知道得很清楚，這個女孩開口說谷主明月，這就不簡單，知道明月公主隱居藍鳥谷的人不多，知道明月公主來到京城的就更少，這個少女不僅僅知道這些，還要見明月谷主，藍衣衛士知道明月就是長少主夢雷的母親，目前掌管著藍鳥谷的事務。

「妳等會兒，我向裏通報一聲，見與不見就看妳的運氣了！」

藍衣衛士一層層向裏通報，到達內殿時，就只剩餘女衛士了，女官接到消息，忙向明月公主做了彙報。

「稟告主母，宮門外有一個年輕的女子，自稱是從藍鳥谷而來，求見主母！」

明月公主正與雅靈王妃在一起，聽見衛士的話，明月心中一轉，藍鳥谷想聯繫自己，根本就不用派出人來，況且還是個年輕的女孩，那麼，就一定是從國內圓月教而來的，知道自己隱居藍鳥谷的只有自己的師父天月大師，莫非師父發生了什麼事情？

雅靈王妃見明月公主沒有說話，知道是怕越自己的禮，忙笑道：「姐姐也太客氣了，就讓她進來吧，從谷裏來的人，我們可不能怠慢。」

「雅靈姐姐，我想這不可能是藍鳥谷來的人，只能是我師門派人來找我，不知師父有什麼事情，哎，我有十幾年沒有見著師父她老人家了！」

「不管是藍鳥谷也好，妳師門來的姐妹也好，反正都不是外人，讓她進來吧！」

「好吧，讓她進來吧！」

不一會兒，女官領著一年輕的女子進來，明月公主用目光打量，隱約有些熟悉，卻想不起來，那女孩見明月公主的室內還有外人，遲疑不決，明月公主見狀說道：

「妳是從圓月教來的吧，這裏沒有外人，有什麼事情說吧！」

女孩聽明月公主的話，連忙跪倒施禮道：「侄女月方，拜見明月師叔，師叔好！」

明月公主這才恍然大悟，這個女孩子月方她是知道的，她離開圓月教時，月方才七八歲，很討人喜歡，爲此明月很有印象。

明月公主站起身來，伸雙手扶起月方，一邊上下打量一邊說道：「是月方啊，都這麼大了，哎，時間過得可真快，對了，師父她老人家可好？」

「好，師祖好著呢，不過師叔，師父派我們出來尋找師叔，說是師祖讓師叔回去，有大事發生了！」

明月公主這時臉色大變，她驚叫一聲：「師父！」然後心已經大亂，因爲她知道天月大師學比天人，有大事情，那就是要飛升了。

她急轉身來，對著雅靈說道：「姐姐，我估計是師父要飛升了，我要立即回去，見師父最後一面，望姐姐成全！」

王妃雅靈見明月公主臉色嚴肅，絕對沒有開玩笑的意思，忙站起身來說道：「姐姐師門有事，儘管回去，天雷哥哥那我自然會交代清楚，姐姐妳什麼時候出發？」

「我立即就走，事不宜遲，我想師父是在等我！」說完，明月公主的眼淚就掉了下來。

「姐姐快走吧，雅靈就不送了，保重！」

「雅靈姐姐保重！」

明月公主連衣服都沒有收拾，簡單地整理了一下身上的衣裝，立即帶領月方出宮，會合藍鳥廣場上的三人，展開身法，快速向映月帝國趕去。她們都是身懷絕技之人，曉行夜宿，專走一些小路，加上明月公主有專用的權杖，路上少休息，翻山越嶺，不日渡過聖靜河，回到了圓月教。

玄月大師率領圓月教嫡系弟子在門口迎接了明月一行，姐妹倆見禮後，明月公主稍微梳洗，立即前往內宮拜見師父天月大師。

天月大師這幾天心情好了許多，撇開世俗的牽掛，她的心也靜了下來，運功也比以前好了些，她感到自己飛升大道的日期不遠了，心中靜靜地等待著明月回來，交代最後的事情，然後升入天道，徹底歸入自然。

見明月公主進來，她緊閉的雙眼忽然睜開，臉上也露出慈祥的微笑。明月公主跪倒在師父的面前，這個老人既是自己的師父，也是自己一脈相承的血親，自然就比別人親近了許多，如今在師父的面前，心中多少委屈一時間忍耐不住，淚水流了下來。

「師父！」

「癡兒，癡兒，妳回來了就好，回來了就好啊。風雲變，法劫難，紅塵中自有定數，天命難違，癡兒，我早說過妳乃凡塵中的人，命運是掙脫不了的，如今，天下大一統就要來臨了，映月一脈還需要妳來挽救呢！」

「師父！」明月公主淚如雨下。

「三十餘年前，聖僧他老人家應天之命，培育雪無痕成爲聖拉瑪大陸的絕世奇才，一代王者，雪無痕感應上蒼的憐憫，獲得天王印絕學，十年前我親自前往嶺西郡印證，他已經小成，天月不敢違背天命，悄然而回，轉到藍鳥谷看望妳，見你們母子平安、幸福，心中安慰。但是，如今月影逆天而行，與藍鳥王朝抗爭，已經是法劫難逃，明月，妳父王乃應劫之人，妳不要難過，我放心不下的是，他會把映月一脈帶入萬劫不復的境地，使我祖輩血脈斷絕，好在妳與聖王雪無痕有一段天緣，還有保全的餘地，癡兒，一切都要看妳的了！」

「師父！」

「癡兒，從今天起，妳就是圓月教新一代教主了，癡兒，我希望妳帶領她們安全地進入新時代，不再涉足塵世的殺伐，如今，我已經命令所有圓月教嫡系子弟回歸教內，正等待著妳呢！」

天月大師微笑著看著明月，然後從旁邊拿起一塊小小的權杖，這個權杖有半張手掌大小，是圓月教掌門權杖，白玉雕成，晶瑩剔透，呈圓月形，中空，對折成兩塊半月，乃是無價之寶。天月大師把它放在明月公主的手上。

明月泣道：「師父，您老人家就撒手不管了嗎？」

「塵緣已盡，應命歸天，百年來我爲映月一族已經盡了心力，但天命難違，不久我就將飛升歸入天道，癡兒，妳應該恭喜為師才對啊！」

「是，恭喜師父！」明月公主臉上掛著淚水。

「癡兒，謝謝妳了！哎，也難為妳了，不過幾十年後，我們還有緣一見，那時我將指引妳歸入妳該走的路！」

「謝師父！」

「萬斤重擔落入妳的肩上，癡兒啊，映月一脈就靠妳了，妳要好好珍重，雪無痕和夢雷才是妳的根本啊！」

「師父，我記住了！」

「玄月！」天月大師叫道。

玄月大師應聲而入，低叫了一聲：「師父！」

天月大師柔聲說道：「玄月，妳塵緣未了，還需要修行一段時間，不過妳的結果會好的，以後妳要好好地協助明月，把圓月教帶入歷史的進程中，順應天意，感應自然，這就是妳應該走的路！」

「謝謝師父指引！」玄月大師知道師父在做最後的指引，忙跪倒聆聽教誨。

「妳們去吧，我也完成了最後的心願，塵緣已了，從此歸入天道了，哈哈！」

兩個人再次拜謝師父天月大師，退出內宮。

來到外面，近千名圓月教嫡系弟子按照輩份恭候在大殿之上，明月公主當先而行，玄月大師緊緊地跟在後面，來到大殿之上，明月公主張了張嘴也沒有說出話來，玄月大師見狀，忙上前一步，大聲說道：

「應師父天月大師之命，圓月教教主之位傳於第三十八代弟子明月，繼位大典立即就要開始，來人，準備祭月！」

「是！」千名弟子轟然應諾。

明月公主在眾師姐妹的擺弄下拜祭完月神，正式繼承圓月教教主之位，她神色木然地傳下了第一道教主旨意：全部弟子從即日起在教內修行，沒有教主的命令不得外出，更不許私自參加軍隊，否則立即開除圓月教，從此後不再是圓月教的人。

明月公主沒有回月落宮，安身在圓月教內，可她的心卻飛向了遠方的凌川城和北鎮府，心中惦記著聖王天雷和自己的兒子夢雷，這個時候，她是多麼地希望兩個最親近的人能給予她勇氣和力量啊，但是，他們卻就要率領軍隊殺過來了，明月公主不知道自己應該如何面對兒子夢雷那張年輕的、充滿剛毅和殺伐的臉。

聖王天雷在凌川城中接到了王妃雅靈的書信，知道明月公主因爲師父天月大師的事情返回映月，默默無語，他懂得天月大師飛升的日期不遠了，明月此去，不知道是好是壞，他見過聖僧師父飛升的情景，如今還歷歷在目。

「風揚，夢雷怎麼樣？」

「聖王，根據卡奧傳來的消息，少主已經被越劍次帥任命爲先鋒官，正準備對北海發起攻擊，一萬名藍鳥谷的子弟跟隨在少主身邊，聖王放心，少主不會有事情的！」

維戈在旁笑道：「大哥，夢雷不會有什麼事情，越劍至少知道夢雷的重要性，他把夢雷推上先鋒官的位置上可大有深意啊！」

聖王天雷輕輕點頭，維戈那知道聖王此時此刻的心情，他是從明月公主想到了夢雷，想到了他們母子，心中被愧疚占得滿滿的，夢雷小小年紀就投身於軍伍，他這個做父親的沒有盡到一點責任，讓兒子享福，反而讓兒子衝鋒在最前線。

「蠻龍可有消息？」

「聖王，據北蠻傳來的消息，蠻龍已經做好了準備，十五萬軍隊已經集結在雪嶺之下，不日將翻越雪嶺，展開對北海的攻擊，越劍正密切與之聯繫！」

「風揚，有消息立即彙報給我。」

「是，聖王！」

「軍師那邊怎麼樣？」

「目前軍師在繁星城一帶駐守，只向繁星城發起一次試探性攻擊，主要是依靠攻城裝備展開的，雷格次帥已經開始了對後方的清剿工作。」

「很好，告訴雷格少造殺孽！」

「是，聖王，我立即通知雷格次帥。」

藍羽雷格出兵堰門關外，最高興的人要算文謹元帥了，藍鳥軍後方線在雷格藍羽的清剿下，漸漸地平穩了下來。

在藍羽雷格清剿東部地區的時候，繁星城內帕爾沙特的日子也不好過，對於他來說，困難實在是太多了，面前的敵人雅星自不必說，又來了一個更加兇狠的大敵雷格，藍羽一出現就顯示出了強大、兇狠的一面，把東部地區敢於反抗的人殺得一個不剩，老人、孩子、婦女等往繁星城地區趕，繁星城自不敢開城收留他們，以防藍鳥軍趁機而入，但老百姓卻必須有所安排，否則這場戰爭就不用打了，失去民心民意的西星就只有滅亡。

另一方面，讓帕爾沙特煩心的事情就是國主之位，如今星晨戰死，西星無主，國主之位空懸，帕爾沙特多次勸說讓太子星宇繼承國主之位置，但太子多次拒絕，強調讓帕爾沙特繼承，帕爾沙特又是感激又是辛酸，同時他也脫不開身，對於帕爾沙特來說，對西星國主之位早已經失去了興趣，目前他一心一意地想對藍鳥軍作戰，對朝中勾心鬥角的事情越遠越好，同時，讓太子繼位也是一種安定國內軍心、民心的高姿態，但太子星宇不爲所動，讓他傷痛了心。

好在不久之後，丞相星魂從映月回到了西星，帶回來了好消息，映月同意出兵西星，共同抵抗藍鳥軍，但條件是讓聖皇月影出任盟主之位，帕爾沙特淡然一笑，這時候，月影還在夢想著盟主之位，妄圖號令三國，可笑之極。藍鳥軍消滅三國聯盟在即，就是讓他當盟主又能怎麼樣，又能當幾天，而對抗藍鳥軍的罪責卻難逃，藍鳥軍絕對不會放任映月的狂妄，對映月宣戰出兵的時間爲期不遠了。

丞相星魂回到了星落城，拜祭了國主星晨，然後也力勸太子星宇繼位，但太子不同意，星魂沒有辦法，只好前往繁星城與帕爾沙特商量。一路上無事，不久來到繁星城內，帕爾沙特率領守軍將領把星魂迎進帥府，落座後客氣一番，這才轉入正題。

「殿下，老臣這次前來，相信殿下已經明白老臣的意思了，但老臣沒有什麼好的辦法，目前，西星危在旦夕，大戰在即，不可一日無主，儘快確立國主是鞏固帝國的根本，所以老臣前來與殿下討個主意。」

「這事沒有什麼可商量的，讓大哥繼位即可，我說過，我不會坐那個位置，那是大哥的！」

星魂丞相又是感激，又是高興，他眼角有些濕潤地說道：「殿下，老臣能親耳聽到殿下此言，也不枉費一路辛苦，一番苦心，西星能有殿下這般深明大義之人，何愁不興旺發達。殿下，老臣明白殿下的苦心，定能辦妥此事！」

帕爾沙特眼看著這位鬢髮斑白的老人激動的樣子，也是心頭一熱，他誠懇地說道：「老丞相，帕爾沙特志不在此，一生傾情於爭霸中原的偉業，但天命難違，夫復何求，只要我能擊敗雪無痕，保西星千萬年之基業就心滿意足了，丞相放心就是，讓大哥安心國事，我在前方安心作戰，西星會沒事的！」

「謝殿下！」

星魂激動得趕緊跪下，帕爾沙特慌忙站起，伸雙手扶起老人，把他扶回座位之上，然後，帕爾沙特緩步來到窗前，眼望著天空中流動的浮雲，緩緩說道：

「白雲輕浮，世事滄桑，國家驚變，朝夕不保，藍鳥縱橫，遍地狼煙，風火西來，民不聊生，聖拉瑪大陸一統在即，帕爾沙特只是盡人力而聽天命，我一定要阻擋雪無痕前進的腳步，爲西星贏得一點時間，生死我早已經不放在心上，更何況國主之虛位！」

「殿下！」星魂顫聲說道。

「星魂，如今聖拉瑪大陸形勢大變，再不比從前，藍鳥王朝如日中天，雪無痕一時氣焰囂張，吞併天下之心昭然若揭，如果不能擊潰雪無痕的藍鳥軍，我們還有什麼活路嗎？現在我們兩軍對峙，你也知道，我軍都是些什麼人組成的部隊，想憑藉他們擊敗雪無痕簡直就是妄想，星魂，我不是嚇唬你，如果不是映月出兵西星，可就真的危險了！」

星魂一聽這才大吃一驚道：「殿下，藍鳥軍真的這麼厲害嗎？連你也擋不住他們嗎？」

帕爾沙特長歎一聲，然後說道：「當初北方四國聯盟進犯中原，幾百萬大軍氣勢如宏，可如今大軍何在？前不久，父王親帥百萬大軍親征，結果如何？我不知道自己與雪無痕相比有何差距，但至少我知道手中的部隊不如藍鳥軍，我們之所以能把藍鳥軍擋住，全憑藉堅固的城池，如今藍鳥軍正在進行著戰略調整，雪無痕過來的時間不遠了！」

「殿下，那我們怎麼辦？」

「穩定後方，鞏固城防，在最短的時間內把軍隊組織起來，利用冬季全力反擊，只有在冬天裏才能擊潰他們，否則一切都晚了！」

「好，殿下，我立即回去動員太子儘快繼位，然後在冬季來臨前做好一切準備，保證殿下發起冬季攻勢！」

帕爾沙特聞聽，也是眼含熱淚，他拍了拍星魂的肩膀說道：

「帝國有了你，我就放心多了，哎，等映月軍隊一到，我們就加緊準備，在冬天裏如能擊潰藍鳥軍，帝國還有一線希望，否則，明年開春時節也許就是滅亡之時，雪無痕啊，雪無痕，你好陰毒的手段！」

星魂一生寄情於政治，對軍事涉獵的比較少，不像帕爾沙特精通，他相信殿下的話，但也不是很明白，於是問道：「殿下，爲什麼說明年開春就是帝國滅亡之時呢？我們的防線不是很穩固嗎？」

「哎，星魂，你少涉獵軍事，不懂得戰略上的重要性。雪無痕經過北川鎮一戰，元氣大傷，需要時間來休整，這是其一；第二，藍鳥軍當初西征也並非要消滅帝國，只要攻陷星落城就能爲中原的大軍施加壓力，動搖軍心而已，但在北川鎮會戰勝利後，形勢就變了，雪無痕改變了當初的戰略思想，迫切需要穩定佔領的地區，爲下一步攻陷西星做準備，爲此，藍羽雷格被調了上來，目的就在此；第三，目前藍鳥軍還沒有對帝國形成包圍之勢，映月、北海還在，牽制了藍鳥軍的手腳，但是，你想過沒有：北海勢弱，雪無痕能放過北海明嗎？如今越劍親帥六十萬步騎北伐，就是要消滅北海，只要北海滅亡，藍鳥軍就可以從兩面對帝國實施打擊，這樣一來，我們就腹背受敵，加上士兵沒有藍鳥軍精銳，如何是好？目前，雪無痕正在調整階段，冬季不是他們開戰的最好時節，我們最多還有一個冬季的時間，只要冬季一過，藍鳥軍必從兩線撲上來！」

「北海不是還在嗎？藍鳥軍能在明年開春前拿下北海嗎？」

帕爾沙特冷笑一聲道：「北海明是什麼東西，他也配對抗雪無痕！一個越劍就足以對付他了，更何況還有一個鑾龍，兩個月時間內，北海必亡！」

星魂這才大吃一驚道：「這怎麼可能？」

「怎麼不可能，北海國本就勢弱，北海明空有其名，凌川城一戰被藍鳥騎士團五萬人殺得二十萬餘大軍慘敗，如何能抵抗住越劍親帥的六十萬大軍，何況北蠻人從背後搗亂，他如何能挺得住，雪無痕早就看他不順眼了，『鎮北侯』是白封給越劍的嗎，如果拿不下北海，越劍也不配擁有這一稱號，自己就會自殺謝罪的，哼！」

「殿下，北海既然危在旦夕，我們……」

「我們怎麼樣，憑藉我們現有的實力，能分兵幫助北海嗎？只要雅星在一天，任誰也不敢動一步，否則必受雷霆攻擊，藍羽雷格西來還有一個目的，就是牽制我們，只要我們一動，藍羽就會立即撲上！」

「雪無痕這麼狠毒？」

「狠毒？當初我們四國聯盟軍攻擊中原難道就不狠毒了嗎？如今中原底定，有仇必報，聖瑪人爲什麼這麼聽雪無痕的，那是因爲他們害怕了，只要不消滅我們一天，他們就不安心，他們害怕我們有一天再捲土重來！」

「殿下說得是，我們就眼看著北海完了嗎？」

「我已經把自己的想法告訴了北海明，一切就看他自己了，如果他能頂住越劍，大家都好過，否則必被雪無痕各個殲滅！」

第十五章　天南大定

西星太子星宇在星魂的勸說下，七天後舉行了繼位大典，帕爾沙特沒有親自出席，但也派出了專人代表他朝賀新主，表面上的文章作得夠足，讓西星君臣又感動了一回，但也沒有人說帕爾沙特不是，如今藍鳥軍大兵壓境，帕爾沙特鞍馬勞累親自鎮守，軍務離不開，但他全力支持太子星宇的態度卻流傳在國民之中，他良好的聲譽、品德，一時間被傳爲美談、佳話。

不久之後，映月帝國三十萬軍隊在元帥巴維爾的率領下進入西星，帕爾沙特親自把巴維爾元帥迎接進入繁星城，設宴款待所有的將領，同時盛讚聖皇月影深明大義，以大陸之和平爲己任，維護西星的安定，是西星永遠的盟友等等，三天後，帕爾沙特把映月軍隊安排到了盤頭城和中星城地區內。

盤頭城在繁星城的南部，距離一百一十餘里，中等城市，人口三十餘萬人。盤頭城也是京城星落城的衛城之一，不過，它在「星盤」中的一個角上，與繁星城一樣的重要，互爲畸角，在當前的形勢下是一前沿戰略要地，而中星城則在繁星城和盤頭城的後方，相距兩城各爲八十四里，同樣是中等城市，三十餘萬人口，不過目前流民就多了許多。

中星城實際上是「星盤」中部城市之一，是組織、部署、支援軍隊的重要地區，也是作戰的一個支撐點，它與兩城組成三角形陣勢，互相掩映攻殺，像中星城這樣的城市，在「星盤」中還有許多個，他們就如同棋盤中隱藏的殺手城市，極其的厲害。

在繁星城的北側，也有一城市榮星城，相距也是百餘里，中等城市，人口二十多萬人，其側後方也有一城市中芒城，其作用與中星城一樣，也是「星盤」中的殺手城，它與繁星城、榮星城組成三角形陣勢，互相掩映、攻殺。

帕爾沙特之所以把映月軍隊部署在盤頭城和中星城地區，是因爲繁星城南部地區比較開闊，距離藍鳥軍的攻擊位置比較近，而榮星城和中芒城地區距離藍鳥軍攻擊位置就比較遠些，相對的，地理位置比較狹小，不利於大兵團作戰，容易防禦，易守難攻，正是由於兩個地區的地形及形勢不同，所以南部地區就顯得比較突出了。

帕爾沙特親自陪同巴維爾元帥視察、佈置了防禦，然後兩個人又談了一些反擊的思路、方法、策略。

如今，整個西星帝國都動員了起來，後備預軍團正在積極組建中，民團無數，大量的軍隊從「星盤」西部地區向東而來，而靠西部沙漠地區的軍隊也陸續向東趕，軍隊總人數增至百餘萬人，而且還在陸續增加，但品質就不說了，反正西星的男人幾乎都參軍了，衛國戰爭如火如荼，熱情高漲。

相對地，藍鳥軍的行動就比較平淡，沒有發起大規模的進攻，主帥雅星也是積極地部署防禦，積聚力量，而藍羽則反覆對這一地區進行清剿，穩定大後方，從堰門關外源源不斷的物資裝備湧入，堆積如山，供軍隊作戰使用。

藍鳥聖王天雷積極部署，把秋季攻勢固定在北伐軍爲重點，同時，從聖靜河以南地區進行移民工作，充實北方的人口，把整個大平原囊括在自己王朝的統治之下，並積極發揮大平原的作用，爲軍隊作戰提供保障。

聖拉瑪大陸的季節已經進入了十月，天漸漸地轉涼，秋天的景色佈滿整個中原地區，農民正在秋收，把一年中勞動的果實拿回家中，爲生活提供保障。

經過三年的改造，東海洲已經步入了正軌，東海洲的穩定是建立在藍鳥軍強大的軍事力量基礎上，也是聖王恩威並施的結果。

十月十二日，聖王天雷接到了「鎮北侯」越劍的傳書，北方面軍已經準備就緒，要對北海發起最後的攻擊了，同時，北蠻族也已經到位，請聖王指示，當時，聖王天雷大喜，揮筆寫下了幾個大字：「統一北方，名垂青史」，然後派人送給了越劍。

次帥維戈站在一旁，眼裏滿是羨慕，聖王天雷看兄弟維戈的樣子，面上微微一笑，然後說道：「眼紅了吧！」

「是，大哥，我的身體好得已經差不多了，總這麼閒著也不是辦法，最好大哥派我到繁星城看看，一方面先瞭解情況，另一方面也幫助一下雅星大哥和雷格兄弟！」

「哈哈，維戈，你想什麼我還不知道？心裏癢嘴裏硬，想打仗又不明說，騙誰呢，門都沒有，你就在這挺著吧，嘿嘿！」

維戈臉上一紅，嘴裏嘟囔道：「大哥！」

「哈哈，哈哈！」

「哎呀，你們兄弟倆什麼事情這麼高興，也給我說說聽聽！」

香妃彝凝香正好過來，聽見倆人的笑聲連忙詢問。

維戈見是嫂子過來了，連忙問好後說道：「大嫂，妳看我身體都已經好了，我想到繁星城看看，大哥不讓還取笑我，嫂子，妳就幫幫忙吧，謝謝嫂子了！」

維戈與聖王天雷關係不一般，在沒有外人的時候，兩個人還真如親兄弟，他叫彝凝香為嫂子，也是聖王天雷讓這麼叫的，顯得親近，得到這樣待遇的人只有兩個人：他和雷格。

聖王天雷如今高高在上，日常生活中難免就沒有了往日的輕鬆感，與普通百姓的生活如天壤之別，他心裏不舒服，但這是一個王朝的尊嚴問題，是一個王朝的體制問題，一點也馬虎不得，他縱然想過上平凡的生活也不可能了，為了彌補這份遺憾，他只有在背後裏與兄弟維戈、雷格尋找溫情，尋找平常人家的生活。

「維戈，這你可是難為嫂子我了，你大哥也是為了你好，如果你身體好了，他還能讓你閒著？王朝統一大業在即，多麼希望你能為他分憂，他不讓你去，也是關心你！」彝凝香可不是省油的燈，維戈的小心眼在她面前是一點用處都沒有。

「是，是，嫂子，妳可真厲害，厲害，維戈服了，嘿嘿！」

「知道厲害了吧，維戈，你那點小心眼，連你嫂子都瞞不過，更別說唬弄我了，嘿嘿，不過嘛……」

「不過什麼，大哥快說嘛！」

聖王天雷和香妃對望一眼，然後哈哈大笑，彝凝香笑得連眼淚都差一點兒掉下來，聖王天雷看見維戈著急的樣子，更是開心，他說道：「不過，你可不能一人去了！」

維戈也是聰明之人，但被兩個人笑得心裏一慌，沒聽出聖王話裏的意思，頹喪地說道：「大哥就是不讓去，也太不夠意思了吧！」

聖王天雷和彝凝香一聽，笑得更加的厲害。

一會兒，香妃彝凝香笑著說道：「維戈兄弟，你大哥的意思是，你不能一個人去，也沒說不讓你去呀！」

維戈一愣，然後大喜道：「對，對，對，還是嫂子聰明，嘿嘿，我不能一個人去，多帶點人就是嗎，嘿嘿，是吧，大哥？」

聖王天雷開心一笑後，心情特別舒暢，他心中一動，然後說道：「這樣吧，維戈，我和你一起過去看看，如何？」

維戈一聽忙道：「這可不行，北方越劍正要開戰，北伐事情正多，需要大哥主持大局，一旦有什麼事情怎麼辦，我自己一個人過去就行了！」

「不，北伐不會有什麼事情，另外，越劍作爲北方面軍的主帥要有自主權力，我總不能在遠處指手畫腳，影響戰機，越劍的實力我信得過，一切交給他好了，我和你出關看看。」

「這個……」維戈不敢作主。

「看看你們倆兄弟，出去一個，又搭上一個，真是一對兄弟一個德行，想打仗想瘋了！」香妃彝凝香翻著白眼，數落著兩人。

「是，是，凝香，妳就多辛苦些，我和維戈出去看看嘛！」

彝凝香沉吟了一下，接著說道：「越劍的事情很重要，真的沒事嗎？」

聖王天雷鄭重點頭道：「北方面軍步騎六十萬人馬，北蠻人十五萬人，兩面夾擊，對付北海，明我相信越劍還是有一定把握，另外，你們也許不真正地瞭解越劍，他看似是冷傲，是攻擊型的將領，實則不然，越劍是攻守兼備的將領，攻擊凌厲，防禦堅實，戰略思想已經成熟，北川鎮會戰的勝利，實則是越劍在中間發揮了關鍵性的作用，他北聯繫雷格，南暗中對我進行支援，把手中僅有的部隊分出一部分支援我，自己憑藉著區區三十萬人頂住了星空的連續進攻，爲最終取得勝利提供了保障，他的實力已經大大提高，平定北海是一點事情也沒有！」

「大哥說得是，越劍大哥的實力相當深厚，『鎮北侯』的頭銜，大哥是經過深思熟慮給他的，北海一仗我們確實不宜過多干預，讓越劍大哥放手施爲，比我們在旁指手劃腳更好。」

「既然你們倆兄弟都這麼說，我還有什麼不放心的，好吧，你們要小心啊！」

「凝香，謝謝妳了！」

「去，去，虛情假意！」

「嘿嘿，對了，維戈，我們明天一早出發！」

「是，大哥！」

聖王天雷傳令楠天準備，留下風揚協助王妃彝凝香，然後自己和維戈前往堰門關外的西星。

聖王天雷和維戈一行十六人，便裝出關，行動緩慢，一路上遊山玩水，觀察風土人情，把戰後的西星東部看在眼裏，漸漸地向前走去。

西星的東部地區丘陵縱橫，山林比較多，秋後的樹木上掛滿了黃葉，微風吹來，樹葉灑滿地上，地裏的莊稼零星地散落各處，明顯地可以看出沒有被動過的痕跡。一座座山村荒蕪，僅有的幾個老人懶散地坐在村口的樹下，目光冷漠，毫無表情，他們被戰爭摧殘了心智，對一切都無所畏懼了，他們見識過太多的血，見到過太多的死亡，經受過無數的恐懼。

藍羽騎兵小隊不時地在各處縱橫巡邏，他們幾十人爲一組，逐村搜索，把沒有被趕走的人向西趕，對待老人，他們只揮揮手中的刀，見他們一點反應也沒有，然後也就算了，對於這些不願意離開的老人，藍鳥軍也是一點辦法也沒有，他們不懼怕死亡，就好像死亡對於他們來說是一種解脫。

騎兵小隊的人見到了聖王天雷一行人，他們立即過來盤問，但是，當聖王天雷和次帥維戈出現在他們面前的時候，他們才真正地吃了一驚，連忙滾鞍下馬，但都被楠天攔住，讓他們繼續工作，但是，騎兵仍然在遠處不肯離去，對於他們來說，保護聖王是他們的天職，無論是什麼人，見到了聖王一行十幾個人都很小心，生怕出現一點事情。

越向西走，周圍的騎兵聚集的越多，把聖王天雷保護在層層的騎兵中央，楠天自然樂得如此，聖王多次派他出去驅趕士兵離開，但效果都不是很好，在楠天心中，正和所有騎兵想法一樣，聖王越安全越好，嚴防出現意外情況。

騎兵們知道了聖王出關，消息立即就送到了次帥雷格的手中，雷格不敢怠慢，立即起身前往迎接聖王天雷，快馬奔馳在起伏不平的路上，不久就與聖王天雷和維戈見了面。

「大哥，你怎麼來了？維戈，你身體好了？」雷格關切地問。

「哈哈，雷格，我們倆閒不住了，只好出關來看看，目前情況如何？」

「很好，軍師已經在繁星城一帶展開了二次試探性攻擊，效果不大，但西星人也不敢出來，這段時間，我把周圍地區清剿了幾次，基本上沒有什麼人了，嘿嘿，敢反抗我們的都讓我給收拾了，把文謹元帥高興壞了。」

「很好！」

「雷格，你好嗎？我身體全好了，你放心吧！」

「好，我很好，維戈哥哥，我們又將在一起並肩戰鬥了，嘿嘿，我可想著你呢！」

三兄弟一路說笑，不久來到了近山城內。如今的近山城人口已經減少了不少，老百姓也老實了許多，雷格的政策是你好我好，大家相安無事，一旦藍鳥軍出現死亡的現象，在該地區的老百姓就要負責任，交出兇手，否則把這一地區的男人殺死，所以守軍傷亡極少出現了，老百姓要走，藍鳥軍也不挽留，請便，你要到繁星城一帶，說一聲就可以。

在近山城休息一日，聖王天雷見後方基本穩定了，深感滿意，並告訴雷格加緊對冬季物資的準備，對城防等要在冬天到來前完成，該修補的修補，該換的換，缺少什麼，就地取材，反正城內的老百姓多得是，閒著也是閒著，幹點事情換取點生活必需品，對大家都有好處。

第二天，聖王天雷和大家一起向丘脈城進發，一路上，藍鳥軍士兵漸漸增多，防禦也比以前嚴密了不少，各處的駐軍散落在城鎮、鄉村裏，從堰門關運送過來的物資隨處可見，騎兵大營帳紮滿路邊。

丘脈城距離繁星城比較近，百十里的距離內是藍鳥軍主力部隊的駐紮區，後勤部隊主將文謹元帥就駐紮在此，接到聖王天雷過來的消息後，把文謹元帥嚇了一跳，想聖王怎麼來了，一點消息也沒有聽說，連忙迎了出來。

聖王天雷見文謹清瘦了許多，剛毅的臉上帶著皺紋，雙眼炯炯有神，精神還不錯，君臣見禮後，聖王天雷問道：「老元帥，辛苦你了，哎，要不是維戈受傷，也不用勞動你啊！」

「謝聖王關心，老臣很好，哈哈，爲了藍鳥王朝統一四海，老臣還能堅持幾年呢！」

「老帥愛國忠君之情我很感佩，但要休息好，有什麼事情讓年輕人多幹些，你出出主意就可以了！」

「是，聖王！」

文謹元帥征戰一生，對軍事問題自然敏感許多，見聖王天雷親自到關外視察，心中有些疑惑，於是就問道：「聖王，目前北方大戰在即，您怎麼離開凌川城了，可是不放心嗎？」

聖王天雷笑道：「老元帥說錯了，正是因爲放心我才過來，你想，北伐軍有越劍次帥在，我還有什麼不放心的，關外地區有你和雷格在，我更是放心，出來的主要原因是想過來散散心，並見見西星號稱『星盤』的繁星城一帶，看看帕爾沙特有什麼高明的手段！」

雷格在一旁撇撇嘴道：「帕爾沙特還能有什麼高招，西星的軍隊大部都被消滅在北平原，目前在『星盤』地區的，都是些民團預備隊，戰鬥力絕非藍鳥軍可比，要不是大哥你顧忌北方問題，我們早就發起攻擊了，還讓帕爾沙特張狂！」

「話可不能這樣說，雷格，我們主要目的一方面是消滅西星，另一方面也是把映月的軍隊牽連在內，省得到時候還費勁，月影這個老小子野心不小，還妄想著盟主什麼的，簡直是做夢嘛，對吧大哥？」維戈接過雷格的話。

聖王天雷接過話道：「映月、西星千百年來野蠻成性，仇視聖瑪族，野心不改，他們有自己的神靈、信仰，一心夢想著稱霸中原，成爲聖拉瑪大陸戰爭的根源，我們這次不僅僅要摧毀他們的帝國，還要徹底地擊潰他們的鬥志，瓦解他們的信念，從思想的深處把他們徹底擊敗，爲大陸的穩定奠定基礎，這是百年大計，一點也馬虎不得。帕爾沙特號稱西星最亮的星，是他們的戰爭之神，我們就以擊敗他爲目標，把敵人的意志徹底摧毀。」

文謹元帥聽見聖王的話，連連點頭，他感慨地說道：「聖王深謀遠慮，志向高遠，立千百年大計爲根本，爲王朝大業著想，文謹深表佩服，西星這一仗不單是擊敗帕爾沙特這麼簡單，而是以摧毀他們的意志爲最終目的，讓他們徹底服從王朝的統治，不敢再生反叛之心，使王朝基業穩如泰山，這才是我們要打的目的。」

維戈也接口說道：「大哥的思想我們萬萬不及，考慮的事情永遠都在我們的前頭。王朝收復西星後要統治他們，不從根本上擊潰他們的意志，就永遠也不能很好地統治他們，要讓他們害怕，讓他們發抖，讓他們服從王朝，然後才示以恩惠，只有這樣，我們才能保證西方的穩定，使王朝再無戰禍，百年太平。」

聖王天雷見三個人明白了自己的意思，感到非常的高興，文謹、維戈、雷格可以說是他最信任的人，是前線的高級將領，指揮作戰的高級指揮員，只要他們明白了作戰的指導方針，他們才能把這種思想貫徹、運用到戰爭中去，才能在戰爭中漸漸地顯露出王朝的意圖，從而徹底地解除西方的隱患，爲王朝的統治奠定基礎。

當下，聖王天雷笑道：「戰爭是殘酷的，死人是必然的，但是不要讓老百姓受到太大的傷害，能避免就避免，雷格，命令藍羽收斂一些，對老百姓不要過多地傷害，畢竟他們以後也是王朝的子民，只要他們不反抗藍鳥軍即可，少造殺孽。」

「是，大哥，雷格明白，我這就告訴他們。」

聖王天雷點頭道：「好，雷格，我看清剿也差不多了，基本上就到這裏，以後文謹元帥你們多辛苦點，小心注意就是。雷格召集兄弟們集結，我要對繁星城做一次攻擊，要達到掌握敵人的實力，爲冬季做準備的目的，整個冬季是漫長的，藍鳥軍不適用冬季作戰，要做好充分的準備，嚴防帕爾沙特利用冬季反擊，同時對冬季慢慢適應，要會在冬天裏打仗，打好仗。」

雷格一聽要對繁星城一線做攻擊，立即精神一振，忙站起回答：「是，聖王！」

「文謹元帥要把越冬物資儘快收集齊全，爲大軍做好冬季物資準備，缺少什麼儘管提，後勤部會全力支援你們，不要讓前線的兄弟們受委屈，王朝有這個實力，再不比從前了，只要兄弟們吃得好，穿得暖，才能打勝仗嘛！」

「是，聖王，文謹會準備妥當的！」

「好了，大家早點休息，明天一早起程，雷格，你也和我們一起過去吧，把其餘的事情交給亞文處理。」

雷格大喜道：「是，嗨嗨！」

聖王天雷起身，眾人散去休息。丘脈城的夜繁星點點，格外美麗，在大戰的間隙裏，有這樣一個寧靜的夜晚也是十分不容易，聖王天雷在八名親衛的貼身保護下進入了夢鄉。

藍羽外鬆內緊，嚴密保護著一座巨大的宅院，藍羽衛幾乎沒有幾個人敢合眼，在異國他鄉裏，藍鳥王的安危使他們提高了警戒力，凡是敢靠近的人立即逮捕，外族立即斬殺。

第二天天亮後，聖王天雷一身便裝，和維戈、雷格等人動身前往繁星城，路上，藍羽騎兵軍團開始收攏，步兵軍團開始接手巡查的任務，騎兵越集結越多，分別向繁星城趕路。

丘脈城距離繁星城百十里，漸漸地脫離了山區，路越走越平坦，接近繁星城地界的時候，幾乎一下子就變成了一小塊平原了，聖王天雷一行人邊走邊看，後部楠天等近衛牽著戰馬跟隨著，花了兩天時間，繁星城近了。

軍師雅星也接到了聖王天雷和維戈過來的報告，心下一琢磨聖王天雷是要有一次行動，爲冬季作準備，他知道聖王天雷的全盤計畫，當前最主要的任務是北伐作戰，西征軍只對西星實行牽制，養精蓄銳，等待明年開春後才兩線進攻，如今的時機還不成熟，藍鳥軍經過北平原大戰實力需要恢復，況且自己後方不穩，進攻的條件還不具備。

但是，帕爾沙特一定會利用冬季的時間對藍鳥軍展開反攻，如今映月西星聯手，西星的實力大大增加，雖然時間比較短，但經過兩個多月的準備後，帕爾沙特一定會就緒，在冬季裏展開攻勢，使藍鳥軍盡可能地退守，爲整個西星防禦奠定基礎。

雅星的軍事戰略思想比較成熟，對大局看得比較透澈，對聖王天雷的安排能夠心領神會，如今在西征的前線有雅星這樣一個良帥，也確實是藍鳥軍之福，爲聖王減輕了不少的負擔。軍師雅星表面上是積極作出攻擊的姿態，暗地裏積極展開防禦，就連帕爾沙特也有些疑惑不解，雅星既不全力進攻，也不退守，攻守兩無力，但卻攻守兼備。

帕爾沙特也不敢出來，他駐守在繁星城內，聚集力量，目前西星的軍事力量還不能與藍鳥軍作正面對抗，況且，藍羽西來就更使他不敢輕舉妄動，騎兵的快速機動使他心有餘悸，藍羽多次遠征偷襲，使帕爾沙特一點也不敢馬虎，生怕中了雅星的詭計，雅星越是裏足不前，帕爾沙特越是不敢出來。

第十六章　西星狂想

映月巴維爾元帥率軍到來，使帕爾沙特的心神大定，知道就是藍鳥軍現在展開進攻也不能攻克「星盤」地區的正面防線，在三角形防禦圈內，守軍可以三面夾擊，進可攻，退可守，藍鳥軍只能損失人馬，撼動不了整個防線。

西星軍實力漸漸增強，帕爾沙特也就開始想出城會會雅星了，他不要求能完全擊潰雅星，只需要一次勝利來鼓舞士氣就行，增強整個帝國人民的信心，提高將士們的士氣，爲映月帝國加油，使大家看到一絲勝利的曙光，不要整天垂頭喪氣，帕爾沙特想得正好，但藍鳥軍藍羽這兩天漸漸集結西進的勢態，又迫使帕爾沙特採取了穩重的態度，沒有採取行動，靜觀其變，先看藍鳥軍到底要幹什麼，同時也加強了戒備。

軍師雅星率部分將領迎接聖王天雷等人，到大帳篷中落座，聖王天雷笑道：

「各位，都坐吧，本王此來並沒有什麼特別的目的，只是在凌川城感到寂寞，想同大家在一起，親近親近，另外看看西星的風土人情，將士們的士氣等，哈哈，都坐吧！」

眾將聽聖王此言，轟然應諾，心情釋懷，紛紛落坐。

軍師雅星首先笑道：「聖王一路辛勞，關心將士們的情意大家深受感動，並備受鼓舞。西征一仗我們沒有打好，大軍在繁星城前遲遲不前，瞻前顧後，束手束腳，星落城近在咫尺卻如同天涯，帕爾沙特囂張至極，我僅代表西征將士們特向聖王請罪！」

「哈哈，軍師客氣了，也說得遠了。當初大軍西征，我並沒有明確要求攻陷星落城的目標，只要求西征能牽制聯盟軍的力量，為他們施加壓力即可，整個西征的戰略目標你們已經基本完成，況且，東部地區我們已經全部佔領，只要加以鞏固就能成為根據地，進可攻，退可守，如今需要考慮的只是時間問題。」

「謝聖王！」

「既然各位都在，就先休息兩天，大家高興高興，三天後我們準備攻擊，但以試探為主，要達到觀察敵人的兵力、防禦狀態、星盤內的地形等等為目的，繁星城方面做詐攻，以攻城營為主，南部地區以騎兵和步兵軍團深入為主，能戰則戰，不能戰立即後撤，不可陷入其中！」

「是，聖王！」

「北部地方先按兵不動，以後再說，幾位主帥就不必參加了，全部作為觀察人員，攻擊部隊以軍團為單位，稍後再安排，大家認為如何？」

「聽從聖王吩咐！」

「好了，雅星軍師有什麼招待我們的好東西都拿出來，大家一起高興高興，都留下，都留下好了。」

聖王天雷久居軍旅，自然知道軍隊的困難，他如此說話，也就是使大家放鬆放鬆，不要因爲自己的到來使大家精神緊張，在大戰將至的時刻，這可不是好事情。

軍師雅星明白聖王天雷的意思，也就讓大家全部留下。聖王天雷和維戈、雷格等人梳洗完畢，在大帳篷中和滿營將領歡聚一堂，舉酒高歌，好不熱鬧。

藍鳥軍大營的氣氛驟然緊張，中央主帥軍營戒備森嚴，明眼人一眼就能看穿。帕爾沙特站在城牆之上向東瞭望，心中多了份不安，他知道藍鳥軍中一定是來了大人物，同時也必然帶來了一份命令，大戰看來不可避免，爲期不遠了。

帕爾沙特一方面派出更多的斥候探聽消息，另一方面派人通知巴維爾加強戒備，並積極調動軍隊，準備進行作戰，整個西星軍隊積極行動了起來。帕爾沙特僅僅憑藉觀察敵人的大營動靜，就能判斷出藍鳥軍有所行動，顯示出他非凡的能力和敏銳的洞察力。

十月十四日，遠在繁星城大營的聖王接到了凌川城香妃轉來的秘密傳書，告訴聖王，北方面軍定於十六日展開行動，問聖王還有什麼指示，聖王天雷回答了僅僅四個字：便宜行事。

十月十六日，藍鳥軍展開了對繁星城一帶的進攻。

在繁星城方向，由軍師雅星負責指揮，藍鳥軍出動了四個攻城大隊，三百二十輛攻城車，八百架雲梯，步兵五、八、九、十軍團，全部是藍翎的精銳主力步兵軍團；在盤頭城方向，由大將軍威爾負責指揮，藍鳥軍出動了兩個攻城大隊，一百六十輛攻城車，獨立步兵第二、四軍團協助攻擊；在兩城中間地區，藍羽出動二個騎兵軍團，五萬餘人，由第二十騎兵軍團長里騰統一指揮，獨立步兵第一軍團重步兵營、獨立第三軍團協助攻擊，整個戰線長一百餘里，分三個點展開攻擊。

秋天的太陽比較溫柔，出來的比較遲，當一輪紅日掛在東側山峰上的時候，藍鳥軍的長號拉開了進攻的序幕。

長號聲響，擂石轟鳴，風雲變色，天地同悲。

藍鳥軍攻擊的前奏非常壯觀，投石車同時發出的轟鳴，使繁星城第一次遭受巨大的打擊，無數守軍在第一輪投石打擊中失去了生命。

藍鳥軍攻城營四個大隊三百二十輛攻城車分成四個方陣，每個方陣八十輛，一個整編大隊，在四個方陣中又分成四個小方陣，每一個方陣二十輛，二前兩後，交叉攻擊，絕對不浪費時間，漫天的石塊遮天蔽日，把城頭轟擊得血肉橫飛，慘叫聲不斷。

帕爾沙特站在靠近城樓的高處，十幾個親衛士手提盾牌組成一道堅固的防線，阻擋著天空中灑下的石雨，把一個個巨石推向遠處，不影響主帥的情緒，在帕爾沙特的身邊，還有十餘個近衛在戒備，保護著他的安全。

帕爾沙特的心神早已經放在遠處藍鳥軍陣形上，在每一個投石車大隊的後方，五千名中弩手弓上弦地保護著，而在稍遠處百米，四個步兵軍團方陣殺氣騰騰地等待著攻擊的命令，藍翎的軍旗高高飄揚，而主帥的旗幟下，軍師雅星一身儒服，瀟灑地觀看著攻城大隊取得的成果，在他的身邊，一名更年輕、瀟灑的男子面帶微笑，從容不迫地觀看著兩軍廝殺，那種高傲的氣質立即吸引了帕爾沙特的注意力，在他和雅星的身後，兩員大將傲然挺立，身上散發出的威勢可以看出久經殺場的氣勢，這四個人明顯地可以看出是主帥。

但令帕爾沙特心中疑惑的是，什麼人能與軍師雅星並肩而立，又是什麼樣的大將能散發出如此強悍的氣勢，他靜靜地仔細觀看，越看越心驚，維戈的身影漸漸地被他認了出來，而與維戈並肩而立的人，無疑就是藍羽主帥雷格，而在藍鳥軍中能夠凌駕於維戈和雷格之上的人，用手指一算就能算出結論，聖王天雷、軍師雅星，再無旁人，顯然，在兩人身前與雅星並肩而立的人，是聖王雪無痕。

帕爾沙特已經有十餘年沒有見過聖王雪無痕，對他比較陌生了，認真地算起來，兩人也就是見過幾次面，當初三大帝國軍事學院比武大會上，兩個人見過幾次，另外就是在聖靜河邊，聖王為了凱旋的事情與他隔河相望，並以「天下」相約，征戰天下。

十餘年來，帕爾沙特無時無刻不在惦記著聖王雪無痕，衷心地希望有朝一日能擊敗他而名震天下，雄霸四海八荒，雪無痕被認為是他一生唯一的對手，如今雪無痕能親臨繁星城一線，看來藍鳥王朝對西征非常的重視，藍鳥軍大行動開始了。

帕爾沙特的臉色越來越嚴肅，越來越難看，要是在幾年前，聖王雪無痕當面，他會興奮無比，躍躍欲試，當初在平原城會戰、酈陽城會戰時，兩個人雖然都在現場，但他們仍然沒有見過面，但帕爾沙特生出的是一種興奮之情，不像如今這般凝重，藍鳥軍今非昔比，聖王天雷再也不是當初的大將軍了，而是統帥幾百萬軍隊的王，整個聖拉瑪大陸上人人懼怕的藍鳥王。

既然認出了聖王雪無痕，帕爾沙特就必須慎重考慮聖王親臨繁星城的目的，自從藍羽雷格出關以來所採取的手段，就使帕爾沙特有一種不好的預感，藍鳥軍是在有計劃地清剿後方，為全力攻擊做準備，如今聖王親自前來雖然大出他的意料之外，但也在情理之中，藍鳥軍要想在冬季來臨前有所作為，就必須發動一次大的行動，為冬季固守做準備。

帕爾沙特如電般的思考，最終使他堅信必須頂住藍鳥軍的這輪進攻，為能擊退聖王雪無痕而鼓舞士氣，他的精神頓時一振，長笑一聲，笑聲衝破天際，久久不散。

良久，帕爾沙特喝道：「對面旗下可是聖王雪無痕嗎？」

聖王天雷本是秘密前來西星前線，並不準備讓更多的人知道，在藍鳥軍中，也就是藍羽的少數人和中軍將領知道他的到來，如今在前線剛一露面就被帕爾沙特認出，大大掃興，但既然被認出，也不好不承認，當下，聖王天雷也是一聲長笑道：

「不錯，正是本王，帕爾沙特，你一向可好？」

帕爾沙特咬咬牙回答道：「受聖王所賜，帕爾沙特一切安好，雪無痕，多謝了！」

聖王天雷明白帕爾沙特這個「謝」字裏包含著許多意思，一方面是多謝賜還父親星晨的遺體，另一方面是多謝這些年來兩個人的對手戰，三來是給他報仇雪恨的機會，但聖王天雷如今實力大增，怎麼會把帕爾沙特的話放在心上，更談不上怕字，當下他笑道：

「不必，帕爾沙特，我們是老對手了，如今無痕再也沒有把你放在心上的意思，不過嘛，我送你的那半幅畫倒是時常惦記，多謝收藏，不知什麼時間賜還給我，如今再讓你保存，恐怕不太好吧！」

軍師雅星在旁聽兩個人說話，當聽到聖王天雷說起字畫時語氣之幽默啞然失笑，也明白聖王天雷在諷刺帕爾沙特，但他不好接話，當初聖王天雷把半幅字畫送給帕爾沙特，就是爲了要回父親凱旋的屍體，如今在這個場合重提此事，他還真不適合接口。

帕爾沙特被問得滿面通紅，他咬牙切齒地說道：

「雪無痕，當初是你心甘情願地送給我的字畫，不是被我踩在腳下嗎？如今舊事從提，好，是我們相約誰最終擁有此畫，誰就是最後的勝利者，但如今帕爾沙特就站在你面前，你還沒有打倒我，最後的勝利是屬於誰的還不一定呢，現在討要還爲時過早，你儘管放馬過來，看帕爾沙特是否輸給你！」

然後，帕爾沙特大聲向守軍將士說道：「兄弟們，城下的就是雪無痕，藍鳥王雪無痕，大家看他也沒有什麼三頭六臂，大家齊心協力打敗他，西星的天下是我們西星人的，讓藍鳥軍滾回關外，以後我會帶領大家殺進中原的，殺！」

「殺，殺，殺！」喊聲四起。

聖王天雷見帕爾沙特如此狂妄，長笑一聲，聲浪壓過吼聲，回蕩在天際，在長笑聲中，他說道：

「帕爾沙特，西星乃彈丸之地，豈是藍鳥王朝的對手，如今藍鳥軍大兵壓境，西星乃苟延殘喘，幾座孤城豈能擋住藍鳥軍的天威，即使你有如此念頭，也不過是多傷士兵的生命罷了，我們就來比比看是你的身軀堅硬還是藍鳥軍的石頭硬，兄弟們，給我狠狠地轟擊！」

「是，聖王萬歲，藍鳥軍無敵！」藍鳥軍的將士們一聲狂吼，投石車展開了瘋狂的轟擊。

不久，從繁星城內飛出了石塊，守軍的投石車開始反擊，但是，由於藍鳥軍的投石車陣地距離比較遠，城內飛出的石塊並沒有轟擊到投石車的陣地上，只在陣地前的空地上灑落，士兵們一聲轟笑，然後，藍鳥軍的部分投石車開始調整方位，向城內投石發出的方向反擊，雙方巨石亂飛，佈滿天空。

半天的時間內，藍鳥軍攻城部隊沒有前進一步，但造成守軍重大傷亡，聖王天雷和軍師雅星、次帥維戈、雷格一邊興高采烈地觀看，一邊與帕爾沙特在城前對峙。

次帥雷格見帕爾沙特在城牆上氣得亂轉，就是沒有辦法，感到非常的好笑，他黑黑的臉上露出一絲笑容，樂嘿嘿地對城上帕爾沙特喊道：

「我說帕爾沙特，你亂轉什麼，我們還沒有進攻呢，不如這樣吧，你下來讓我一刀殺死，省得你心裏難受！」

維戈在旁忙接過話道：「雷格，帕爾沙特是在想辦法呢，你可不能打攪人家思考，這樣吧，帕爾沙特，你慢慢思考，我們轟擊我們的，誰也不管誰，如何？」

帕爾沙特被兩個人的話氣得說不出話來，好半天才擠出一句道：「雷格、維戈，別欺人太甚，可敢與帕爾沙特一戰否？」

「帕爾沙特，有種的你就出來，看雷格取你的項上人頭，想在雷格面前充好漢，門都沒有，來來來，你出來？」雷格一手扶刀，一手點指。

帕爾沙特氣得要下來出城，被身邊將領死死按住，苦苦勸說，他這才做罷，但他滿胸膛的氣，心如刀割一般。

軍師雅星見維戈和雷格兩人陣前氣帕爾沙特，知道帕爾沙特不會出來，當下笑道：「雷格，算了，帕爾沙特如今願意當縮頭烏龜，我們也是一點辦法也沒有，不如攻擊一陣，再打擊些人好了，何必生這麼大的氣，不值得！」說罷，他看了聖王天雷一眼。

「好吧，看看帕爾沙特的守軍如何！」

軍師雅星低喝一聲：「擊鼓！」

轟隆隆的鼓聲漸漸地響起，鼓點一個緊似一個，步兵第九軍團、第十軍團開始從兩翼向前移動，雲梯手拿起了攻城梯，漸漸地靠近護城河，把雲梯架在上面，步兵立即開始渡河。

這時候，城上一陣腳步聲響，守軍預備隊開始登城，沒有受傷的士兵開始放箭，阻擋步兵向前靠近，箭雨越來越密集，攻城步兵開始出現傷亡。

「給我狠狠地射，射殺多者有賞！」

帕爾沙特大聲叫喊著，身邊的近衛也抽出了戰刀，準備廝殺。

忽然，藍鳥軍中一陣長號聲響，步兵原地開始待命，攻城投石車又開始了新一輪的轟擊，石雨如飛，砸在城牆之上，血肉飛濺，人被巨石砸成肉餅，但守軍誓死也不退後，仍然把弓箭向前方的攻擊步兵中射擊。

在步兵的面前，巨大的盾牌豎立了起來，阻擋著箭雨，不久，鼓聲又起，步兵開始渡河，城上巨大的滾木被幾名士兵推下，藍鳥軍許多人被砸在城牆之下，投石車如瘋狂了一般，拼命轟擊，把城上的敵人砸倒了一片，但從城牆的入口處又湧上了一批人，不斷地補充城上的守軍。

雲梯被豎立了起來，士兵開始向上爬，但守軍士兵拼命地放箭、推滾木、扔擂石，攻城部隊傷亡漸漸增加，交戰有半個時辰，守軍換了一批又一批，但攻城部隊也損失了上萬人。

帕爾沙特紅著雙眼，靜靜地觀看著兩軍士兵的攻殺，他沒有心管別的事情，自身的防禦自有近衛去做，他把一顆心都放在了指揮上，他知道藍鳥軍不是在試探，而是在真正地攻城，以死亡爲代價的攻擊沒有什麼虛假之說，只有擊敗了敵人，自己才是勝利者。

聖王天雷看了一眼攻城的部隊，然後轉身對雷格說道：「雷格，我們到騎兵部隊看看吧。」然後，他對軍師雅星和維戈說道：「你們留在此處，我和雷格過去！」

「是，聖王！」雅星趕緊回答，維戈眼裏流露出羡慕的神色。

聖王天雷和次帥雷格轉身出來，來到了南方不遠處，一萬五千名藍羽衛立馬在此，等待著聖王和主帥，倆人立即飛身上馬，向騎兵部隊攻擊的方向而去。

藍鳥軍旗下的動靜被帕爾沙特看在眼裏，知道聖王天雷離開了，他早就得知藍鳥軍分兵三路出擊的消息，嚴令各城密切監視，不可輕易出擊，先看看藍鳥軍的動作再說，如今聖王親自前來第一線，他就更加地小心了，傳書通知巴維爾小心，不可輕舉妄動，要觀察藍鳥軍的動靜。

第二十軍主將里騰率領騎兵向兩城之間攻擊前進，步兵緊隨其後，整個步騎軍隊達十五萬人，且全部是藍鳥軍最精銳部隊，一路上雖然被機關陷阱傷了百十人，但沒有遇到敵軍的抵抗，順利向前推進了三十里，停住了腳步，里騰大將軍立即命令部隊原地駐守，加強戒備，派出斥候向左右及前方探聽消息，等待進一步命令。

騎兵軍團整個行動計畫是經過詳細計畫的，絕對不可深入過深，因爲在「星盤」內，敵人可以分三路出兵夾擊，況且地形等情況並不十分瞭解，軍隊一旦輕進，極有可能付出極大代價，但試探也是必須的，藍鳥軍必須瞭解繁星城、盤頭城、中星城地區內到底有什麼秘密，爲以後攻擊創造條件。

三城環抱地區內是一點動靜也沒有，人影也不見一個，這就更加增添了神秘的色彩，里騰作戰經驗豐富，不敢輕舉妄動，命令士兵戒備，心中充滿了疑惑。

中午剛過，藍鳥軍騎兵從後方滾滾而來，里騰知道是主帥雷格到了，但近前一看，卻是聖王和主帥雷格帥軍親來，心吃一驚，這個地方神秘莫測，危機四伏，聖王一旦有一絲損傷也是大事情，他心中忐忑不安，連忙對雷格施眼色，雷格嘿嘿笑了兩聲，沒有說什麼。

聖王天雷向四周打量，見四野杳無人煙，百姓全無，心中無數疑惑一個連著一個，這一地區四周圍稍高，中間比較低，從四下裏向中間看比較清楚，是典型的陷阱地帶，適合三面合圍攻擊，是兵家的險地，他深吸了口氣後，對雷格說道：

「雷格，記住以後最好不要深入到此，這是典型的死地，寧可花費時間從周邊攻擊也不可輕易深入，以後要先拿下繁星城和盤頭城後，才攻擊前方的中星城，不可輕進，以免多受傷亡。」

「是，大哥！」

「這次是帕爾沙特沒有料到我們會試探這一地區，也沒有預料到我會來此，所以準備並不充分，以後就不會有這樣的運氣了，里騰，命令步兵立即後撤，騎兵部隊在後掩護，記住我的話『剝皮攻擊，層層深入』，寧可費時費力也不輕進到此！」

「是，聖王！」

十萬步兵首先撤退，隨後，六萬五千餘騎兵才在聖王天雷和次帥雷格的率領下撤出「星盤」內部地區。

回到藍鳥軍大營，天已經發黑，繁星城與盤頭城的攻勢也已經告一段落，全部無功而返，雅星和威爾並沒有什麼氣餒，全部回到了雅星的中軍大營，藍鳥軍經過這次試探，基本上瞭解了「星盤」地區的敵人防禦及地形，爲全面展開攻擊做了必要的準備。

第十七章　雄兵傲雪

一個多月後，藍鳥軍北方面軍已經調整到最佳的狀態，越劍終於有了動手的意思，這幾日，軍騎快馬穿梭不斷，從凌川城、北冥府城方向而來的探馬從沒有停止過，把一個又一個的消息報告給越劍，而越劍穩如泰山，詳細地分析一個又一個消息。

時間已經進入了十月初，秋天的涼爽已經讓人感到了微微的寒意，北平原的秋天格外的美麗，秋黃的樹葉隨著微風飄落在地上，秋風捲起灰塵、枯葉，漫天飛舞，別具風味。

十月十四日，越劍接到聖王手書准許攻擊，十六日，北伐軍開始對北海邊界重城北鎮府發起了全面的攻擊。

北鎮府城是北海帝國與中原交界的一個重要城市，它東靠近北部地方的雪嶺，西臨聖拉瑪雪山餘脈，兩側的山都不是很高，但地形複雜，城南方有兩座百十米的山，左面一座山叫左鎮峰，右側的一座山峰叫右鎮峰，兩峰相對掩映，中間僅有里許寬，有一條大路向南，是北海控制通往中原的出口要道。

三面環繞山峰的特殊地形使北鎮府城的戰略位置極其重要，北海國勢弱，中原早就對其垂涎三尺，千百年來就因爲有了北鎮府城，所以中原對北海始終無可奈何，使弱小的北海國殘喘至今。

北海明繼承國主之位後，不惜花費重金和人力修補北鎮峰防線，在兩山的中間地區加固防禦陣地，並向前延伸修建陷阱埋伏，挖下了大量的陷馬坑，有單兵阻擊手的阻擊坑，後部在兩條防線的基礎上又修築了第三條，左右兩山上囤積重兵，在靠近山口地區修建大量箭樓、哨樓，強弓箭雨能覆蓋整個防線的前方地區，易守難攻。

北海帝國六十萬兵力駐守在此，其中還有少量的聯盟軍映月、西星的士兵，他們是從海寧城潰退下來的殘兵敗將，但對於北海來說，他們這些有豐富戰鬥經驗的老兵成爲防禦的絕對主力，是整個大軍的支架。

藍鳥軍要想攻克北鎮府防線非常的困難，不犧牲大量的士兵，是絕對不能夠成功，北方面軍主帥越劍也是頭痛多時，他遲遲沒有動手的原因也是在此，要直接攻擊兩峰之間的防禦陣地極其困難，但從兩側山峰下手也不容易，山上的棍木擂石成爲藍鳥軍進攻的天敵，傷亡必重，擺在越劍面前的困難也真不少。

但越劍有一個殺手鐧，就是北蠻族的蠻龍軍隊。在右鎮峰的外側，是靠近北極地區的雪嶺，雪嶺之外就是北蠻族人的盤居地，北蠻族歸順聖王天雷後，蠻龍率領十五萬族人回歸北極地區，聖王交代了任務，要他們從雪嶺側背偷襲北海。

蠻龍是一口答應，回到北極地區後，蠻龍召集族人，宣布了傳唱中聖主神出現的消息，並把聖主神的恩賜向族人宣佈，從現在起，北冥府城以北地區就是北蠻族人的了，這對於北蠻人來說無疑是天大的好消息，族人們興高采烈，歡慶了三天，殺牛宰羊，狂歌吼叫，向南朝拜，在傳唱的感召和聖王的恩賜下，一心歸順了藍鳥王朝。

經過一個多月的遷移，族人們已經全部離開了雪域，軍隊準備工作已經就緒，十月十四日，北蠻人開始從極地雪域出發，十五日夜，北蠻族人在族長蠻龍的率領下，攻佔了靠近雪嶺地區的邊陲小鎮白雪鎮，整軍休息。

白雪鎮是北海帝國靠近北部地方的一座小鎮，南距離北鎮府城四百餘里，向西距離北海的都城海月城六百餘里，北部靠近大海，北海帝國對於白雪鎮防禦一向比較鬆懈。

十月十六日，蠻龍命令三王蠻豹率領北蠻族六萬人向西奔襲海月城，自己親率九萬人奔襲嶺雲城，並向南攻擊右鎮峰的側背後。

天亮的時候，嶺雲城守軍突然發現在城市的北方湧來無數北蠻族勇士，他們手提沉重的兵器，如飛般奔跑而來，三萬人的軍團迅速佔領了嶺雲城的東、北門外地區，並迅速向南挺進，隨後，另外兩個軍團迅速趕來，把嶺雲城包圍得水泄不通。北海亮得到消息後，立即起身趕到城牆之上，向下瞭望，倒吸了口冷氣。

北蠻人比以往更加有組織有紀律了，身上也多了皮甲，手中的兵器全部是嶄新的重兵刃，在北蠻族人的中間，隱隱約約地可以看見藍鳥軍將領的身影，而每一個軍團的旗幟無不是藍鳥飛翔戰旗。

不久，蠻龍高大的身影出現在城下，在他的身邊，環繞著十幾個藍鳥王朝參謀。蠻龍並不對嶺雲城多加注意，而只是冷淡地看了幾眼，然後發出了命令，立即就有兩個軍團迅速脫離這一地區，快速向南奔去。

剩下的一個北蠻軍團三萬人則全部集結在城南地區，列開陣形，冷冷地對著城中的守軍，在他們的手上，弩弓大張，箭羽閃爍著寒光，地上，幾隻孤零零的雪狼爬在地上，雪白的牙齒不時地向外伸延，猙獰的面目令人發顫。

很明顯，這是一個阻擊軍團。

北海亮儘管膽小如鼠，但也知道事關重大，況且北蠻軍隊只有三萬人，膽氣漸漸地壯了起來，他連忙發出了命令，集結十五萬人出城，力求全殲北蠻軍隊。

鼓聲漸漸地響起來，從嶺雲城的東、南、西門湧出無數的士兵，每一個城門五萬人，他們吆喝著口號，壯著膽子向北蠻人撲來。

二王蠻虎是留守軍團的主將，見敵人分三個方向撲上來，蠻虎並不害怕，立即分出一萬人向南門殺去，弓箭先發，互相對射，然後兩方軍隊立即就撞在了一起，北蠻人沉重的巨斧、狼牙棒以橫掃千軍之勢把北海軍隊掃倒在地，屍體被捲起老高，血肉飛濺，北蠻人強悍、勇猛的勁頭展露無遺。

由於南門地區狹小，部隊展開比較慢，加上北海士兵多為民團新組建的新兵，那見過如此血腥的場面，立即就被北蠻人殺得狼狽不堪；在東、西兩翼，蠻虎同樣派出了一支萬人隊，其中間夾雜著狼騎兵，北蠻兇狠的拼殺使本就不強的北海軍隊立即失去了銳氣，十五萬軍隊被北蠻族三萬人殺回城內。

蠻虎也不追擊，立即清點人數，這一陣死傷僅僅幾百人，兩千餘人受傷，但北蠻人強橫，對一些小傷並不在意，繼續等待著北海軍出來。

北海亮本以為以多欺少，能夠占得便宜，但不想一陣被殺回，損失萬餘人，更重要的是，士兵心膽皆顫，一個個腿腳發軟，不敢再戰，以藍鳥軍的強大對抗北蠻軍隊都感到困難，更何況北海這些沒有見過血腥的新兵，北海亮再三鼓勵，毫無辦法，最後只有固守。

北蠻以三萬之眾困守住嶺雲城二十萬軍隊，使其不敢輕舉妄動，蠻虎索性讓部隊在南門外紮營，派人監視北海軍隊的動靜，一旦有發現立即起身迎戰，北蠻人的傳統這時候再次暴露了出來。

蠻龍率領二個軍團六萬人南進，一路上遇見敵人一陣狠殺，驅散後並不停留，繼續向南推進，一日奔出百餘里，三日後到達了北鎮府城的東部地區。

三日前，藍鳥軍北方面軍在次帥越劍的率領下，對北海帝國左右鎮峰防線發起了試探性攻擊，對中間地區僅以少量的武藝好手撲進，與北海軍隊展開了小規模的對殺。

越劍進攻投入的規模都不大，左右兩座山峰各派出一個軍團，三萬人，以遠距離攻擊爲主，利用藍鳥軍中攻城裝備的優勢做遠距離攻擊，但是，由於地形上的限制，從山下方向向上攻擊畢竟是有一定的困難，儘管藍鳥軍青年兵團的手推投石車小巧靈便，但也不適合在山地作戰，頭一天攻擊沒有取得什麼實質性的進展，傷亡數百人，向山上推進了三十米遠，挖下無數的避難坑，與山上的敵人在百十米距離內對抗。

在中間地區，越劍利用軍中武藝高強好手五百人組成特種攻擊大隊，他們身背特殊的武器裝備，利用身法快的特點分散前進，每前進一段距離後，就利用破壞的陷阱作爲掩體，與敵人阻擊手展開弓箭較量，定點清除，漸漸推進，對兩側山峰上的打擊也沒有採取還擊，而是儘量避免，第一天前進了百十米距離，夜裏，這些好手充分發揮自己的特長，對這一地區的機關陷阱進行破壞，並向前攻殺，在天亮的時候又前進了百十米，越劍立即派人替換，輪班休息。

對於藍鳥軍越劍這種攻擊方式，北海明也是束手無策，藍鳥軍雖然前進了一段距離，但是對於防線的實質上並沒有造成多大的傷害，畢竟戰爭要依靠的是人，幾百人攻防在如此大規模作戰中，根本就起不了多大的作用，但北海明也是採取了一定的措施，畢竟北海帝國軍中好手也不少，抽調個千八百人也不算什麼，所以在第二天的攻擊中，傷亡就比第一天嚴重得多，越劍部被迫也撤回了五六十米距離，但北海明傷亡的數目比越劍大些，但也傷不到兩軍的皮毛。

第三天白天，越劍加緊了對兩翼山峰的攻擊力度，但人員沒有改變，繼續以一個軍團爲單位，保持持續攻擊，日夜不斷，在當日晚間，越劍突然集中了兩個軍團的兵力，在南越劍館的好手配合下，對右鎮峰發起了瘋狂的攻擊。

十八日的夜空與往常沒有什麼不同，天際繁星點點，星光燦爛，月華如水，灑下一片銀白。

在朦朧的月光下，三百多名好手前撲的身影如鬼魅一般，迅捷快速，前鋒的人影手中張開弓箭，跟進的人手提利刃，迅速向上撲去。在他們的身後，六萬名官兵悄悄地向上爬，生怕發出一點聲響。

右鎮峰夜色異常的美麗，官兵們經過了三日的奮戰，多已熟睡，巡邏的士兵緊張地注視著山下，在朦朧的月光中，突然閃現出許多虛幻的身影，士兵們擦亮眼睛，仔細觀看，就見在山峰間一個個身影如蛙般撲越，急速地向上運動，身形的詭異令人心顫。

不知道是誰輕叫了一聲：「不會是藍鳥軍的好手吧！」

眾人頓時緊張起來，不錯，藍鳥軍號稱天空中自由飛翔的藍鳥，如大鳥般飛躍的人自然會有不少，如果是敵人的偷襲部隊，那麼他們的身手就是頂尖的人。

這一陣耽誤，詭異的幻影已經撲進了許多，在銀色的月光下一道道寒光閃爍而出，弓弦聲響中許多人已被射倒在地上。

「敵襲！」受傷的人本能地喊叫出來。

右鎮峰上頓時大亂，偷襲的人手立即撲了上去，展開了搏殺，山腰處，藍鳥軍士兵快速向前撲上。

守軍燈火四起，人影亂動，士兵們從熟睡中驚醒，衣服都顧不上穿，立即拿起兵器向外跑去，喊殺聲四起，在銀月下刀光閃爍，血水橫流，山峰上到處都是廝殺的場面。

不久，北海明就接到了右鎮峰被敵人突然襲擊的消息，他立即起身，焦急地等待著進一步的消息。

這兩天，北海明沒有怎麼休息，已經是焦頭爛額了，越劍從左中右三路展開攻擊，規模雖然不大，但日夜不停，左右守山的十萬官兵已經有些疲憊，北海明已經意識到了越劍的企圖，但新兵畢竟經驗不足，他多次警告也沒有什麼效果，一有風吹草動，士兵就驚恐不安，休息自然就不好。

從嶺雲城方面已經飛鴿傳來了消息，北蠻人已經越過了雪嶺，出現在後方，北海亮膽小怕事，與三萬北蠻軍隊交戰被擊退，固守嶺雲城，二十萬軍隊動彈不得，使整個大軍腹背受敵，另外，有兩個軍團的敵軍已經向京城海月城方向殺去，從京城方向發來的求救信件如雪片般飛來，請求的信使一個接著一個，不好的消息接踵而來。

北海明相信蠻龍必然會分兵配合越劍攻擊，目標當然就是現在受到越劍猛攻的右鎮峰了，但是，從北鎮府城派出的搜索隊並沒有發現敵人大軍的蹤跡，只與零星小股部隊遭遇，斥候間的拚殺已經有了好幾場，但是敵人的大部隊還沒有發現具體位置，北海明已經派出兩個軍團十萬人鞏固右鎮峰的側背，嚴陣以待。

從右鎮峰防線傳來的消息已經一個接著一個，北海明的帥府亂作一團，參謀們緊張地忙碌著，把每一個消息標識在軍事地圖上，並綜合各個方面的消息向北海明彙報，如今，北海明的腦海裏全是一個又一個不好的消息，他的心早已經麻木了。

左鎮峰和中央防線同樣也受到了越劍青年兵團的衝擊，但力度明顯沒有右鎮峰強大，在右鎮峰上，兩軍正在反覆搏殺，搶奪頂峰的佔有權，在不大的地域內士兵投入了一批又一批，血水和屍體已經把山頂鋪滿，但戰鬥越加的激烈，雙方誰也沒有罷手的意思。

北方面軍主帥越劍和副帥彝雲松等人靜靜地站在峰下，越劍雙眼緊緊地盯著右鎮峰方向，藍爪和參謀不時地向他彙報著三個方向的消息，部隊的進展情況和傷亡情況，但越劍毫不為之所動，他只有一句話：

「我要右鎮峰。」

黎明時分，右鎮峰的情況並沒有發生根本性的轉變，這時候，越劍又採取了措施，他向一旁的東方秀喝道：

「東方秀、長空旋！」

「在！」兩人上前幾步，躬身應是。

「東方秀，你和長空旋各率一個軍團上去，攻勢要猛一些，我估計北蠻族配合我部的部隊也已經到位了，一定要把右鎮峰給我拿下來！」

「是！」

不久，長號聲響，東海兵團兩個軍團開始準備，東方秀和長空旋各率領一個軍團向右鎮峰撲去，六萬生力軍加入使右鎮峰的激戰更加慘烈。

右鎮峰高只有百多米，東方秀和長空旋帶人幾刻鐘時間就上去了，兩個軍團分為左右，東方秀登上山腰一看，山頂上到處都是屍體和鮮血，青年兵團二十四、二十五軍團在將領的率領下浴血奮戰，死傷過半，剩餘的人幾乎全部帶傷，一些武林中的好手也身上帶傷，仍然在狠殺，在山頂不大的地方，雙方軍隊不斷地向上湧，倒下一批上去一批，從無間斷。

第十八章　最後瘋狂

「第四十一大隊立即投入攻擊，接替二十四軍團，各部跟進，告訴長空旋將軍要猛些烈，把二十五軍團替換下來，動作要快！」

「是！」

第四十一大隊立即開始攻擊，第二十四軍團官兵見增援部隊上來了，心裏舒了口氣，半夜的激戰，他們早已經疲憊不堪，見東海兵團上來接應，立即退後一段距離。

東海兵團中好手也不少，東海六大世家的好手多在軍團中，東方秀也明白，一個軍團如果沒有一些好手，就不能形成巨大的衝擊力，所以東海子弟中的好手全部在其帳下，如今正好用上，幾百名高手充當了尖兵，衝在了最前面。

左側的長空旋也同樣展開了攻擊。

這是一場實力、耐力、素質、士氣的大比拼，更是生死的較量。

不久，站在一旁監督戰鬥的東方秀大將軍聽見了峰後方傳來的狂叫聲、喊殺聲。

北蠻族族長蠻龍率領兩個軍團南進，在蠻虎的掩護下離開嶺雲城，向北鎮府城進發，三天時間內掃平路上的障礙，越村鎮無數，擊殺守軍斥候等小股部隊不少，主力部隊並不停留，從山區邊緣地區向南挺進，只靠近北鎮府城的時候稍微休息了一下，相距有六十里左右，蠻龍並不攻城，而是以少量的部隊迷惑敵人，主力部隊在半夜向右鎮峰地區靠近，黎明時到達了指定位置，展開了對右鎮峰的側翼攻擊。

北蠻軍隊十五萬人馬分成三個部分進攻，其目的並不是進行主力決戰，而是擾亂北海明的部署，打擊北海人的士氣，同時與青年兵團會合搶奪右鎮峰，爲北方面軍前進掃清障礙。蠻龍在參謀們的幫助下堅決地貫徹執行了聖王的戰略計畫，爲北伐軍創造了有利的條件。

北海明也預感到了北蠻人的偷襲並做了必要的防備，所以嶺雲城地區部署了一個兵團的兵力，只是北海亮生性膽小，又因北海軍隊都是些沒有上過戰場的新兵，加上對北蠻人歷來就有所懼怕，所以二十萬軍隊並沒有發揮什麼作用，儘管北海明嚴令北海亮出兵圍剿、阻擊，但卻因將領及士兵等原因沒有實現。

爲了彌補右鎮峰方向的漏洞，北海明又抽調了兩個軍團駐守在右鎮峰的側背後，作爲對右鎮峰側後翼的掩護，目前，藍鳥軍分成左、中、右三路發起了攻擊，北海明六十萬兵力明顯地有些不足，在三天三夜對右鎮峰的爭奪中，北海明投入了大量的軍隊，即使側後翼的兵力也不得不抽調上山，為爭奪峰頂地區而奮戰，北海明對北蠻攻擊京城海月城的方向都顧不上了，更別談其他了，只是對固守雪嶺地區的北海亮不時地大罵。

蠻龍可並不因為北海明的憤怒而停止進攻的腳步，兩個軍團除周邊的必要留守人員外，蠻龍集中了五萬軍隊，對右鎮峰側背發起了瘋狂的衝擊。

說北蠻人的攻擊瘋狂，那是一點也不誇張，北蠻人歷來作戰就不講究什麼隊形，更談不上相互間的配合，只憑藉強橫的衝擊力及巨大的體魄野蠻地攻擊，自從聖王派出參謀人員來到北蠻軍隊後，參謀們對北蠻人進行了訓練，必要的攻擊隊形及相互間的配合默契了許多，加上聖王給了北蠻人不少的皮甲、鐵甲、利器等，使北蠻人的攻擊力大大提高，在優良的防護下，北蠻士兵更加肆無忌憚，他們高舉著巨大的戰斧、狼牙棒等開始兇狠的衝擊，一路飛跑般地殺出，嚎叫聲、吼叫聲驚天動地，隔山的藍鳥軍都能聽得一清二楚，根本不用特別發出什麼信號。

北海駐守右鎮峰側翼的軍團，士兵們在北蠻人發起衝擊的時候就顯得驚慌失措了，在戰爭中，如此的野蠻攻擊也就是只有北蠻人，他們面對著鋪天蓋地、高舉著戰斧利器、嚎叫著各種各樣聲音、臉上帶著猙獰兇相的北蠻人已經失去了鎮定，手中的弓箭微微地顫抖，射擊出去已經沒有多少的力量了，這些平時手拿木鋤的百姓那裏見識過如此兇悍的衝鋒，在北蠻人野蠻的衝擊中失去了反抗的勇氣。

軍官們厲聲吼叫，督促著士兵拚死反抗，極少數老兵還鎮定地還擊，但絕大多數已經失去了士氣，被北蠻人衝進了防禦的陣形裏，巨大的武器上下翻飛，血肉飛濺，北海軍隊驚慌躲閃，四散奔逃，只一個衝鋒就擊潰了北海人的守軍。

北蠻軍中的參軍們也是厲聲地吆喝著，叫喊著讓北蠻人保持隊形，保持攻擊的方向，互相間保護配合，但發起瘋來的北蠻人已經失去了理智，根本就叫不住，好在他們的目標明確，攻擊上右鎮峰，只要是沒到達山頂前，前面有人就是敵人，只管殺就是，即使是族長蠻龍也管束不住衝擊起來的北蠻人，只有在到達目的地後才能有約束力。

漫山遍野的潰軍、瘋狂的北蠻軍亂做一團，無論是北蠻人還是北海人都已經失去了陣形，一堆一塊的廝殺遍地都是，戰斧在閃爍，狼牙棒在飛舞，戰刀在天上飛，連帶起的鮮血染紅了清晨的朝霞，詭異的右鎮峰上上演著一齣活生生的人間慘劇。

北蠻人瘋狂的攻擊帶動了北海守軍的整個防線，右鎮峰山頂上的戰鬥很快就呈現一面倒的趨勢，在青年軍團、東海軍團及北蠻軍的兩面夾擊之下，很快就形成了潰退，右鎮峰全面失守了。

東方秀和長空旋登上了山頂，舉目向北山坡下瞭望，不由自主地倒吸了口冷氣，北蠻人的兇狠使藍鳥軍將士們都失去了勇氣，他們舉著巨大的武器四下追殺著潰退的北海軍隊，部分士兵舉著巨大的兵器向山上衝來，雙眼裏血紅，目光猙獰，表情兇惡。

東方秀一見，趕緊讓人舉起了藍鳥戰旗，士兵們吆喝著藍鳥軍的口令，在參謀及蠻龍的喝聲中，衝擊的士兵們才慢慢地放下了武器，東方秀和長空旋擦了把額頭上的冷汗，放下心來。

東方秀不敢貽誤戰機，立即會合蠻龍等人向山下發起攻擊，目前，攻擊右鎮峰的青年軍團和東海軍團還剩餘七萬人，死傷近半，但在北蠻人的會合下，總兵力已經超過了十萬人，他們如下山的猛虎，從右側翼展開了對中央山口的攻擊。

次帥越劍一夜也沒敢合眼，跟隨在身邊的將領、參謀也全都是，從聽見右鎮峰北側第一聲吼叫時起，越劍就知道北蠻人已經到達了指定的位置，並對右鎮峰發起了衝擊，他一方面派人通知東方秀和長空旋加緊攻擊，還著令左鎮峰的攻擊部隊加大攻擊力度，同時命令騎兵軍團準備從中央衝擊。

「雲武將軍何在！」

「雲武在，越帥！」

「立即帶領騎兵從山口處發起衝擊，要不惜一切代價打通山口，然後配合右側翼展開攻擊！」

「是！」雲武轉身離去。

「先鋒夢雷將軍何在！」

「末將在！」少主夢雷立即上前兩步，雙目一閃，注視著主帥。

「立即帶領榮譽軍團跟隨騎兵後出擊，要保證道路的暢通，不得有誤！」

「是！」少主夢雷立即轉身離開，不久，號角聲起，榮譽軍團開始準備。

「嘉萊、嘉興何在！」

「在，在，越帥！」

「命令你二人帶領平原軍團隨後跟進，通過山口後立即向左發起攻擊，不得有誤！」

「是！」

「副帥彝雲松！」

「在！」

「你部隨後跟進，直指北鎮府城，迅速展開包圍，其餘的事情不要管！」

「是！」

「其餘各部跟隨本帥攻擊前進！」

「是！」其餘眾將轟然應諾。

次帥越劍剛剛發佈完命令，藍鳥軍第十七騎兵軍團、第六騎兵軍團、短人族戰斧團已經開始了衝擊，轟響的馬蹄聲震顫整個山谷，騎兵手提長刀，成四路縱隊向前殺去，騎兵主將雲武的戰馬漸漸地消失在視野裏，隨後，短人族戰斧團也衝進了山谷。

步兵榮譽軍團隨後展開了攻擊隊形，少主夢雷手提長槍，在親衛的保護下，率領步兵衝進了山谷中。

藍鳥軍戰鼓齊鳴，號炮連天，一陣緊似一陣，每一個軍團出發，戰鼓就猛敲響一次，伴隨著長短不一的號角聲，藍鳥軍將領們知道是那一支部隊上去了。

少主夢雷率領榮譽軍團十萬人跟隨在騎兵身後，一路上踏著血水前進，山谷內到處都是騎兵死傷的戰馬，受傷的坐騎發出哀鳴聲，受傷的騎士被士兵拖出山口治療，沒有負傷者跟隨步兵繼續攻擊前進，在兩翼的山峰上，零星地撒下了點點箭雨，右鎮鋒方向不久就停止了射擊，在左鎮峰方向，箭雨的覆蓋率也小了許多，但並不能阻擋住藍鳥軍前進的步伐，騎兵已經消失在前方，二里多距離的山口擋不住騎兵衝擊速度，更何況，北蠻人已經在敵人的側後翼發起了攻擊，敵人早已經喪失了士氣。

走出山口，少主夢雷立即命令二個萬人隊駐守，其餘各部向兩翼延伸攻擊，並保護山口的安全暢通，不久，嘉萊、嘉興兄弟率領平原軍團迅速地趕上來，嘉萊向少主點了下頭，然後立即率領軍團向左翼發起了衝擊。

彝雲松坐在戰象上，看了傲然挺立在谷口處的少主夢雷一眼，嘴裏誇獎道：「夢雷，好樣的，我會把你的事蹟向你父王訴說的，好好幹！」

「謝王爺！」夢雷趕緊施禮。

「不必了，軍情緊急，小心了！」說完，彝雲松坐著戰象，消失在遠方。

少主夢雷如今是北方面軍前鋒主將，他雖然年紀不大，但征戰的時間卻不短了，從八歲出藍鳥谷起，夢雷就在藍鳥軍中鍛鍊，受各部將領的照顧，成長極快，另外，在凌川城藍鳥騎士團大營和榮譽軍團一起受訓練時，更增添了成熟，對軍中事情極其熟悉。

藍鳥軍的各級將領沒有不知道少主就在前方的，這次北方面軍攻擊北海，越劍受命爲方面軍主帥，他知道這是天大的功勳，不敢獨佔，另外，少主就在自己的軍中，自己功勞再大也不能大過少主，所以他把夢雷任命爲前軍先鋒，受將軍軍銜，爲少主積攢功勳。

少主夢雷擔任前軍先鋒沒有人敢反對，夢雷的身分地位決定了，沒有人敢和他爭，同時每一個人都知道了越劍的良苦用心，聖王捨子從軍，這樣的心懷，每一個藍鳥軍將領都非常明白，所以對夢雷也是多加照顧，加上夢雷如今也確實成爲了年輕一代將領，給予他這樣的機會也是應該。

榮譽軍團自從在北川鎭會戰中元氣大傷，二十萬人所剩無幾，不足五萬人，聖王天雷動了惻隱之心，把藍鳥幼字營併入榮譽軍團，歸兒子夢雷親自統轄。如今榮譽軍團與往日大不相同，經過北平原大戰，軍中所剩餘之人全部成爲了軍中的驕子，貴族習性蕩然無存，一個個渾身上下充滿了軍人般的氣勢，冷傲的臉上再也看不見一絲毫貴族子弟的習氣，藍鳥幼字營的併入，使榮譽軍團實力大增，真正地成爲了藍鳥軍中一支勁旅，步兵中的主力軍團。

士兵們全神貫注地戒備，不敢有絲毫鬆懈，威武的氣勢讓人不敢小視，主帥越劍率領後軍通過山口的時候，感到非常滿意，他走到少主夢雷的身邊，伸手輕輕地拍著他的肩膀，然後連聲說道：「不錯，不錯，夢雷，好樣的！」

「謝謝主帥誇獎！」夢雷可不敢在越劍面前擺身分地位。

「夢雷將軍，立即集合隊伍，向北鎮府城攻擊前進，谷口地區交給後軍了，我們走！」

「是，主帥！」

「全體集合，目標北鎮府城，攻擊前進！」夢雷連下命令。

「是，將軍！」

榮譽軍團迅速集結，跟隨主帥越劍向前攻擊，這時候，左右兩翼的戰鬥基本上已經結束，左鎮峰在嘉萊、嘉興兄弟的配合攻擊下已經被全部佔領，東側翼東方秀部早就向北攻擊前進了，漫山遍野的屍體被拋棄在身後，無人問津。

北鎮府城距離左右鎮峰防線三十里左右，前方溝壑縱橫，戰壕無數，北海軍隊在拼命抵抗的同時，也在有秩序地撤退，整個防線在三面藍鳥軍的攻擊下已經被漸漸突破，失去了作用，北鎮府暴露在藍鳥軍直接打擊下是早晚的事。

目前，藍鳥軍攻擊的順序是左翼嘉來、嘉興率領的平原軍團二部和青年軍團二部，右翼，是東方秀和蠻龍組成的東海兵團和北蠻族軍團以及青年兵團一部，中央是騎兵兵團和南彝兵團、榮譽軍團、新月兵團，由主帥越劍親自主持，攻擊力極強。

北海軍隊經過三日鏖戰，已經被全線擊潰，軍隊開始退守北鎮府城，南部左右鎮峰防線已被攻破，戰壕組成的幾道防線也正在收縮，漸漸變短，北鎮府城高大的輪廓已經漸漸地展現在藍鳥軍的面前。

北海國主北海明這時候已經是無力回天了，六十萬軍隊所剩一半，並且已經不成建制，士兵各個心膽皆喪，無心作戰，將領們也是束手無策。北部北海亮手中雖然還有近二十萬軍隊，但遠水解不了近渴，並不頂用，況且，北蠻族蠻虎率軍監視，北海亮生死還不一定呢。

既然北鎮府防線沒有抵抗住藍鳥軍的進攻，北海明就不得不考慮退守步步抵抗的策略了，但問題是，藍鳥軍有快速而強大的騎兵兵團，而且，從雪嶺翻越過來的北蠻人也有一部在蠻豹率領下，已經向京城海月城挺進了，北海明率領潰軍在兩面夾擊之下能否頂住就是個問題，但也沒有更好的辦法。

「國主，我們要立即後撤，北鎮府城並不適合長期固守，只要國主回到京城重新組織軍隊，我們一定能戰勝越劍！」一名將軍忙勸道。

「哎，左右鎮峰一戰，北海亮誤事，讓北蠻人側背偷襲得手，防線洞開，至令我們全局功虧一簣，如今，藍鳥軍殺進國內，步步緊逼，我又能怎麼樣？」

「國主，北海立世千年，一時的困難並不能説明什麼，困難是暫時的，我留下堅守北鎮府城，國主立即離開，然後重新組織軍隊，讓北海變成藍鳥軍的墳墓！」

「帝國如多幾個像你這樣的人何至於此，罷了，北海青，一切靠你了！」

「國主放心，北海青在，北鎮府城在！」

「好，如北海度過此難，我一定任命你爲鎮國大元帥！」

「謝國主，請國主快走吧！」

北海明戀戀不捨地離開了北鎮府城，向京城海月城而去，把北鎮府防線扔給了大將軍北海青。

北海青的確是一個將才，他收縮部隊，嚴密堅守，漸漸向北鎮府城方向靠近，在二十里內頂住了藍鳥軍兩天的進攻，爲北海明離開創造了條件，爭取了時間。

次帥越劍兩天時間沒能靠近北鎮府城，心頭火起，但軍隊已經連續作戰了五天，都已經疲憊不堪，他就是再急也沒有什麼用，好在形勢漸漸好轉，所以他才沒有發作。

第三天，藍鳥軍終於把周邊敵人全部驅趕進城內，藍鳥軍六十萬精鋭包圍了北鎮府城，越劍立即在城外主持召開了軍事會議，就當前的局勢進行了分析。

「各位，兩鎮峰一戰，北蠻族人居功至偉，榮立首功，爲此我已經稟告了聖王，爲他們請功了！」說完話，越劍帶頭鼓起掌來。

「嘿嘿，謝謝，謝謝！」蠻龍笑了幾聲，連忙道謝。

「各部在此戰中都顯示出了應有的戰鬥力和熱情，爲此，我會爲各位記功的，但是，如今我們大軍屯兵在北鎮府城外，這對整個戰局非常的不利。北面，北海亮兵團隨時威脅著我軍側翼，向西北方向，目前北蠻族蠻豹部已經快接近海月城了，這是我們的一個大好機會，另外，北鎮府城內可以說是集結了北海所有的力量，只要我們消滅了他們，北海就無可用之兵！」

越劍看了在座的所有人一眼，然後接著說道：「北鎮府城必須拿下，嶺雲城北海亮部也必須消滅，京城海月城也必須拿下，爲了實現以上三個目標，我們就必須分兵了，各位如有什麼不同的看法及好的建議請說出來，大家一起研究一下！」

眾人聽見主帥把目前的形勢分析得透徹，也就沒有再說什麼，蠻龍見誰也沒有說話，遲疑了一下，被越劍看在眼裏，忙問道：「族長有什麼話儘管說！」

「這個，次帥，我想嶺雲城和海月城方向，我們的兵力實在有限，如想全部消滅敵人，就必須動作要快，特別是嶺雲城，別讓他們跑了，說完了！」

「很好，哈哈，族長真是說得好！目前，北海亮困居嶺雲城，我們要儘快消滅他，如果被他們全力突圍向海月城而去，我們的麻煩就大了，另外，北海明絕對會召集更多的人保衛海月城，所以不管在那一點上，我們的動作都必須快！」

他再次看了大家一眼道：「各位有什麼要說的嗎？」

「沒有！」

「好，既然大家都同意我的分析，那麼我命令：東方秀！」

「在！」東方秀立即站起。

「你立即率領東海兵團北上嶺雲城，配合二族長蠻虎消滅北海亮部，一定不允許他們向海月城突圍！」

「是，越帥！」

「雲武、夢雷、嘉萊、嘉興、蠻龍！」

「在！」幾個人同時起身。

「以夢雷先鋒爲總指揮，雲武爲副，以騎兵爲前鋒，榮譽軍團、十一軍團、十二軍團、北蠻軍團隨後跟進，立即向海月城攻擊前進，注意聯繫蠻虎部，合圍海月城！」

「是！」

「彝雲松！」

「在！」

「南彝兵團爲中路，保持對嶺雲城、海月城方向的聯繫，隨時監視各方向的動靜，一旦情況有變立即支援！」

「是！」

「青年兵團、新月兵團隨我攻擊北鎮府城，東、北兩門由海天將軍負責，南、西兩門由我負責，各部會後立即出發，不得有誤！」

「是！」眾人轟然應諾。

「散會！」

眾人三三兩兩地散去，分頭執行。

蠻豹率領兩個軍團六萬人從白雪鎮出發，一路向西攻擊前進，目標直指向海月城。他大造聲勢，攻城掠地，搶奪村寨，把北海內部殺得雞飛狗跳，人心惶惶，六萬北蠻軍隊一路上所向披靡，沒有受到什麼像樣的抵抗，但也沒有攻佔什麼大一點的城市，五天時間順利前進四百里，距離海月城只有百餘里路程了。

海月城內的北海王室、貴族更是驚恐，北海明在北鎮府城前線作戰，大軍全部集中在東南部地區，海月城內幾乎沒有什麼像樣的武裝，想抵抗住北蠻人的進攻非常的困難，軍部一方面向北海明求助，另一方面緊急召集城內的青壯年參軍，爲保衛海月城而戰，整個海月城積極行動了起來，幾天時間內就召集了三十餘萬人，這時候也不管是男女老少，只要願意幫助守城就行。

好在京城海月城城高牆厚，護城河寬大，水深流急，城上設備齊全，裝備精良，再加上王室、各個家族、貴族們的守衛人員還有剩餘，城內人口多，勉強能夠組織起防禦。

海月城已經拿出了全部的家底，準備抵抗藍鳥軍北蠻軍團的進攻。

北海國主北海明一路上小心行蹤，避免與北蠻軍碰頭，路上見過北蠻人橫掃而過的村鎮，淒慘的景象讓人落淚，但他一點辦法也沒有，如今是講實力的年代，北海跟隨映月西星出兵中原，輝煌的時候曾經攻陷了聖日京城不落城，使聖日帝國滅亡，但是，聖瑪民族並沒有因此而淹沒在歷史的長河中，他們奮起反抗，在聖王雪無痕的率領下東擋西殺，才有如今的局面，北海國曾經取得的輝煌是要付出代價的，如今就是聖瑪人索取的時候。

北海明幾日後回到了海月城，身邊幾乎沒有什麼部隊，整個帝國軍全部留在了北鎮府城，北海明神情淒慘，好不狼狽。這時候，帝國軍部已經知道了兩鎮峰防線失守的消息，北海國已失去了東南部的屏障，國門洞開，藍鳥軍可以長驅直入，攻入半島內了。

回到軍部後，北海明立即召見了軍部的大臣、將領，聽取了他們的彙報，對海月城目前的形勢進行了仔細的分析，最後得出的結論並不樂觀。

北海東部靠近雪嶺地區歷來貧窮，嚴寒的氣候使這一地區極少能生產出什麼物資，東南部雖然靠近中原邊界，但聖日的強大時刻對其造成威脅，所以是北海的重要軍鎮地，除與中原進行貿易外，其生產全部西移。十餘年來，北海隨聯盟軍攻入中原，東南部地區得以迅速發展，但藍鳥王朝強盛後又開始向西轉移，直至京城海月城以西、北地區，才是其重要的經濟來源地，東部地區並不足以動搖其根本。

但東南部地區卻是北海的南門戶，一旦兩鎮峰防線丟失，北海就將面臨中原強敵的直接打擊之下，其國土縱深也並不大，北部地方瀕臨大海，東部爲雪嶺，只有向西才是唯一的出路，但西方強大的西星帝國也不是善良之輩，虎狼成性的西星人甚至比中原人更可怕。

近幾年，西星、北海組成了星海聯盟，北海西方的威脅暫時消除，西星爲了征戰中原，也盡可能地保持與北海的良好關係，其間的小利小益衝突並不能動搖兩國關係的本質，基本上保持和平穩定，如今強大的藍鳥王朝成爲了星海聯盟的共同敵人，甚至映月不久前也加入到這個聯盟中來，北海明雖然不知道西星與映月簽定了什麼樣的條約，但只要是對抗藍鳥王朝，他也就完全同意了，況且西星也足以代表星海聯盟。

既然西方有強大的盟友，北海明的心還不至於絕望，但讓西星出兵幫助北海也不現實，目前西星也同樣面臨著藍鳥軍的打擊，西征軍步步緊逼，帕爾沙特殿下也是困難重重，沒有時間和精力、實力管北海的事情，帕爾沙特之前僅僅警告北海注意北蠻人的動向，而沒有派出軍隊，這一事實就足以說明西星基本上是拋棄了北海帝國，自顧不暇，北海想保全自己，就只有依靠自身的力量。

北海明心中對帕爾沙特及西星君臣大罵不止，但還得依靠西星，畢竟星海聯盟如今還是一體，至少在表面上是如此，北海滅亡對西星是一點好處也沒有，帕爾沙特也必然深明此理，所以北海明還有一線希望。

北海明經過仔細的思考，最後決定向西組織起防線，以京城海月城為支點，逐步向西展開，步步為營，逐步抵抗，只要映月、西星軍緩過勁來，一定能支援北部地方的北海，另外，還有一個重要因素是映月的月旺元帥、西星的星空元帥率領部分殘部在海月城以西地區休整。

北川鎮會戰，月旺元帥和星空元帥身負重傷，被親衛拼死救出，返回北海京城海月城，由於北海明與兩個人交情非淺，備受禮遇，安心靜養。北海明出任國主後，把映月西星的殘兵敗將彙聚在一起，在海月城西部給予安排了一個地方，一方面調養傷兵，另一方面加緊訓練。月旺和星空暫時也沒有臉回歸國內，北平原大戰慘敗他們都是有責任的，儘管兩國的國主暫時都沒有追究他們的罪行，但是也沒有過問他們的事，態度冷淡。

這樣一來，兩個人就更不好回到國內了，正巧藍鳥軍向北鎮府城進攻，加上兩人身上有傷，藉故停留在此，觀望北海的形勢，在關鍵的時候好幫助北海明一把，以報答其恩情。

北海軍迅速慘敗，使兩個人深表吃驚，儘管他們倆知道藍鳥軍不好對付，但也沒有想到北海千百年來構築的兩鎮峰防線會這麼快就被藍鳥軍攻破，心中對越劍的評估又高了一大節，同時，同仇敵愾的情緒大增，以雪北川鎮會戰的願望更加強烈。

兩人與北海明通信，商談此事，北海明自然知道兩人的處境，也是心中大喜，這才最後決定了向西部署防線的事宜

大致的方針既然已經定出，北海明就不得不考慮王室和各個家族、貴族們的安全問題，北海要重新崛起，少不了他們的支持，他們是北海的根基，希望之所在，北海明爲此煞費苦心，暗中通知各個家族向西轉移，老百姓則在京城堅守，抗擊藍鳥軍的進攻。

海月城內暗潮洶湧，貴族成員暗中向西撤離，漸漸地被部分百姓發現，人們開始向西逃難，城防的軍隊、百姓無心守城，都在考慮自己家的事。三天的時間內，幾乎所有的貴族全部撤走，老百姓開始蜂擁而來。

北海明見情況不妙，立即命令士兵封城，把老百姓堵在城內，民怨聲漸漸響起，部隊也開始不穩定，誰家沒有父母、兄弟姐妹，貴族們都跑了反而不讓百姓出城，人們的心中剛剛對新帝君興起的好感刹時間熄滅了，北海明立即出來，當老百姓們看到國主還在城內的時候，心才漸漸地穩定下來，北海明趁機發起宣傳的攻勢，讓全城的百姓爲自己的身家性命而戰鬥，抵抗住藍鳥軍前進的步伐，挽救北海民族，在北海明及手下的宣傳攻勢下，

倒發揮了一定的作用，老百姓的勁頭又被煽動了起來，軍民合作，加緊備戰。

東方秀大將軍率領東海兵團從北鎮府出發，日夜兼程，七天時間趕到了嶺雲城地區，大軍與北蠻軍團會合後，在城外紮下大營，長空旋參謀長力勸東方秀暫時休息，暫緩攻城，因爲部隊經過十一日的鏖戰已經非常疲倦了，要好好休息一陣再攻城，反正北海亮還沒有離開，如今被困在城內，想動彈也不能夠了。

東方秀採納了長空旋的建議，命令部隊休息。一段時間以來，蠻虎所率的北蠻軍隊也已經疲倦了，在主力南進的日子裏他不敢怠慢，三萬軍隊在城外小心駐守，監視著北海亮的動靜，如今東海兵團到來，北蠻族人終於可以放心休息，至於採取什麼樣的攻城方法，什麼時間攻擊，就不是他管的事情了。

北海亮率軍駐守在嶺雲城內，進退不得，本來他這一個兵團的目的是監視北蠻軍隊，一旦發現就要展開猛烈的攻擊，抗擊住北蠻人對兩鎮峰防線的偷襲，但是由於北海亮膽小怕事，沒有敢與北蠻人展開決戰，致使北蠻主力順利南進。

如今，北海亮的想法也很幼稚，既然不能與北蠻人展開決戰，他也不敢回到北鎮府城，怕北海明治罪，退回京城他就更加不敢了，萬不得已之下，他在嶺雲城內猶豫不決，但時間已經不等人了，越劍迅速攻破兩鎮峰防線，包圍北鎮府城，東海兵團主力已經北上，他想走也走不了。

第十九章　移山填海

北海亮固守這樣一個城市本身就是不利的，東海兵團目前雖然不滿員，但加上北蠻一個軍團實力也是大增，總兵力已超過十萬人，再加上攻城部隊、後勤人員等也有近十五萬人，總數雖沒有北海亮部多，但士兵的素質並不在一個層次上，所以北海立即命令部隊加緊修築防禦工事，鞏固城防，加強戒備。

東方秀和長空旋、蠻虎經過三天的休息，部隊已經恢復了戰鬥力，士氣正旺盛，十月二十八日一早，東海兵團就展開了對嶺雲城的攻擊。

東海兵團採取了圍三放一的攻城方法，只留下北門不攻，讓北海亮突圍，東、南、西三城門方向全部由東海兵團攻擊，東方秀、長空旋、海島宇各負責一個方向，蠻虎率領北蠻軍團為預備隊，埋伏在西門十里外，方向偏北，只要北海亮出來，北蠻人就會發起攻擊。

大將軍東方秀和參謀長長空旋也是經過深思熟慮，北海亮如果要突圍，選擇東面就意味著自己找死，東部地區靠近雪嶺，縱深不大，前無去路，無突圍的意義，南面，主帥東方秀旗幟高挑，軍隊嚴陣以待，況且，南面地區靠近北鎮府城，既然藍鳥軍已經出現在嶺雲城，南方防線就已經失去了作用，意味著早就被藍鳥軍攻破，北海亮不會選擇在這個方向，即使選擇了也沒有什麼，在南部地區主帥越劍的配合下，多少突圍人也無用處，北海亮突圍的希望只有選擇在西面和北面。

西面是北海亮選擇突圍的最佳方向，他可以迅速向內地逃竄，又可以與北海部隊配合作戰，但北海亮一定會考慮到東方秀等人也會明白到這一點，所以防範的重點也就必然在這一方向上。

實際也是如此，北海亮也不一定會選擇在此；在北方，雖然向北突圍偏離了向西的正確方向，但可以避開藍鳥軍的阻截，迂迴返回京城海月城，況且這裏畢竟是北海人的家，地形熟悉，百姓支持，多跑一點路也合適，而且藍鳥軍並沒有在這一方向上部署重兵，明顯地留出了空隙。

北海亮人雖然膽小怕事，但在軍事上也有自己的一套，要說他的才幹，做一名參謀正合適，但他出身王室家族，這就決定了他獨領一支部隊的命運，經過仔細地分析、思考，北海亮心中已經有了計較。

「傳令各部加強戒備，準備迎戰藍鳥軍的攻城！」北海亮深思後說道。

「大帥，目前藍鳥軍立足未穩，正在休息，不如我們立即出城發起攻擊，然後突圍如何？」副將問道。

「不可，如今看似對我們有利，但也是最危險的時候，因爲敵人剛剛到達，具體兵力我們還不清楚，況且北鎭府情況不明，冒然出擊會有被圍殲的危險。」

「大帥，機不可失啊，如果藍鳥大軍徹底包圍了嶺雲城，我們想走也走不成了？」

「住口，你以爲藍鳥軍還沒有包圍我們嗎？單東海兵團不說，光是北蠻人，就不是我們能抵抗得住的，憑藉這些沒有見過血的士兵，你認爲可以戰勝北蠻人嗎？首先堅守，然後看看藍鳥軍的動靜，瞭解情況後再突圍不遲！」

眾將不敢再言語，北海亮雖然膽小，但說的也是實話，守軍經過補充後雖已經超過了二十萬人，但並不是正規軍隊，想依靠他們與藍鳥精銳決戰還是不行，必須弄清楚藍鳥軍的具體情況和北鎭府城的詳細情況。

一天後，北海亮接到了北海青的飛鴿傳書，把兩鎭峰失守的消息告訴了他，並請求他立即突圍，向北鎭府城靠近，信中沒有說國主北海明的事，估計是北海明恨他要死，也不願意理會他了。

北海亮也知道自己犯下了滔天大罪，沒有攔住北蠻人南下西進，致使帝國面臨亡國的危險，但事已至此，說什麼也沒用了，目前保命要緊，北海明就是再恨他也不至於把他置於死地，要了他的命，北海亮畢竟是王室人員，還有一定的勢力。

接到北海青的書信後，北海亮決定突圍，先與北海青會合再說。其實，北海青也在欺騙他，目前，北鎮府城已經被越劍青年兵團、新月兵團包圍了近十天，雙方的兵力相當，但士兵素質、戰鬥力遠遠地有差距，勉強維持，越劍已經發起了三次攻城，使他損失重大，要緩解北鎮府的壓力，只有指望北海亮了。

北海亮那裏知道北海青包藏禍心，不懷好意，第二天他準備突圍時，東方秀已經開始發起攻城了。

東海兵團是藍鳥軍的主力部隊，裝備精良，訓練有素，士兵全部都是東海洲人，以東海六大世家子弟爲骨幹力量，作戰經驗豐富，非常有戰鬥力，是殺場上的老兵部隊。

東海兵團分成三部，每部三萬人左右，三個方向各二十五輛攻城車，三十餘輛巨型弩弓，三十餘輛戰車。攻城以投石車開始，在巨大的轟鳴聲中，藍鳥軍東海兵團的攻城部隊把巨石投在了城頭上，城下準備攻城的士兵齊聲吶喊，聲勢浩大。

守軍在東南西北四個方向各有一個軍團，東南西三個方向幾乎同時受到了藍鳥軍的攻擊。北海亮在藍鳥軍發起攻擊的同時，就命令城中的老百姓向北突圍，先行一步，目的是探路，另一方面也是讓他們逃命，整個部隊卻沒有一個人動。

嶺雲城北門內湧出大量的難民，他們攜家帶口，驚慌失措地向北逃命，十幾萬老百姓一起出城，慌亂是難免的事情，駐守在西門外的長空旋立即就接到了斥候的報告，但他不爲所動，他知道這是北海亮試探性突圍，也是讓老百姓逃命，長空旋深有才幹，爲人也比較心細，在藍鳥軍的將領中是上等的人才，對於百姓他也是無可奈何，當下，他命令斥候道：

「密切監視北門方向的動靜，一旦發現敵人軍隊突圍立即報告！」

「是，將軍！」

半天時間內，守軍損失了近三萬人，傷者無數，藍鳥軍攻城大隊投石車給予敵人兇狠的打擊，北海亮在承受藍鳥軍的攻擊時，也密切注意著北面突圍百姓的動靜，因爲在老百姓中，有許多部隊的斥候暗探，不時地把消息報告給他。

中午時分，老百姓跑得差不多了，北海亮命令道：「派出一個萬人隊突圍，斥候擴大搜索面積，探聽消息後立即回報給我。」

「是，大帥！」

一個大統領率領萬人隊開始出北門突圍，這支萬人隊隸屬於北門的一個軍團，走出二十里外沒有發現異常情況，但向西南方向搜索的斥候一個也沒有回來，他把消息報告回去，部隊繼續向西北進發。

長空旋將軍接到敵人開始突圍的消息後，一分析，得出結論是先頭部隊，忙命令斥候繼續監視，告訴藍爪消滅敵人向西運動的斥候，北蠻軍團沒有動，下午時分，北海亮又派出了兩個萬人隊出城，但藍鳥軍仍然沒有動作，他除加強對西方面的偵察外，心中已經決定開始突圍了。

整個下午，除攻城部隊的戰鬥外，就屬斥候間的戰鬥最爲激烈，北海亮向西部派出了大量的人馬，他們以中隊、小隊爲單位，向西搜索，但藍鳥軍把西面封鎖得非常嚴密，使北海亮心中無底，但形勢已經不允許他再有所猶豫了。

傍晚時，北海亮命令全軍突圍，利用夜色的掩護向西北方向轉進，然後再說。

東海兵團主帥東方秀密切注視著敵人的動靜，長空旋參謀長不時地把消息向他彙報，在東部地區的海島宇也不停地送來消息，他綜合種種情況分析得出結論是，北海亮快挺不住了，在天黑的時候必然突圍，忙命令長空旋注意。

長空旋將軍接到主帥的命令後開始準備，果然北海亮開始突圍了。

北海亮在天黑後命令部隊開始突圍，大軍開始從南門撤，依次減弱抵抗，他以萬人隊爲單位，悄悄出城，兩個時辰後前鋒已經遠出十五里，後軍尾部也開始出城。

東方秀接到消息後，立即命令長空旋出擊，南部軍團立即向西靠近，東門軍團向北追殺，嶺雲城就不用進了，交給後勤部隊處理。

東海兵團從東西兩個方向同時向北海亮兵團發起追擊，而埋伏在十里外的北蠻蠻虎部更是如脫韁之馬，發起了瘋狂的攻殺。

嶺雲城的夜色不是很明亮，但也不是非常的黑暗，在群星閃爍下，半月忽隱忽現，地上面上演著一場瘋狂的廝殺，藍鳥軍十二萬精銳部隊在戰車的配合下，對北海軍團發起了猛烈的攻擊，北海軍隊被分成了幾段，前部已經脫離，逃入茫茫的夜幕中，而中後部在藍鳥軍的拼命追殺下四散奔逃，潰不成軍。

北海亮隱藏在中軍中，被北蠻人堵殺個正著，他拼命指揮部隊抵抗，但很快就淹沒在北蠻人狂野的殺伐中，屍體都分不清楚了。

東海兵團追殺一夜，部隊也已經不成建制，他們以大隊、中隊爲單位，四下搜索追殺，瘋狂畢露，士兵們興高采烈，痛快淋漓；北蠻人有許多人找不著部隊，追殺出很遠，他們搶劫村鎮索取食物，然後向東搜索，漸漸地遇到了前鋒藍爪斥候，回歸本隊。大將軍東方秀整頓軍馬，向敵人的京城海月城方向前進。

嶺雲城之戰，東海兵團在一個北蠻軍團的配合下，以弱勢兵力擊潰敵人一個兵團，損失不大，佔領北海東部地區。

在北鎮府城外的北方面軍主帥越劍得到東方秀勝利的消息後，大大地獎勵了一番，然後命令東海兵團西進，會合南彝兵團包圍海月城，自己則加緊了對北鎮府城的進攻。

北鎮府城是北海的軍事重城，城內糧食、物資眾多，兵力充沛。北鎮府城城高牆厚，易守難攻，守將北海青是北海年輕一代的優秀將領，三十出頭，王族出身，很有才華。

面對北海青這樣一個頑固而有才華的年輕將領，「鎮北侯」越劍也是頭痛萬分，北海青並不出城決戰，只守不攻，城內糧食物資不缺，兵力達三十萬人，除強攻外沒有其他好辦法。

越劍已經進行了多次試探性攻擊，但北鎮府城兵力多，不怕死人，遭到了北海青的強烈抵抗，攻城部隊雖沒有損失多少人，但也沒有撼動北鎮府。

目前，兩軍進入僵持狀態，好在北伐軍各路已經開始向前攻擊，很快就要達到京城海月城，越劍青年兵團部也只有起到牽制作用罷了。

但「鎮北侯」越劍顏面上很不好看，目前大軍繼續深入，但北鎮府城毫無進展，主帥不能隨軍前進，他這個「鎮北侯」心情那會好過。

北伐軍的進展情況隨時隨地向凌川城內彙報，香妃彝凝香再派專人給遠在關外的聖王天雷，傳訊的快騎不斷，幾乎半天就有一人出發，聖王和軍師能隨時掌握北伐軍的綜合情況。

聖王天雷和軍師雅星剛組織試探繁星城和盤頭城不久，就接到了越劍突破兩鎮峰防線的消息，隨後，嶺雲城勝利的消息也傳了過來，不過，北鎮府城不利的消息也有，聖王天雷接到這些消息後，對著雅星和雷格、維戈、威爾等人笑道：

「兩鎮峰作戰越劍取得了完勝，不過，北鎮府城的北海青卻讓他嘗到了苦頭，目前各部都已經向前推進，他這個主帥卻留在北鎮府，對全局大大的不利！」

雅星笑著接過話：「東方秀奇襲嶺雲城，蠻豹孤軍深入，戰果輝煌，夢雷前鋒也進展順利，恐怕越劍會感到臉面上不好看。」

維戈笑著說道：「我對越劍大哥取得如此輝煌的戰果深感佩服，北鎮府不過是一個點，與整個北海的面相比已經不算什麼，越劍大哥已經沒有必要再留在此。」

「不錯，維戈說得對，圍點打援也好，定點清除也罷，總之，北鎮府已經失去了其戰略意義，越劍作爲主帥已沒有留下的必要，我估計北海明還有一戰之力，這樣吧，傳令越劍立即北上，全力攻佔海月城，然後穩步向西推進，在冬季裏讓北蠻人把整個西部給我清除乾淨，北鎮府城就由海天將軍接手好了。」

楠天在旁立即回答：「是，聖王！」然後轉身出去。

「大哥，冬季已經快到了，我估計再有月餘時間，帕爾沙特就會緩過氣來，冬季攻勢爲期不遠，我們是否要早做準備？」維戈見北海的事情已經處理完畢，忙問道。

聖王天雷沉吟了一下，然後說道：「自去年以來我軍連續征戰，士兵已經非常疲憊，況且冬季作戰我們還沒有什麼經驗，無辜的損失沒有必要，藍鳥王朝需要他們繼續爲王朝服務，一定要儘量減少損失，這樣吧，雅星大哥，你把手頭上的事情交給維戈和雷格，我們回去，如何？」

「雅星聽從聖王安排！」

「維戈、雷格！」

「在！」兩人立即起身。

「兩日後開始全力修築防禦攻勢，整個冬季要以防禦爲主，但也不要讓士兵閒著，小打小鬧可以，但不可主力決戰，各部要輪番出動，嘗試冬季作戰的經驗，同時要密切注意南部盤頭城和北部榮星城方向的動靜，騎兵可以在必要時退回關內。」

「是！」

「要以打好陣地防禦戰爲主，消耗帕爾沙特的力量，主力兵團可以輪換休整，同時幫助訓練預備隊，後勤部要保證冬季的一切所需要，士兵要吃得飽，穿得暖，絕對不允許有一點疏忽！」

「是！」旁邊的文謹元帥也立即站起。

聖王天雷點手讓幾個人坐下，然後繼續說道：「聖拉瑪大陸的最後一仗我們不急，急的是敵人，每經過一天，王朝就強大一天，實力就增加一分，敵人就多一分危險，兩年的時間內拿下西星映月，我們還有什麼不知足的，你們要記住，要從軍事上、經濟上、思想上戰勝敵人，徹底剷除反對的聲音，消滅戰爭的根源，還整個大陸一個清靜，讓所有的子民都過上安定、幸福的生活，這就是我們的目標，也是王朝的使命！」

屋內所有的人立即站起，齊聲回答道：「是，聖王！」

軍師雅星波瀾不驚，次帥維戈臉上帶笑，雷格黑色的臉上掛著興奮，威爾、尼可等將領滿臉的激動，聖王天雷以天下爲己任，囊括四海，平定八荒的壯志凌雲，從此後，天下的老百姓再也不用受戰亂之苦，全部過上安定幸福的生活，而所有的這些，都是由他們的雙手開創的，這樣一個清平的世界已經閃現在他們的腦海裏。

聖王天雷再次讓大家坐下，然後接著說道：「藍鳥王朝是聖神恩賜王朝，是大陸所有百姓的王朝，是大家的王朝，創業易，守業難，水能載舟，也能覆舟，以後穩定大陸的重任還需要各位努力，大家不僅會打天下，還要學會治天下，親民、關心老百姓就是治天下的本，這一點千百年也不可動搖！」

「謝聖王教誨！」

君臣在繁星城外大營內定下了今後的方向，各自散去。第三天一早，聖王天雷和軍師雅星起身，回轉凌川城，十日後回到了凌川，略做休息，然後起身回京城藍鳥城。

京都藍鳥城得知聖王和軍師回駕的消息，立即如炸開了鍋一般，京城的老百姓們全都歡騰起來，慶祝聖王南回。他們自發地組織起來，用各種各樣的方式迎接著聖王勝利返京，而王朝各地趕來慰問的官員們更是熱情高漲，在歌功頌德的同時爲老百姓們出主意，有的人提出上萬人公德表以頌揚聖王恩德，有的人提出應該爲聖王立公德碑以流芳百世，有的人甚至提出聖王應該稱爲千古的聖皇帝，京城大街小巷內橫幅滿天飛，家家戶戶門前紅燈高挑，喜慶的氣氛更加熱烈了。

聖拉瑪大陸已經進入了十一月中旬，冬天的來臨並沒有阻擋住百姓們對聖王歡迎的熱情，加上不久就將進入藍鳥王朝六年的元旦，節日的氣氛便提前來臨了。

藍鳥宮內王妃雅靈和眾大臣們也同樣爲聖王取得的勝利而歡欣鼓舞，千百年來，無論是聖日帝國還是聖瑪族人，都從來沒有像現在這樣驕傲過，如今的藍鳥王朝開闢了千百年來最強盛的時期，擁有聖拉瑪大陸大部山河，民族幾十個，人口幾億，特別是經過六國聯盟軍的侵略後，聖瑪族在聖王的帶領下經過不屈不撓的鬥爭，融合各族，奮發圖強，把頻臨滅亡的聖瑪族重新拉起，走上了歷史的高峰，這份榮譽獻給他們愛戴的聖王天雷一點也不過分。

近年來，藍鳥王朝經濟快速增長，各種手工業重新恢復了青春與活力，特別是農業更是有了大幅的飛躍，所有的老百姓全部擁有了自己土地，糧食生產大大提高，除供給軍隊使用外，還有了一定的節餘，而教育、法制、道德等方面上，在聖殿的監督管理下更是蒸蒸日上，全部走上了正軌，達到了史上最好水準，社會上違法亂紀行爲幾乎沒有，人人都有工作，有地種，有飯吃，有衣穿，生活上安定富足，人人滿意。

冬天裏，老百姓們沒有什麼更多的事情做，農民們把糧食入庫後，全部閒暇下來，手工場內活計也不是很多，最忙碌的當然還是軍工廠，但對於這麼大的藍鳥王朝來說，這部分人還是微不足道，況且就是再忙，他們也不會爲了迎接聖王而擠不出時間。

在這種條件下，聖王率領藍鳥軍大敗三國聯盟軍，平定北平原，征服北蠻，消滅北蠻帝國，藍鳥軍殺入映月、星海聯盟，步步勝利，取得了輝煌的戰績，如今勝利南歸，激起了全國人民的熱情。

王妃雅靈整天臉上掛著微笑，同時，她也並不阻止老百姓們歡慶勝利，用最熱烈的方式迎接聖王天雷，相反地還爲此而高興。王師凱文暫時輔助雅靈和少主中原，同時他本人也有慶祝的願望，再經過王朝各地官員的申請勸說，也就允許了，反正新年也快到了，提前增加一些喜慶的氣氛也是好的，所以官方也在積極準備。

聖王天雷一路慢行，從河北凌川城到達京城藍鳥城一共八百餘里，聖靜河北三百餘里，聖靜河以南六百餘里。河北要經過河平城，對於這個城市，聖王天雷還沒有進去過，所以在軍師雅星的提議下，一行人在河平城住腳，休息一下後再渡過聖靜河，回轉京師。

如今河平城的守將是青年兵團的一個副督統，名字叫燕蘊，三十餘歲，出身聖日帝國軍事學院，是青年兵團的一員戰將，手下城防軍五千人，絕大多數是由民團組成，但河平城百姓卻非常的多，從北平原南回的奴隸基本上都在這一帶。

聖王的車駕在河平城受到了熱烈的歡迎，其聲勢浩大，全城的百姓幾乎都出城前來迎接聖王和軍師，燕蘊也是一身嶄新的朝服，恭候在城外。

「燕蘊，何必搞這麼大的陣勢，慚愧了。」聖王天雷一下車就謙虛地說道。

「聖王，你鞍馬勞累，爲王朝百姓幸福奔波，挽救百姓于水火中，這些人幾乎都是你解放的奴隸，他們強烈地要求前來迎接王駕，小人也是沒有辦法啊！」燕蘊笑著回答。

聖王天雷認識燕蘊，作爲青年軍團的一名副督統，職位已經相當的高了，況且，燕蘊曾是最早追隨他的近衛青年軍團人之一。

「算了，燕蘊頭前帶路，聖駕要進城了！」軍師雅星在旁笑道。

「是，軍師！」燕蘊連忙回答，當下領先而行。

聖王天雷笑了笑，沒有再說什麼，然後他揮手致意，向兩旁的百姓打著招呼，這下使百姓更加興奮，氣氛高漲，歡呼的聲浪一波波響起。

「雅星大哥，這樣不好吧？」聖王天雷低聲問。

「哈哈，無痕，如今天下形勢與以往不同，藍鳥王朝已無對手，老百姓對你的愛戴是看得見，摸得著的，你就不必管這麼多了，難得他們過上幾天好日子，樂一下也是應該的！」雅星低聲回答。

「是，雅星大哥。」

一行人來到休息處，這個地方是原城主府，燕蘊自從進入河平城後就一直空閒著，他自己也沒有敢住。軍師雅星的父親凱旋曾經住過這個地方，今日安排聖王住在此，也顯示出燕蘊的一番苦心，所以聖王和軍師都很滿意。

軍師雅星指著府院，對聖王天雷說道：「無痕，這裏曾是家父住過的地方！」

「是嗎？」聖王天雷吃了一驚，忙問。

「是，當初我收復河平城的時候就知道了！」

「這樣啊，那麼這樣吧。」他轉頭對燕蘊說道：「設立一處祭靈堂，我和軍師要拜祭凱旋將軍！」

「是，聖王，我這就準備。」

「好！」

晚間，聖王天雷和軍師雅星率領眾將領拜祭了盟父凱旋，靈堂內香煙繚繞，頌聲不決，軍師雅星心中又是悲傷，又是驕傲，凱旋能多次蒙聖王天雷的照顧，也實在是福祉不淺。

休息了兩天，聖王天雷一行重新起程，在太陽剛剛升起的時候渡過了聖靜河。

在聖靜河南岸，兩萬名藍衣眾已經恭候聖駕多時了，見到聖王到來，個個是熱淚盈眶。藍衣眾跟隨聖王天雷多年，從沒有這麼長時間分開過，要不是需要拱衛京城的安危，他們是不肯離開聖駕的，如今聖王遠征而回，他們的激動可想而知。

一路南行，藍衣眾漸漸地會合，越聚越多。在大道的兩側，老百姓頂著清涼的風靜靜地等待，見到聖王的車駕，歡呼萬歲的聲音響遍四野，青年人和孩子們的狂野崇拜達到了頂點，他們一路隨行，前往京城藍鳥城，那種場面實在是讓人激動，聖王為百姓們能如此地愛戴自己感動不已。

越向京城走，人聚集的越多，在靠近京城的時候，百姓幾乎已經看不到邊際了。聖王天雷從十三歲時起就經受過這種待遇，還能應付，可是，在香妃彝凝香等人的眼中，像這樣的場面還真是生平第一次遇見，同時也為自己的夫君能贏得百姓如此的擁護、愛戴而高興、感動。

十幾天來，藍衣眾的擔子不輕，像這樣的場面他們見得多了，同時也更加的謹慎，記得當年聖王進入藍鳥城的時候也是如此，場面雖沒有現在這般熱烈，但相差也不多，就是在那次，聖王遭遇刺殺，要不是次帥維戈和雷格兩人同時都在，事情也許會很糟糕，也就是那次，近衛軍將軍楠天被雷格一頓臭罵，幾乎被雷格擊斃在掌下。

楠天佈署藍衣眾嚴密保護、監視，藍爪、黑爪也動用了不少，對老百姓一律擋在六十米開外，不允許向車隊靠近，在這支隊伍裏，無論是那一個人出現一點意外都是楠天無法承受的，在他嚴肅的臉上就沒有出現過笑容。

聖王天雷見藍衣眾如臨大敵一般，深表無奈，他向身邊的雅星看了一眼，表情無奈地笑了笑。軍師雅星也報以微笑，心想我早就見識過了，你一生傳奇的事情多得是，像這樣的場面小意思。

香車內，香妃彝凝香懷抱著公主蓮・雪，滿臉的激動。蓮公主把頭伸出母親的懷抱，兩隻大眼睛使勁地向外看，充滿了好奇，她天真地問道：「母親，外面這麼多人在幹什麼呢？好熱鬧啊！」

彝凝香笑了笑，慈祥地回答道：「蓮兒，他們是在迎接妳的父王，爲妳父王取得的勝利而高興呢！」

「好啊，好啊，母親，中原哥哥也會來迎接父王嗎？」

彝凝香用手輕撫著她的頭，和藹地說道：「當然了，妳中原哥哥和雅靈王娘娘也會來的，妳很快就要見到了啊！」

「太好了，我好高興啊！」她說著話把頭伸向窗外，向前尋找著。

衛戍京城的部隊站滿了大路的兩旁，把老百姓隔離開來。藍鳥城高大的輪廓已經閃現在人們的眼前，一望無際的人海靜靜地矗立著，人群好像一下子全靜了下來，靜靜地等待著什麼。

突然，藍鳥城外禮炮震天，轟轟的禮炮聲震顫著天地，在轟鳴的禮炮聲中從北門內閃出兩人，一高一短，一大一小，一男一女，正是王妃雅靈和少主中原，在他們的身後，無數的官員肅立著。王妃雅靈舉目北望，遠遠地就看見一支車隊緩緩而來，在藍衣眾的簇擁下漸漸地近了。

雅靈和中原當先舉步，向前迎去，這時候，車隊也已經停下，聖王天雷跳下烏龍馬，香妃彝凝香手拉著公主蓮兒走下了香車，跟隨在聖王天雷的身旁，身後有軍師雅星、雅雪、雅藍等人。

蓮兒的大眼睛一下子就看見了漸漸走來的少主中原，她歡呼一聲掙脫母親的手，向前跑去，邊跑邊叫道：「中原哥哥，中原哥哥，蓮兒在這！」

少主中原看了母親一眼，然後也飛快地向妹妹迎去，兩個幼小的身影不久就彙聚在一起，親近的情景讓人感動。聖王天雷沒有再向前走，他的目光緊緊地注視在眼前兩個孩子的身上，眼裏充滿了讚許之情，同時把中原仔細地打量了一番。

少主中原長高了許多，氣質更顯得溫柔典雅，一股書卷氣顯露無遺，白淨的臉上掛著微笑，皮膚上流光閃動，整個人與聖王天雷十分相像，隱隱地顯現出一派帝王之氣。

聖王天雷心下暗讚，抬眼向王妃雅靈望去，只見雅靈也停在不遠處，見聖王天雷靜靜地看著孩子，也不打擾，眼裏柔情似水，靜靜地凝視著夫君，兩個人目光一撞，心弦微顫。

「父王萬安，中原給父王磕頭了！」少主中原跪在聖王身前，蓮公主站在一旁。

聖王天雷忽然感到手臂一痛，回過神來，見彝凝香站在身旁，臉上似笑非笑，臉色一紅，見中原跪在身前，忙上前兩步，伸雙手抱起，嘴裏連聲讚道：「好孩子，不錯，不錯啊！」

「父王！」蓮兒在一旁搖著他的手臂，小嘴撅起老高。

「哈哈，蓮兒也不錯！」聖王天雷大笑後，抬手抱起了女兒，一雙兒女溫順地在他的懷中。

「雅靈拜見聖王，祝聖王萬安！」

「好，雅靈，妳也好吧！」

「我很好！」

「雅靈姐姐，凝香有禮了！」

「凝香姐姐！」

兩個人手立即握在了一起。

這時候，凱文率領文武大臣來到近前，凱文當先跪倒，口稱聖王萬歲，群臣拜見，好不熱鬧，雅靈、雅星兄妹相見，然後拜見叔叔凱文等等。

禮炮聲聲不斷，百姓切切歡呼，藍鳥城外成爲歡樂的海洋。

請續看《風月帝國 8 大結局》